Klaus Theweleit:

Das Land, das Ausland heißt

Essays, Reden, Interviews
zu Politik und Kunst

Deutscher
Taschenbuch
Verlag

dtv

Originalausgabe
Februar 1995

Umschlaggestaltung: Michael Keller, Klaus Meyer
Umschlagfotos: Sygma (oben), Zeitenspiegel (Mitte),
Michael Trippel (unten)
Umschlagfoto Rückseite: Bernd Bodtländer
Gesamtherstellung: C. H. Beck'sche Buchdruckerei, Nördlingen
Printed in Germany · ISBN 3-423-30449-9

Das Buch

Klaus Theweleit, einer der in Deutschland profiliertesten und eigenwilligsten Gelehrten ohne Amt, hat Verstörung hineingetragen in die Elfenbeintürme der Fachwissenschaften. Berühmt geworden durch sein großes Werk ›Männerphantasien‹, gilt seine Aufmerksamkeit den Werten, Zeichen und Codes unserer modernen Gesellschaft, ergründet er die sozialen, kulturellen, psychologischen und politischen Paradigmen und vermag auf bestechende Weise ihre mehr oder weniger geheimen Querverbindungen aufzuspüren. Dem »Mangel an Selbstwahrnehmung« aufzuhelfen gilt seine Arbeit, und die acht Beiträge dieses Bandes sind eine Auswahl aus seinen neueren Vorträgen, Essays und Interviews nicht nur, aber auch über Deutschland. Theweleit nimmt darin Zeichen auf, etwa den umstrittenen Film ›Beruf Neonazi‹ oder die »Fernsehoper Golfkrieg«, vertieft sich auf seiner Geschichtssuche in die Frage, wie das Gedächtnis als historisches Rekonstruktionsorgan funktioniert beziehungsweise versagt, oder spürt in einem Beitrag den ›Männlichen Geburtsweisen‹ nach.

Der Autor

Klaus Theweleit, am 7. Februar 1942 in Ebenrode/Ostpreußen geboren, studierte Germanistik und Anglistik in Kiel und Freiburg. Er lebt heute als freier Publizist in Freiburg im Breisgau, Lehraufträge im In- und Ausland. Berühmt wurde Theweleit durch das Werk ›Männerphantasien‹, der bis heute nicht übertroffene Klassiker über faschistisches Bewußtsein schlechthin, von Rudolf Augstein im ›Spiegel‹ 1977 als die »vielleicht aufregendste deutschsprachige Publikation des Jahres« gefeiert. Außerdem veröffentlichte er u.a. ›Buch der Könige. Band 1‹ (1988), ›Objektwahl. All You Need Is Love‹ (1990), ›Buch der Könige. Band 2‹ (1994).

Inhalt

Vorwort

Es gibt glückliche Sätze, die mit jedem neu hinzukommenden Wort neu beginnen, ihre Richtung ändern, ihr Gesicht, ihr Gewicht, ihren Gang. »Zwei zarte Frauen zeigen eine ganze Stadt an«, ist solch ein Satz. Von Wort zu Wort ein sanfter Schnitt, ein aufscheinender Sinn, der, ehe er sich entfaltet hat, schon wieder eingefaltet ist, gewendet, umgeschnitten auf einen anderen Blick. Vlado Kristl, in Hamburg lebender Kroate, der ihn in sein Buch ›Sekundenfilme‹ schrieb, ist ein Meister solcher Sätze im Deutschen. Es gibt (glückliche) Seiten der deutschen Sprache, die nur gewisse Nicht-Deutsche hören und also auch aufschreiben können. Der Satz, nach dem dieses Buch seinen Titel hat, steht auf der Seite den »zwei zarten Frauen« gegenüber: »Das Land, das Ausland heißt; alle Staatsangehörigen sind Ausländer ... auch zur Welt können nur Ausländer kommen ...«

Dies ist nicht etwa oder nicht einfach ein »utopisches« Land, sondern die Form, die man einem Land, »seinem Land« selber gibt. Die Fähigkeit, etwas zu sehen, zu denken, wahrzunehmen und zu sprechen, kommt für Kristl aus dem Fremdsein und Fremdbleiben. Man tritt nicht bei – womit man, natürlich, eine ganze Stadt beschämt – aber, so stellt sich nicht selten heraus, letztlich seine Stadt beschenkt.

Man tritt nicht bei, aber man ist da, an zwei oder mehr Stellen zugleich, und das ergibt zumindest einen gewitzten Blickwinkel, dem so etwas wie »Nationalismus« nicht kompatibel ist. Nationalismus ist immer die Entscheidung eines Beitritts zu einem Ein-Körper, nicht Ausdruck einer wie auch immer gearteten *Zugehörigkeit*.

Dies Buch versammelt Texte aus den Jahren 1990 bis 1994, Vorträge, Zeitungsarbeiten, Essays, die darunter leiden, Beitritte hin oder her, in der späten Kohl-Zeit geschrieben und teilweise auch auf diese bezogen zu sein – ein Handicap, dem nicht leicht zu entkommen war und ist.

»Krauty survived.« Er überlebte die Birne, den Grinser, den Feixer. Bitburg schadete Reagan mehr als ihm, er stolperte nicht über Nett King Kohl und nicht über Fett King Kohl, er verdarb sich den Magen nicht an der verschlungenen Mauer, und als er, diese zu verdauen, seine bekannte Auszeit nahm (und nichts von Rostock sah also), schlug ihm auch dies aus ins Unschlagbare, es schlug so sehr, daß gar kein Zweifel bleibt: Dieser Kohlkörper ist den Deutschen so gemäß wie seit Hitler keiner. An der Differenz dieser beiden ist die deutsche Entwicklung ablesbar, der deutsche Fortschritt ins Demokratisch-Königliche, aber auch das deutsche Fortdauern in Gestalten wie der des gnadenlosen Unschuldslamms.

Um diesen Komplex herum sind die Texte ›Von Mauer, Schild, Schirm und Spalt‹ und ›Memory Pictures‹ gebaut; sie beschäftigen sich mit dem deutschen »Gedächtnis« auf dem Hintergrund der Nazigeschichte, der Geschichte der Shoah und der Geschichte der deutschen Spaltung und ihrer Aufhebung 1989. Aber »Hintergrund« ist das falsche Wort: Wie diese Geschichte *weitergegangen* ist in deutschen Körpern und ihren Gedächtnissen, ist die Frage, und wie sie heute, das Gegenwärtige bestimmend, vorliegt in diesen.

›Männliche Geburtsweisen. Der männliche Körper als Institutionenkörper‹ (das theoretische Hauptstück dieses Bandes) setzt die Beschreibung der Konstruktion des männlichen Körpers als Erzeuger hierarchisch gebauter Unterdrückungswelten fort, die ich in ›Männerphantasien‹ begonnen habe. Insbesondere wird die Funktion der Folter für die Konstruktion dieses Körpers untersucht und der spezifische Glaube leitender Männer, gewisse Formen des Tötens seien lebengebend. »Psychoanalyse« ist nicht nur eine Angelegenheit des »psychischen Apparats«, sondern auch die gesellschaftlicher und technischer Apparate.

›Neues und Altes vom Brennenden Busch‹ ist ein Text zum Golfkrieg als medialem Krieg (um unsere Psyche) und zum Krieg als Produkt von Waffenproduzenten, geschrieben während des Golfkrieges 1991.

›1992‹ (ein Gedicht) und ›Krieg der Darstellungsweisen‹ (ein Interview) waren Zeitungstexte (taz) zum neudeutschen Rechtsradikalismus, zur sogenannten »Asyldebatte« und zur Verbotsdiskussion um Winfried Bonengels Film ›Beruf Neonazi‹. Ihre Entstehungsweise ist »aktualitätsbedingt«, ihre Schreibweise versucht, es nicht zu sein. ›1992‹ ist, wenn es das geben sollte, ein journalistisches Gedicht, das deswegen nicht aufhört, Gedicht zu sein.

›Rock for Grown-ups‹, eine Hommage zu Jimi Hendrix' fünfzigstem Geburtstag, stand ebenfalls in der ›taz‹. Der Wunsch, so etwas wie einen nicht-journalistischen Journalismus zu entwikkeln, hat viele vernünftige Köpfe umgetrieben, seit es Zeitungen gibt. Zeitungsbeiträge, deren Verfallsdatum nicht mit dem Erscheinungsdatum zusammenfällt, scheinen mir eine der Übungen auf dem Weg dahin.

Viele Vorwörter in den letzten zwanzig Jahren haben »die Geschichte« mehr oder weniger handstreichartig abgeschafft – ein für Vorwörter legitimes Verfahren. Sie hier handstreichartig wieder anzuschaffen, liegt mir nicht im Sinn; dies Geschäft besorgt sie – unangenehmer, als man möchte – »selber«.

Es war (und ist) ja auch etwas dran am »Verschwinden« der Geschichte. Die Physik, die Genetik, die Elektronik bestücken uns andauernd und zunehmend mit neuen, »geschichtslosen« Wirklichkeiten; nur: das jeweils Alte verschwindet nicht mit dem jeweils Neuen, es wird nicht von ihm »abgelöst«, sondern wechselt seine Gestalten. Weder Geschichte noch Gedächtnis, noch die Geschlechterdifferenz »verschwinden« durch neue Geschehensarten des Politischen, durch neue Steuerungs- und Speichermedien oder durch neue Formen der Körperherstellung. Sie ändern sich, das heißt, sie verschwinden so sehr, wie sie bleiben. Baudrillard stellte leicht unwillig fest, daß der technischen Beschleunigung des Geschichtsprozesses auf der einen Seite ein Anwachsen des Beharrungsvermögens der sogenannten »schweigenden Mehrheiten« auf der anderen Seite entspricht. There's no way, ihnen einfach zu enteilen (außer per Vorwort) ...

Schauplatz der Geschichte(n) sind weiter die Körper mit ihren Affekten und Defekten. Technische Apparate und psychischer Apparat, »Künste« und »Politiken«, Körper und Medien (beide ohne Anführungszeichen) gehen in neue Runden gegenseitiger Durchdringung. Ich sehe nicht die kommende Arbeitslosigkeit des Historiographen.

Klaus Theweleit, Winter 1994/95

Von Mauer, Schild, Schirm und Spalt
Die Mauer als nationales Massensymbol der Deutschen

»Das Massensymbol der Deutschen war das *Heer.* Aber das Heer war mehr als das Heer: Es war der *marschierende Wald.* In keinem modernen Lande der Welt ist das Waldgefühl so lebendig geblieben wie in Deutschland. Das Rigide und Parallele der aufrechtstehenden Bäume, ihre Dichte und ihre Zahl erfüllen das Herz des Deutschen mit tiefer und geheimnisvoller Freude. Er sucht den Wald, in dem seine Vorfahren gelebt haben, noch heute gern auf und fühlt sich eins mit Bäumen.

Ihre Sauberkeit und Abgegrenztheit gegeneinander, die Betonung der Vertikalen, unterscheidet diesen Wald von dem tropischen, wo Schlinggewächse in jeder Richtung durcheinanderwachsen.

(...)

Der einzelne Baum aber ist größer als der einzelne Mensch und wächst immer weiter ins Reckenhafte. Seine Standhaftigkeit hat viel von derselben Tugend des Kriegers. Die Rinden, die einem erst wie Panzer erscheinen möchten, gleichen im Walde, wo so viele Bäume derselben Art beisammen sind, mehr den Uniformen einer Heeresabteilung. Heer und Wald waren für den Deutschen, ohne daß er sich darüber im klaren war, auf jede Weise zusammengeflossen. Was anderen am Heere kahl und öde erscheinen mochte, hatte für den Deutschen das Leben und Leuchten des Waldes. Er fürchtete sich da nicht; er fühlte sich beschützt, einer von diesen allen. Das Schroffe und Gerade der Bäume nahm er sich selber zur Regel.

Der Knabe, den es aus der Enge zu Hause in den Wald hinaustrieb, um, wie er glaubte, zu träumen und allein zu sein, erlebte dort die Aufnahme ins Heer voraus. Im Wald standen schon die anderen bereit, die treu und wahr und aufrecht waren, wie er sein sollte, einer wie der andere, weil jeder *gerade* wächst, und doch ganz verschieden an Höhe und an Stärke. Man soll die Wirkung dieser frühen Waldromantik auf den Deutschen nicht unterschätzen. In hundert Liedern und Gedichten nahm er sie auf, und der Wald, der in ihnen vorkam, hieß oft ›deutsch‹.

Der Engländer sah sich gern *auf dem Meer*, der Deutsche sah sich gern *im Wald;* knapper ist, was sie in ihrem nationalen Gefühl trennte, schwerlich auszudrücken.«[1]

Ob das 1993 noch »stimmt« oder nicht, ist eine zunächst zweitrangige Frage. Das Veralten von Texten hat weniger mit ihren Inhalten zu tun als mit ihrer medialen Materialität. Und als Medien sind Elias Canettis Texte so etwas wie Wortbäder, belebende; man schwimmt in ihnen und wird selber Wasser, das heißt Gedanke; vielleicht würde Canetti selber nicht mehr »Wald« sagen heute; gültig aber bliebe, daß das »nationale Massensymbol« in *Affekten* lebt.

Es sind nur scheinbar widersprüchliche Gefühlskomplexe, die Canetti mit dem Eintritt des einzelnen Deutschen in den Gesamtkörper »Wald« verbunden sah: *Freude/Sich eins fühlen/Aufnahme erleben* auf der einen Seite und *Abgegrenztheit/Sauberkeit/Schutz* auf der anderen. Eine Verbindung aus Überschwenglichkeit und Schutzfunktion (»Rindenpanzer«) summieren sich zu »Kraft« und »Leben«: Der »in den Wald« eintretende Deutsche bestand in dieser Beschreibung zu gleichen Teilen aus einer Emotion und einer SS-Vorrichtung an der Person.

»Die Richtung, in der er die Augen des Menschen zieht, ist die seiner eigenen Veränderung: Der Wald wächst ständig nach oben weiter. Die Gleichheit der Stämme ist eine ungefähre, auch sie ist eigentlich eine Gleichheit der Richtung. Wer einmal im Walde ist, fühlt sich geborgen; er ist nicht an seiner Spitze, wo er weiterwächst, auch nicht am Orte seiner größten Dichte. Eben diese Dichte ist sein Schutz, und der Schutz ist oben. So ist der Wald zum Vorbild der *Andacht* geworden. Er zwingt den Menschen aufzuschauen, dankbar für seinen überlegenen Schutz. Das Hinaufschauen an vielen Stämmen wird zu einem Aufschauen überhaupt. Der Wald baut dem Kirchengefühl vor, dem Stehen vor Gott unter Säulen und Pfeilern. Sein gleichmäßigster und darum vollkommenster Ausdruck ist die Wölbung des Doms, alle Stämme in eine höchste und untrennbare Einheit verflochten.«[2]

Zur Überschwenglichkeit des Einswerdens und zur gerichteten Klarheit des Selbstschutzes kommt als drittes ein Kirchengefühl: Der Großkörper, in dem der einzelne Deutsche nationalsymbolisch ausgerichtet lebte, war eine Kathedrale demnach, ein Dom, *Großdeutschland.*

Eine Kathedrale, ein Dom – sagen wir: der Himmel über Berlin beim Fall der Mauer, beim Absingen von Beethoven/Schiller, Freude, das Einheitsgefühl, das Kathedralische – alle Götterfunken im Übermaß vorhanden, davon später.

Der psychophysische Vorgang beim Beitritt des einzelnen zu einem nationalen Massensymbol ist Herstellung der Ganzheit der Person. Der Deutsche, sagt Canetti, kam zur Ganzheit durch Aufnahme in eine größere Ganzheit: das Heer. Der Deutsche war Soldat. Der Körper des Heeres wurde damit zum Überkörper jedes einzelnen Deutschen; Grenzen des Mannkörpers und Heereskörpers nach außen waren absolut identisch. Das ist der Grund dafür, daß »einzelne Deutsche«, die aus jener Zeit übrig geblieben sind, heute immer noch so empfindlich reagieren, wenn jemand die Rede von der »absoluten Sauberkeit« des Naziheeres im Zweiten Weltkrieg in Frage stellt. Sie fühlen sich nicht nur, sie *sind* persönlich angegriffen; sie existieren (immer noch nicht, auch jetzt noch nicht) als einzelne Personen, sondern fortdauernd als Teil dieser größeren Einheit: Das Heer *muß* sauber bleiben, sauber geblieben sein, sonst läge ihr eigener Körper als abgetrennter Körperteil da, als fragmentierender Körper im Dreck.

Es gab demnach (in heutigen Leserzuschriften) weder Vergewaltigungen durch deutsche Soldatenkörper, die Armee hat nie einen Russen getötet außer im ehrlichen Kampf Wald gegen Steppe, sie hatte, in all den besetzten Gebieten, die unter militärischem Kommando standen, nie etwas mit Judendeportationen zu tun ... was weiß denn *der Wald* von der Eisenbahn und von »der Wüste«, nichts doch, bitte.

Die fortdauernde Wirksamkeit solcher »nationaler Massensymbole« in manchen Körpern ist daran gut ablesbar, und auch, als was sie wirken: als Körperpanzer, modelliert, in diesem Fall, am Rindenpanzer des Baums.

Requiem auf einen Lebenden

Nun ist dem Wald in Deutschland seit den siebziger Jahren, im Umschalten der Deutschen von der Nazi- auf die begnadete Nachnazigeschichte, die auch ein Umschalten von einer politischen auf eine ökologische Geschichte war, viel Übles widerfahren, unter anderem, daß er starb. Nicht nur, daß die Verbindung von Wald/Heer nach dem Krieg durch die Alliierten zwangsgeschieden wurde: Der Wald wurde auch sauer beregnet, braunkohlebestäubt, von Borkenkäfern ums Reckenhafte gebracht, mit Ozon aufgepumpt, abgasdurchweht, der Wald wurde krank, aus Sieg wurde Siechtum. Kläglicher und herzzerreißender hat man selten ein nationales Massensymbol die Blätter kräuseln, die Macht abgeben und vor die Hunde gehen sehen. Wälder mögen zwar noch leben – in der real existierenden Wirklichkeit –, nicht so *der* Wald in der Wirklichkeit der nationalen Massensymbole. Aus dem Wald, der Schutz gegeben hatte, war ein zu schützender Patient geworden: Das Heer, sollte es ihm nicht ähnlich ergehen, mußte also, besonders seitens der Soldaten selber, von seinem Sterben abgetrennt werden.

Als ich Anfang der achtziger Jahre auf einer Amerika-Reise erstmals Gelegenheit hatte, mich von der nicht nur mythologischen Existenz dieses Kontinents zu überzeugen, waren sich alle tatsächlichen Amerikaner, soweit sie sich für Europa »interessierten«, einig in puncto Wald: »When I was in Europe last year, when I was in Germany, everything was totally green« ... großes Gelächter ... Deutschland besteht doch *nur* aus Wald, sagten sie, abgesehen von den paar Cities »... und ihr redet vom ›Waldsterben‹ ...« (Sie kannten das Wort auf deutsch.) Wenn etwas stirbt, sagten sie, sind das bestimmte Monokulturen, besonders die von Nadelhölzern ... die sterben *immer* nach achtzig bis hundert Jahren ... das ist normal ... sieh mal nach, wann die Bäume gepflanzt worden sind ...

Für sie war der »sterbende Wald« ganz eindeutig eine deutsche nationale Massenphantasie.

Was sollte ich sagen? »Die Zeitungen bei uns schreiben, die Amerikaner interessieren sich nicht für Ökologie«, sagte ich. Wieder Gelächter: »Mach mal deine Nase auf«, sagten sie. Der fehlende Benzingeruch in den amerikanischen Großstädten entschied die Frage, wo mehr mit Symbolen und wo mit Katalysatoren Ökologie betrieben wurde, mit Leichtigkeit zu ihren Gunsten.

»Aufforsten also, waldmäßig umdenken, wenn die Monokulturen sterben. Aber ihr phantasiert lieber an eurem Volkskörper herum.« Der Deutsche, auch als »Ökologe«, wurde klar identifiziert als fortdauernder Waldmensch, Waldmensch, der es mit dem

Sterben hatte, allerdings. Und natürlich hatte »das Waldsterben« eine so große Rolle gespielt gerade in Deutschland, eben weil mehr starb als das Grün der Bäume bloß.

»Die Bäume haben endgültig abgeschnallt / Papiertiger tigern als Recycling / durch den Wald ...« So sah es Anfang der Achtziger in einem Gedicht der inzwischen verstorbene Wolfgang Neuss. Der Wald, stellte er fest, existiert vor allem noch als Papierlieferant, Zeitungspapierressource.

Nationale Massensymbole haben nicht nur eine Zusammenfügungs-, sie haben auch eine Reinigungskraft für die, die ihren Beitritt zu ihnen erklären. Die »Aufnahme«, die sie erleben, ist die in einen großen, *sauberen* Leib. Allein die Formel vom *vergifteten* Wald zeigt an, daß dieser für die Reinigungsfunktion in der nationalen Massensymbolik nicht mehr in Frage kommen konnte. Die Diskussion um die Umweltverschmutzung in der BRD war entsprechend zusammengesetzt aus wirklichen Befürchtungen und Befunden und der sprachlich-argumentatorischen Verwirrung, die den öffentlichen Raum kennzeichnet bei Unsicherheiten oder Wechseln der psychischen Großwetterlage von Nationen mit einer stark medialisierten Öffentlichkeit. Der Wald/der Müll/das Gift, besonders das Gift in den Lebensmitteln, sind zwar real existierende Probleme, aber sie übersetzen sich, in der Zeitung und im Fernsehen, auf dem Hintergrund des Wunsches des einzelnen Körpers nach erlösender Aufnahme ins Reinigende, beinah von allein in Begriffe der Zugehörigkeits- und Abgrenzungspolitik. Diese vollzieht sich in Deutschland nach wie vor als Sauberkeitspolitik.

Im »Waldsterben«, im »Müll«, in der »Umweltvergiftung« war also ein Anteil der *Fortsetzung* der Phantasien vom sauberen, abgegrenzten, aber eingefügten deutschen Leib; war ein Anteil *Suche* nach Erneuerung und Sicherheit in puncto nationales Massensymbol.

Der Körper ist das Schlachtfeld

Übereinstimmungsgefühle, Zugehörigkeitsgefühle, die sogenannte »Identitätsbildung« setzen immer an an der Haut. Identität im Säugling entsteht als Körpergefühl: nach dem Grad der Anziehung und Abstoßung durch den Körper oder durch die Körper, die ihn halten und nähren oder abhalten und nicht nähren. Wehren sie ihn ab, lassen sie ihn hungern, in Kälte verkümmern, in Geschrei, in diffusem Schmerz und diffuser Motorik, bilden sich keine oder nur rudimentäre Wahrnehmungen einer Selbst-Übereinstimmung heraus. Man muß von einem anderen Körper aufgenommen, angenommen und belebt worden sein, um irgendwann ein einzelner, abgetrennter Körper werden zu können, der ohne Einverleibungshilfen und die damit verbundene Gewalt gegen andere auskommt. Jedes Kleinkind wird in Teilen seines Körpers von seiner Mutter und anderen lebengebenden Personen durch Berührungen, Zuwendungen, Fütterungen, warme Betten, schöne Töne, durch Sprache, milde Lüfte, umspielende Wasser oder durch Kuscheltiere belebt und zum Lebendigsein angeregt; es wird gleichzeitig durch Strafen, Verwerfungen, Kälte- und Hungerstrecken, Bedrohungen durch Geschwister, durch die eisigen Schweigen und die vielen anderen Formen der Nichtachtung entlebendigt, an der Entfaltung seiner Energien gehindert, im Extremfall totgestellt, ganz getötet. Es lebt gleichzeitig in einem empfindenden Körper und in einem anästhesierten, heißt das.

»Identität« = ich stimme überein mit einem *anderen* Körper. Wenn die Fähigkeit zur weiteren Differenzierung von Körpern und Gegenständen beim Kind hinzukommt, die Fähigkeit zur emotionalen Bewertung der verschiedenen Körper, die Fähigkeit zur Nein-Position, wächst langsam ein Kern, der »Ich« genannt werden kann. Der menschliche Körper bewegt sich dabei in einem Rhythmus von Übereinstimmungs- und Abstoßungsgefühlen.

Wo die primäre Übereinstimmung mit anderen Körpern, wo die frühen Identitätskerne aus der Symbiose mit nährenden, schützenden, haltenden Körpern gefehlt haben, wird Identität, die aus einer eigenen, aus einer »selbst-gelebten« Geschichte kommt, schwer entstehen können. Der *sich selbst fremd bleibende* Körper ist dann angewiesen auf Identitätsformen, die außerhalb seiner existieren: auf gesellschaftliche, auf übergestülpte Identitäten, nach deren Formen und Normen er lernen kann, sich zu »verhalten«.

Was Canetti »Massensymbole der Nationen« nennt, sind solche Überstülpungsangebote, Hilfsangebote für die massenhaft vorkommenden einzelnen mit den nicht-zu-Ende-geborenen Körpern.

Der Vorgang des »Aufnahme-Erlebens« hat auf diesem Hintergrund eine gefährliche Rückseite: Jeder Aufnahme (= »ich gehöre zu«) entspricht auf der anderen Seite eine Abspaltung (»ich gehöre *nicht* zu«; oder: »der da/die da gehören *nicht* zu«).

Nationale Massensymbole geben also auch Auskunft über den Grad der psychischen Abspaltungen, die in den einzelnen zu einer »Nation« gehörenden Körpern vorherrschen, über den Grad ihrer *Irrealitätsgefühle*, und das wiederum heißt: über den Grad ihres spezifischen Wahn- oder Nichtwahnsinns im Verhältnis zu dem nationalen Wahnsinnspegel, der sie umgibt.

Alle Nationen zeigen in ihrem Massenverhalten so etwas wie einen *Wahnsinnspegel*, dessen Sinken oder Ansteigen allen Menschen des Landes physisch wahrnehmbar ist, den einen als emotionale Aufladung, die sie zu bestimmten Handlungen herausfordert, den anderen als eine ständige Gefahrenquelle, nach deren Einschätzung sie die eigene Nähe oder Distanz zu den Massenaktionen des Volkskörpers bestimmen. (Emigration etwa als Folge von anhaltenden Hochständen des Wahnsinnspegels eines Volkes.)

Spaltung: Daß Deutschland bis vor kurzem nicht einfach ein »geteiltes«, sondern ein gespaltenes Land gewesen ist, werden einige noch erinnern; in Deutschland wird es gerade mit aller Macht vergessen – oder *abgespalten*.

Spaltungen gehen nicht zuerst durch Länder, sie gehen zuerst durch Menschen, durch jeden einzelnen Menschen.

Durch jeden Körper läuft eine Spaltung zumindest an dieser Differenzierungslinie: sehr schwankend im Grad der Belebtheit beziehungsweise der Narkotisierung seiner einzelnen Glieder, seiner einzelnen Funktions- und Wahrnehmungsbereiche, seiner motorischen und emotionellen Fähigkeiten. Die Versuche unserer Körper, sich weiter zu beleben (oder zu entlebendigen), aus besetzten Gebieten freiere zu machen, aus empfindungsabwehrenden empfindende, aus solchen, die von Wiederholungs- und Arbeitszwängen kommandiert werden, solche, die sich in Verbindungen mit anderen Menschen der in sie eingegangenen Befehlsstacheln entledigen, sehe ich als Versuche einer zweiten, dritten, vierten Geburt, Versuche des nicht-zu-Ende-geborenen Körpers, sich weiter zu gebären, wirklicher zu werden, oder, als Funktionsteilchen gesellschaftlicher Maschinerien, gefühlloser, aber auch dadurch *wirklicher*.

In Deutschland zwischen 1870 und 1945 lag vor allem beim

Militär die Aufgabe, die Körper der einzelnen Männer im Drill neu zu gebären. Sie bekamen eine muskuläre und verhaltenstechnische Identität übergestülpt, waren andere Deutsche und anders Deutsche, als sie vor dem Militär gewesen waren. Exakter als mit das Heer/der Wald kann man das Symbol, nach dem ihr Körper verlangte, nicht bestimmen.

Auf vergleichbare Weise griffen Fabriken in die Körper ein... Sportverbände, Jugendgruppen. Die Architektur baut mit an den Körpergrenzen, die Innenwände der Wohnungen... die Betten. Wer unter freiem Himmel auf weiten Ebenen aufwächst, dem wird der Himmel ein Stück Körpergrenze, dem Bergmenschen die Berge, dem Schreibtischmenschen die Zimmerdecke oder der Kegel, den der Lichtschein seiner Lampe wirft.

Die Körper hören nicht da auf, wo wir sie, mit dem Auge, aufhören sehen. Sie gehen über in andere Körper, sie bauen sich auf mit Hilfe von Stützkörpern, sie verwandeln sich in Teilkörper der verschiedenen Massen, in denen sie agieren. In einigen Zweigen der Psychoanalyse gibt es den Begriff der *Körperimago:* Das ist die Körpervorstellung, die jeder einzelne Mensch von seinem Körper hat; sie kann die Körperteile anderer Menschen einschließen, ebensogut kann sie eigene Körperteile ausschließen; sie kann sich mit Stadtgrenzen, Landesgrenzen, mit Wäldern, Meeren, der Wüste, mit allem, was sich durch Grenzen begrenzt, verbinden, kurzschließen.

Der Topos von »der Stadt oder dem Staat als menschlichem Körper mit Haupt, Gliedern und Bauch, der seit der Antike die politische Theorie infiziert« (wie Karl Markus Michel formuliert), basiert auf der Existenz der Körperimago. Die Ethnologin Mary Douglas hat beschrieben, wie besonders bei Gesellschaften mit wenig ausdifferenzierter Infrastruktur, bei sogenannten primitiven Gesellschaften, der selbstverständliche Zwang besteht, die eigenen Körpergrenzen umstandslos mit Landesgrenzen gleichzusetzen. Verletzungen der Landesgrenzen werden als Verletzungen des eigenen Körpers empfunden und entsprechend beantwortet, mit Panik und dann kriegerisch.

Deutschland nach dem Ersten Weltkrieg muß in dieser Hinsicht eine sehr primitive Nation gewesen sein, jedenfalls in ihrer »völkisch« empfindenden Mehrheit. Die Übereinstimmung des einzelnen Körpers mit dem Körper Deutschlands in der völkischen Propaganda war jedenfalls total. Es gibt kaum einen Text zur Lage »Deutschlands« aus dieser Zeit, keinen Bericht, keine Biographie, keinen Roman, kein politisches Pamphlet, die nicht das im Krieg besiegte Deutschland als zerstückelten Körper dargestellt hätten. Oberschlesien war *abgetrennt* worden ... Nordschleswig ... die Saar: *Glieder* des Großdeutschen Leibs in *Amputationen.* Der »Korridor« ... ein Schnitt durchs deutsche Fleisch mit polnischem Messer ... schmerzhafteste Verletzung ... das Baltikum: ein Stück aus der Schulter gerissen dem deutschen Riesen ... an den Hüften herumspielende Belgier ... Franzosen zerreißen die Lenden ... Polen tanzen auf seinem Rücken ... die Schlächtermeister der Entente waren mit dem Hackmesser gekommen ... schwarze Besatzer an Rhein und Mosel, angefüllt mit kannibalistischer Lust ... Versailler Termiten, hemmungslos demokratisch ... alle knabbernd und schmatzend am großen weißen deutschen Leib, den feiger Dolchstoß von hinten (jüdische Wüstlinge und streikende Frauen der Heimatfront) niedergestreckt hatte ... den Zerstückelungsgeiern zum Fraß.

Die Glieder sollten wieder ran, die Körperganzheit wiederhergestellt werden. Das ist die affektive Grundhaltung der völkischen Politik die zwanziger Jahre hindurch. Hitler wurde ihr bewußter Vollstrecker.

Die »Heim-ins-Reich«-Bewegungen, alle Abstimmungen in den »abgetrennten« Gebieten, alle Gebietsannexionen vollzogen sich als phantastisches Wieder-heil-Machen des Körpers Deutschland. Hitler, der Heiler, dem man »Heil Hitler« zurief, ein genauer Gruß. Größer und stärker erstand der Körper, als er vorher gewesen war und weiter und weiter sollte er wachsen in Wiedergutmachung der geschehenen Zerstückelung: Österreich mußte »angeschlossen« werden, angenäht, und nun los auf den Osten, Böhmen, die Tschechoslowakei, Polen ... Körper-Protektorate, beherrscht von »Schutz-Staffeln« ... Deutschland beginnt seinen schützenden Krieg ... der Körper Großdeutschlands war nicht mehr zu stoppen in seinem heilbringenden Wachstum, der Wald setzte sich in Bewegung und ging los ... immer größer, stärker, unverletzlicher wurde damit auch der einzelne *eigene* Körper, die »individuelle« großdeutsche soldatische Eiche, ein Fels von einem Körperballon.

Millionenfach ließ sich derart eine *Unverletzlichkeitsphantasie* in den Zweiten Weltkrieg jagen. So viele im Prinzip unverletzliche, aus Siegtum wieder zusammengesetzte Soldaten waren, seit Dschingis-Khans Indianern auf ihren Ponyraketen, nicht über die Erde getrampelt. Einige, das mußte man später zugeben, hielten dem Anspruch nicht stand und verfielen der Korrektur ihres Irrtums durch MGs und Granaten ... ein unangenehmes Kapitel ... die Deutschen denken nicht gern daran ... die Deutschen *dachten* nicht gern daran ... (solange sie die Verlierer waren) ... sie hatten den siegenden Baum im Leib ...

Zwei Körper, eine Seele

Die Art der Zerstückelung Deutschlands, die nach dem Zweiten Weltkrieg erfolgte in Bestrafung seines unersättlichen Herrenmenschenleibs, verlief ganz anders, dem deutschen Körperphantasma erheblich genehmer. Nicht mehr rundherum wurden Glieder abgeschnippelt, es wurden saubere, große Schnitte gemacht von Chirurgen anderen Formats. Sektoren ... Zonen ... schließlich blieben zwei große Gebilde, den großen politischen Blöcken zugeordnet. Das war erheblich aushaltbarer und entwicklungsträchtiger als die vielen kleinen »unsinnigen« Schnitte nach dem ersten Krieg.

Ich habe das vor ein paar Jahren in einer Fußnote im Band ›Reagans Amerika‹ von Lloyd deMause, den ich mit Jürgen Freund zusammen ins Deutsche übersetzt habe, festzuhalten versucht. Die Fußnote knüpfte sich an die Feststellung von deMause, daß die älteren, die rückständigeren Psychoklassen einer Gesellschaft die Opferung der Jugend ihres Landes, wie sie in Kriegen geschieht – in Canettis Worten: die Älteren verwandeln sich in Überlebende und ihre Jungen in Tote –, daß die Psychoklasse »Überlebende« diese Opferung gern sehen und gebrauchen zur Linderung der Schuldgefühle, die sie ihrer eigenen Ausschweifungen und Übertretungen wegen hegen. Der Text, geschrieben 1984, lautete:

»Genau aus diesem Grund sind besonders die Westdeutschen die psychologischen Sieger des Zweiten Weltkrieges (wie oft mit Staunen festgestellt wurde): Sie hatten das größte Schlachtopferfest mit Erfolg hinter sich gebracht: Die Juden weg, die Kommunisten weg, Arbeiterbewegung kaputt, sexueller Umbruch der zwanziger Jahre zunächst gestoppt, mit Kraft durch Freude voll in die Adenauerzeit, zwanzig Millionen getötete Russen im Rücken (die meisten davon nicht in Schlachten getötet, sondern als Zivilisten umgebracht, aber die Armee war, wie wir alle wissen, *sauber* geblieben), und ganze Jahrgänge der eigenen Jugend lagen, den Göttern zum Gefallen, auf den Feldern und verfaulten – das Opfer im Ersten Weltkrieg war in dieser Hinsicht völlig fehlgeschlagen: Es hatte Sexualität, Kommunismus und jüdische Libertinage erst richtig entfesselt, statt sie zu beseitigen. Erst der Zweite Weltkrieg war wirklich befriedigend und eröffnete Zukunftsperspektiven. Und daher, allein daher, war die psychische Kraft zum ›Wiederaufbau‹ so reichlich vorhanden und konnte sich der Wiederaufbau von all dem Morden so ungerührt geben, weil es seine Voraussetzung war – das Opfer war erfolgreich gewesen und alles Böse ›Drüben‹ im anderen Staat. Ein saubereres Staatswesen als die BRD nach 1949 hatte es auf der ganzen Welt noch nicht gegeben. Die berühmten Waschmittel in der Für- und Widerrede um den neuen Staat vertraten etwas *Wirkliches*, das Totalreinigungsmittel Blut, das Blut der im Zweiten Weltkrieg Geopferten. Die weißen Tischtücher, mit denen die Tische gedeckt und die Geschichte zugedeckt wurden, sind aus diesem Blut gewonnen, und deshalb mußten die paar übrig gebliebenen KPler der fünfziger Jahre wieder in den Gefängnissen verschwinden oder in der Versenkung, oder, unkenntlich gemacht, in der SPD-Spitze, weil sie der Blutfleck waren auf den gedeckten Tafeln, an denen die Leichen der Geopferten verspeist wurden im Ritual der ›Freßwelle‹. Statistisch wäre zu beweisen: Die Zahl der in Jahns Wienerwaldkette bis Mitte der Sechziger verspeisten gebratenen Hähnchen dürfte sich etwa mit der Zahl der im Zweiten Weltkrieg getöteten Menschen decken. Eine ›Unfähigkeit‹ der Deutschen in ihrem Verhalten nach dem Krieg ausfindig zu machen (die Unfähigkeit zu ›trauern‹) ist wohl weniger angebracht, als ihre *Fähigkeiten* hervorzuheben, ihre sagenhafte Fähigkeit, die Feste zu feiern, wie sie fallen: Es war die in diesem Umfang erstmalige ausgiebige Befriedigung ihrer Mord- und Opferungslust (alles unter dem Deckmantel der Notwendigkeit des heilenden Krieges), die es möglich machte, den Aufbau der Fünfziger derart fröhlich anzupacken und unbeirrt ins befreite Gebiet des hemmungslosen Spießerglücks zu steuern. Und demselben Umstand verdanken zum Beispiel die Sinti und Roma, daß man sie nicht in Ruhe läßt, daß man sie registriert und schikaniert, sie sind Übriggebliebene der KZs, Gespenster, aus den Listen der zu Opfernden entsprungen. Der Blutfleck hört nicht auf, irgendwo durchzuscheinen. Aber auch die wohltuende Wirkung des Opfers hält noch an. Im sicheren Ruf, die schlimmsten Mörder der Geschichte zu sein und einem der saubersten Staatswesen anzugehören, verhalten sich die Deutschen immer noch relativ beruhigt, ›alles unter Kontrolle‹, beziehungsweise ›alles Roger‹, wie es die Schüler in der Schule sagen. Triumph der älteren Psychoklassen.«

Geschrieben 1984 für westdeutsche Bürger. Die Ostdeutschen hatte ich, als guter abgespaltener und abspaltender Westdeutscher, der die Ostler sowieso nicht liebte wegen ihres aller Welt erkenntlichen Un-Kommunismus, nicht im Blick und auch nichts mit ihnen im Sinn.

Inzwischen ist die Mauer auf und weg, ist die scharfe Zweiteilung Deutschlands, was die Staatsform betrifft, aufgehoben. Wenn irgend etwas daran stimmte, was ich 1984 zur Funktion der Mauer schrieb, dann müßte der Wegfall der Mauer massive Verschiebungen im psychischen Sicherheitssystem der Deutschen zur Folge gehabt haben.

Eine solche Chance zur Überprüfung spekulativer Aussagen zur »Geschichte« erhält man nur selten; meistens stellt sich schlicht heraus, man hat sich geirrt, und die Geschichte hat, einmal mehr, mit einem getrieben, was sie üblicherweise treibt, ihren Schabernack nämlich; aber hier, scheint mir, lag ich nicht so falsch.

Ich denke inzwischen, eher stärker als 1984, daß die Mauer nicht nur so etwas wie ein Sicherheitspfropfen auf den psychischen Perversionen der Westdeutschen gewesen ist, sondern auf denen der Ostdeutschen auch; daß die Mauer nicht einfach eine ostdeutsche Gefängnismauer gewesen ist, sondern eine tiefgemeinsame ost/westdeutsche Co-Produktion, notwendig für beide Seiten zur Abspaltung des jeweils tief Verdrängten. In einem *ersten* Mauerbau, im hektischen Mauern des »Wiederaufbaus« im Westen, wurde nicht Hitler, aber die Verbindung der BRD-Bürger mit dem Nazismus ein- und weggemauert; die DDR konnte dem nichts Entsprechendes entgegensetzen; sie antwortete (gedrängt von der Sowjetunion) mit ihrer Mauer, mit *der* Mauer, die die Bürger des DDR-Staates davon abhielt, ins falsche Gemäuer überzulaufen. Von den Westdeutschen ist die Mauer im Lauf der folgenden Jahre geradezu geliebt worden (obwohl offiziell immer »angegriffen«) als Garant des Phantasmas vom eigenen Gutsein, vom Bös-Sein der »anderen« und als Garant des eigenen Erlöstseins von der Geschichte: Ich glaube, die Mauer wurde in den siebziger und achtziger Jahren zum neuen deutschen nationalen Symbol im Sinne Canettis; die Mauer beerbte den Wald; der Deutsche (beider Staaten) lief nicht mehr zusammen, um im Heer die Aufnahme in den gemeinsamen Großen Körper zu erleben, er baute sich neu als gereinigter, durch die Mauer von der *Geschichte abgetrennter* Körper, Körper einer neuen Geschichtsepoche des Nichtkriegs, des Patts zwischen den Blöcken; des Patts, dessen sichtbarster Ausdruck die Mauer war.

Vorläufer in dieser Funktion waren die *Siegfriedlinie* des Ersten und der *Atlantikwall* des Zweiten Weltkrieges, der das Meer selber und das dahinterliegende »Amerika« magisch wegbetonieren sollte. Die abspaltende Mauer auch in einem weiteren Zentralsatz der fünfziger Jahre: Der (oder die) gehöre »an die Wand gestellt«. Alles was »mit dem Russen« sympathisierte, fiel unter diesen kategorischen Imperativ.

In der BRD verschwand die Geschichte hinter falschem Marmor, in der Welt der schönen Waren, im Körper der Kaufhauskathedralen.

Strukturell parallel nutzte die DDR die Mauer für *ihren* Schnitt mit der Hitlergeschichte. Als Staat des verordneten Antifaschismus hatte sie den Nazismus im Prinzip ähnlich auseinandersetzungslos erledigt wie die BRD; auch sie war in einer Art phantastischem Paradies gelandet; hier entband Amerika, dort die Sowjetunion von eigener Geschichte, erhielt der deutsche Einzelkörper seine Absolution durch Weltkriegssieger.

Der Wegfall des »Drüben«

Die Abspaltung des Geschehenen aus dem eigenen ist die wirkliche Seele, das Herz beider Deutschlands gewesen. »Drüben« galt von dieser wie von der anderen Seite der Mauer aus gesehen. Das Gute daran war, daß man selber *nicht* »drüben« war, das heißt im jeweils Bösen (Kommunismus/Kapitalismus); die Mauer garantierte die jeweils eigene Art von Erlösung.

»Bitte behalten Sie das Schicksal des Wortes ›drüben‹ im Auge«, bat mich 1990, nach dem Mauerfall, eine jüdische Amerikanerin, eine der vielen Emigrantentöchter, die sich heute in amerikanischen Universitäten für deutsche Geschichte interessieren. Das Wort war ihr, aus der Ferne, als *das* deutsche Nachkriegswort erschienen: »Geh doch nach drüben«, das war in der Tat der westdeutsche Zentralsatz beinah vierzig Jahre lang; so wie »das Drüben« die Zentralphantasie des Ostens gewesen ist, am Ende in der Gestalt: »Wo die Westzitronen blühn, da-hien, da-hien, möcht ich ziehn.«

Eine Mauer also, mit *zwei* Drüben. Diese, das nationale Massensymbol »Mauer«, verschwand nicht so schnell wie die Mauer aus Steinen, die in die Häuser wanderte: ein Pars-pro-toto-Souvenir von ihr in allen Berliner Haushalten; sie konnte nicht so schnell verschwinden, weil die psychischen Verschiebungen anderen Gesetzen folgen als denen der Fernsehumwandlungen; in anderem *Tempo* als in einem Sendetempo oder Mauerabrißtempo geschehen.

Wenn die Mauer Teil eines umfassenden Sicherheitssystems vor »der Geschichte« gewesen ist – vor allen Sorten zugedeckelter Ängste, die die deutschen Gesellschaften mit sich herumtrugen: vor »Kommunismus«, »Kapitalismus«, vor der Anarchie, vor dem eigenen Anteil an der Ermordung der Juden –, dann mußten diese Verborgenheiten nach Wegfall der Mauer offen zutage treten, in anderer Gestalt als der bisherigen, der abspaltenden und abgespaltenen. Genau das haben sie mit rapider Geschwindigkeit getan. Der sogenannte Rechtsruck in Deutschland erscheint mir als das Sichtbarwerden eines Gewaltpotentials, das die ganze Zeit da war, aber eben zugedeckt, erfolgreich gedeckelt mit Hilfe der »Brüder und Schwestern« jeweils drüben; mit Hilfe der jeweiligen Sauberkeitsphantasie vom eigenen Staatsgebilde, im Westen mit der zusätzlichen Hilfe eines stetig wachsenden Bruttosozialprodukts.

Nationale Symbole, Massensymbole funktionieren in Friedenszeiten als Groß-Container für das Gift und den Wahnsinn ganzer Volksgebilde; die Westdeutschen deponierten ungeheure Mengen ihres Gifts unter der Mauer; dank des Vorhangs, des Eisernen, hielt ihr Wahnsinnspegel seinen relativ erträglichen Tiefstand.

Daß ähnlich von der DDR her gesprochen werden kann, ist für mich unter anderem daraus ersichtlich, daß selbst der des Landes verwiesene Wolf Biermann unerschütterlich mehrere Jahre fortfuhr, das Lied von der »besseren Hälfte« zu singen, aus der er verwiesen sei, der Mann mit dem »doppelt Weh«: die DDR als das »im Prinzip« bessere Deutschland auch für einen der schärfsten Dissidenten (bis er den Satz schließlich in aller Form zurücknahm). Auch in der DDR war der Mauer-Container aufgestellt für die Großmengen abzuführenden nationalen Gifts: Die Schuld für das Eingesperrtsein trug »der Kapitalismus« ... man lebte hinter einer *vom Feind erzwungenen* Mauer. Man ging zur Stasi beichten: die Sünden des Nachbarn, der mit dem »Drüben« sympathisierte. Für den »IM«, den »Inoffiziellen Mitarbeiter«, hatte der Stasi-Führungsoffizier nicht selten eine therapeutische Funktion, schreibt Tilman Moser: Gift abführen, Stabilität erlangen; dem größeren Ganzen *beitreten.* Die Stasiakten ... eine Mauer von der Länge der chinesischen. Die Stasi als groß aufgehaltener Container des »Antifaschismus« von unbegrenzter Fassungskraft: »Hitler – hier nicht!« ... und *Arbeit* gibt es auch ... im Westen steigt die Arbeitslosigkeit ... und *links* sind dort die Studenten ... (auch wenn deren Linkssein in eine der DDR passendere Art von Linkssein umgelogen werden mußte). Das alles war nicht einfach nichts; es funktionierte sogar erstaunlich lange und sah für viele DDRler halbwegs annehmbar aus.

Nach dem Fall der Mauer, nach dem Wegfall des Großen Gift-Containers, erschien als erstes offen der Fremdenhaß (den die DDR offiziell verboten hatte und den die BRD kanalisiert hatte mit Hilfe ihres »Drüben« und den Möglichkeiten eines ausgedehnten Tourismus); es erschienen weiter die häßlichen Rückstände unverarbeiteter Geschichte, der Antisemitismus, der Haß auf ungeliebte »Brudervölker«, ein wie vom Zaun gebrochen wirkender Rechtsradikalismus als Gegenpendel zum staatlich verordneten Antifaschismus. Es erschien (auf der Westlerseite) der Hang zu gnadenlosem Richtertum (eine Folge der unverarbeiteten Geschichte des Volksgerichtshofs in der BRD), und es erschien (auf

Ostlerseite) der Westweg zum Glück: der Run in die Kaufhäuser und Automärkte ... all das Gedeckelte schlug aus und zurück ... *The Empire strikes back* ... das Imperium des im Körper eingesperrten Bösen ... auch hier nicht neu erzeugt: begraben unter der Mauer war es gewesen.

Rache & Wiedervereinigung

Als zynischer Westler, der ganz gut «ohne« die DDR auskam, bin ich der Mauer einesteils nachträglich dankbar für ihr Funktionieren als Sicherheitssystem für die übelsten Züge der Deutschen. Vierzig Jahre lang konnte man hier, bedingt durch die Existenz *zweier* deutscher Staaten, so leben, als ob Frieden wäre. Daß damit Schluß sein würde, fürchtete ich im Moment der »Einheit«; ich habe sie (über den *Moment* des Wegfalls der Mauer, der ein freudiger war, hinaus) keine Sekunde gefeiert, sondern erlebt als Eröffnungsfest möglicher kommender Kriege mit deutscher Beteiligung, an deren Vorbereitung derzeit ja auch gearbeitet wird.

Die Einigung ist »geschehen«, sie ist aber auch nicht geschehen: *wirtschaftlich* vor allem nicht, und da wird sie auch so schnell nicht geschehen; das liegt nur zum Teil daran, daß die Ostökonomie zu marode war für vernünftiges Sanieren, und auch nur zum Teil an Treuhand-Mafiositäten. Der Grund liegt auch im westlichen uncäsarischen Verhalten, sofern man Cäsar ausnahmsweise als Vertreter des geschichtlichen Prinzips der politischen Milde, der *clementia*, durchgehen lassen will: Der Westen rächt sich am Osten; er rächt sich unter anderem für das schöne, weggenommene Abspaltgerät. Nicht umsonst liegt der Kommunismus jetzt *darnieder*, jeder Schullehrer *glaubt* heute an die Sätze, die er vierzig Jahre lang den Schülern über den Ostblock erzählt hat ... es ist ja *bewiesen* ... »der Sozialismus kann nicht klappen, weil er der Natur des Menschen entgegen steht«. »Privatbesitz und freie Marktwirtschaft« sind mit fliegenden Fahnen von der Natur wie von der Geschichte als ökonomische Naturgesetze – darwinistisch – bestätigt worden. Die Menschen »im Osten«, die so lange uneinsichtig querlagen, müssen erst mal in die Knie; müssen erst mal einsehen, was für einen Scheiß sie da gebaut haben (hinter ihrer Mauer); nicht damit sie was »begreifen«, sondern damit der Westler etwas *hat* von seinem Sieg (schließlich war es hier vierzig Jahre harte Arbeit, auf die sehr wohl geahnten Segnungen eines möglichen Sozialismus einer *reichen* Gesellschaft zu verzichten). Der westliche Staatssicherheitstyp, verzichtgestählt – hier konnte man Stasi sein zur Not *ohne Denunziation* –, der westliche Stasityp genießt also seine historische Stunde.

Vereinigt haben sich die Deutschen ganz woanders: in ihrem nationalen Massensymbol. Die Mauer ist weg ... es lebe die Mauer. Im Verlauf der letzten Jahre ist es den Deutschen, den Deutschen beider Staaten, gelungen, die Mauer, die sie so sehr brauchen zur Fortexistenz ihrer Denk- und Wahrnehmungsweisen, neu zu bauen. Nicht »zwei, drei Vietnams schaffen«, sondern zwei, drei Mauern ... »Vietnamesen raus«, das war die erste. In seiner sogenannten Ausländerpolitik ist das Vereinigte Deutschland daran gegangen, die Mauer, die bis 1989 mitten durch seinen Körper ging, neu aufzubauen außen um Deutschland herum: die sogenannten »sicheren Drittländer« Polen, Tschechische Republik, Österreich finden sich wieder als vom Bundestag verordneter Mauergürtel um die deutsche Speckhüfte herum, Mauer nach Osten gegen das dort bekanntermaßen ansässige Steppenmenschen- und Kaukasiertum, das Balkanesische als verkörpertem Un-deutsch-Prinzip. Es gibt wieder die sogenannten Zigeuner, und die gehören nach Rumänien, wie der Name Roma sagt und verlangt, es gibt wieder das Land, das »zu sterbien« hat aus den bekannten historischen Gründen (der einzige deutsche Groß-Politiker, der öffentlich die Haltung der deutschen Medien gegenüber Serbien als strukturelle Fortsetzung des Antisemitismus beklagte, war ab und zu Peter Glotz) ... zu leben haben im Gegenzug die Hunderttausende Wolga- und Siebenburgen-»Deutsche« ... Paß binnen einer Woche ... garantiert reine Rechtswähler die meisten; auf die *richtige Seite der Mauer,* bitte; gute Einkaufspolitik zur Verstärkung des christ-demokratischen Nationalteams.

Mauer. Schild

Die Mauer, die die einzelnen Deutschen selbst an ihren neuen Landes- und Körpergrenzen errichten, ist von modernerem, technischerem Zuschnitt: Es ist eine Mauer aus Elektronik. In ihrer handgreiflichsten Gestalt wird sie momentan erprobt in bayerischen und anderen deutschen Grenzurwäldern: eine elektronische Schranke in der Hand des Bundesgrenzschutzes gegen die illegale Einwanderung von Schwarzmaurern über »grüne Grenzen«; ob das funktionieren wird oder nicht: Die vom Fernsehen bestätigte Vorstellung, daß ein solcher SDI-Schirm im Prinzip dafür sorgen kann, jeden unauthorisierten Fremdfuß von deutschem Wohnraum und deutschem Pflaster fernzuhalten, reicht vollkommen aus, die Mauer im Kopf (wie sie in den Zeitungen gern heißt) neu zu errichten: die Mauer in ihrer elektronisch-nibelungischen Gestalt als *Schild. Schutzschildbürger,* die deutsche Fahne rings um den Leib gemauert, wie die Nationalkicker es zeigen auf ihrem Trikot: um den Körper laufende Mauer (notdürftig getarnt als gezackte Welle) aus weltabweisendem Schwarzrotgold.

Deutschland als »Einwanderungsland«: hoffnungslose Formel; die Sozialdemokraten, des ewigen Verlierens müde (aber zu gewinnen trauen sie sich auch nicht), stehen voll bei den Mauerbauern: ihr Sprungbrett in eine Regierungsbeteiligung; dieser vor allem mußte Herr Engholm, selbst ein Mauerbauer, weichen; die SPD braucht ein Vakuum an der Spitze; sonst nimmt der Chefchrist sie nicht rein in den regierenden Mauerverein. Anders gesagt: Auch die analytischen Köpfe der SPD haben »die Mauer« als Massensymbol der Deutschen ausgemacht; aber, nach Maßgabe der Diktatur des Einschaltquotenwesens, arbeiten sie nicht an deren Abschaffung, sondern, wie Politiker stets, an der Nutzbarmachung des Wahnsinns für sich selber. Sie rudern schwer, ihr Boot oben *auf der Mauerwelle* zu halten; erst in zweiter und dritter Linie arbeiten sie (manchmal) an der Senkung des Pegels oder an unwahnsinniger Nutzung der ihnen zur Verfügung stehenden *Frequenz.*

Mauer als *Schild:* Dies Wort siedelt dicht an der Wahrheit, nämlich an der weiter mit aller Kraft und aller Macht *jenseits* der Mauern gehaltenen *Schuld.* Die Deutschen beider Staaten sind fest entschlossen, in geschichtlicher Unschuld fortzuleben, und sei es, sie tun es als wiederholende und damit unterstreichende Neunazis, auch das löscht Schuld: Hitler war ein Baseballklopper; ist das so schlimm? Und nun Mauer und Schild ums geschichtlich Eingemachte.

Die Unglaublichkeit eines Kanzlers, der knapp vierzig Jahre nach dem Leitsatz der Nazis, die Juden hätten zu büßen »bis ins tausendste Glied«, bis ans Ende aller Generationen also, schon für seine, die *erste Nachnazigeneration* die Gnade der Schuldlosigkeit einzufordern wagte, ist den Mauer-Deutschen eine selbstverständliche Glaublichkeit.

Die Abspaltung der Nazigeschichte aus dem Fühlen der Menschen ist der emotionale Kern des Gebildes BRD gewesen; an der DDR wird der Vorgang der Geschichtsvernichtung jetzt mit aller Kraft wiederholt.

Jeder Ostler (jeder Ost-Artist), der einmal seinen Fuß ins Innere von Stasimauern setzte, ist bereits als Nazikollaborateur dingfest gemacht; dazu die Anti-Gauckler, die sagen: »Schwamm drüber«, man muß verzeihen können. *Beide* Haltungen kehren die Geschichte dessen, was *war*, zum Beispiel die Geschichte des tatsächlich vorhandenen Widerstandes gegen den DDR-Despotismus, ebenso unter den Tisch wie nach 1945 der tatsächliche Widerstand gegen die Nazis in der Selbstausstellung selbsternannter Widerstandskämpfer vom rechten Flügel der CDU verschwunden ist.

Das, was *war*, muß *abgespalten* werden. Der deutsche Leib hält es nicht aus in der Nähe noch so kleiner geschichtlicher Tatsachen; das liegt an der Schwere der Schuld, die er sehr wohl spürt. *Schild gegen die Schuld:* elektronische wie gesetzgeberische Mauer.

Die regierenden Christdemokraten würden diese Mauer gern aufrechterhalten und erneuern als *Mauer aus Blut:* Die Kernsubstanz der Nazis, das geerbte deutsche Blut, soll auch weiterhin darüber entscheiden, welchem Körper das Recht, sich »deutsch« nennen zu dürfen, zugestanden werden kann und welchem nicht.

Der *elektronische* Schild hat dabei nicht allein die Gestalt der Grenzlichtschranke; ich sehe ihn auch da leuchten, wo der Deutsche jeden Abend seine Augen hinwendet zur politischen Abendandacht: im Fernseh*schirm*.

Erstmals in der sogenannten Berichterstattung vom Golfkrieg war in aller Deutlichkeit zu sehen, wie der Fernsehschirm als SDI-Schirm gegen Wirklichkeitswahrnehmung eingesetzt werden kann. Es war dort, mehr als sonst, *beweisbar*. Das ist aber auch schon der ganze Unterschied zum alltäglichen Fernsehen: Die kalkulierte Unwirklichkeit, die jeden Abend als Nachricht über die Schirme läuft, hat nicht nur den ständigen Effekt der abgrundtiefen Desinformation, sie arbeitet darüber hinaus an genau dem Effekt, den auch die fotografierenden Golfkriegsraketen von ihrem eigenen Einschlag herstellten: nämlich an der Übertragung einer Unverletzlichkeitsphantasie auf den Fernsehzuschauer. Zweitens arbeitet *der Schirm* an dessen fester Überzeugung, daß die Welt jenseits seines Fernsehschildes – außer wenn er sommers reist – nicht existiert.

Hinterm Fernsehschild ist man selber unsichtbar, ist alle Schuld jenseits aller Mauern, ist alles Gold in der eigenen Stube und ist der Deutsche also Alberich unter der Tarnkappe. Unsichtbar, verborgen hinter der Mauer; »den Schatz« nicht teilen wollen; mit dem eigenen Osten nicht; erst recht nicht mit »Fremden«, die Welt »abtastend« mit einem Senderstrahl. Die Deutschen haben sich, ein nicht ungefährliches Anzeichen, erneut in einem nibelungischen Massensymbol vereinigt.

Mauer/Abspaltung sagen: Wir sind *anders* als alle anderen. In ihrem nationalen Massensymbol setzen sich die Deutschen erneut ab vom Rest der Welt als »im Prinzip different«; sie sagen nicht »Herrenrasse« jetzt, sie begnügen sich mit »andere Rasse«, *deutsch* eben ... von anderem *Blut*.

Wolfgang Neuss unterlief 1985 eine ebenso profunde wie prophetische Formulierung beim Witzemachen über die hier und da öffentlich werdende Hoffnung auf Aufhebung der deutschen Teilung: Er nannte das den Wunsch nach »Wiedervereinigung der Spalttablette«. Die Spalttablette wiedervereinigen zu wollen: Genau darin steckt der Wahnsinn. Man *kann* »das Spaltende« nicht wiedervereinigen, es *bleibt* Spalttablette, nur größer; Spalttablette hoch zwei: das ist Großdeutschland jetzt; Abspalttablette hinter der abspaltenden Mauer: »niemand sieht uns«; »wir sehen alles«; ... und was tut der Deutsche, wenn »ihn«, abgespalten von allem, niemand sieht, er aber *alles sieht:* Er beginnt, Verantwortung zu empfinden. Die »Verantwortung« für eine militärische Befriedung Bosniens etwa (dann, als aus der nichts Rechtes werden wollte/durfte), wenigstens eine deutsche Blauhelmbesiedlung Somalias. Jean-Luc Godard fällt mir ein, der zu den Stücken von Brecht gesagt hat, Brecht könne man »nur in Somalia spielen, und zwar auf deutsch«. Die Voraussetzungen dafür zu schaffen ist jetzt die Bundeswehr dort gewesen. (Fehlschlag für Brecht, wohl).

Die deutsche Rede von der militärischen Verantwortung für das Schicksal »Rest-Jugoslawiens«, Somalias oder was immer inzwischen an deren Stelle gerückt ist – »Verantwortung«, die »die Welt« von uns zu tragen erwartet –, kann nur als Abspaltprodukt verstanden werden: Abspaltung von allem, was die Bevölkerungen anderer Länder und Nationen *tatsächlich* von Deutschland erwarten (an erster Stelle, daß die deutschen Soldaten zu Hause bleiben).

Abspaltungen: *Wir* sind unsichtbar ... uns gibt es gar nicht ... wie es Hitler nicht gab (hinter der deutschen Wald- und Heermauer) ... und wenn es uns gibt, sind wir gut ... »kein anderes Land läßt (ließ ...) so viele Ausländer hinein wie Deutschland« ... ja, aber auch kein anderes schickt so viele wieder hinaus.

Wer anderswo verfolgt wird oder nicht, entscheidet eine deutsche Situationsbewertungsstelle: Im Juni 1993 legen Bundesregierung und SPD gemeinsam eine Liste der Länder vor, in denen politische Verfolgung »nicht stattfindet«. Hinter der Mauer sitzend, hinterm Schirm, alles im Auge habend, tasten die elektronisch gesteuerten Finger die Weltlagen ab. »Seine Finger haben in den Angelegenheiten anderer« ist das althergebrachte Lieblingsspiel nicht nur des deutschen Journalismus ... jeder Leitartikel ein Vorschriftskatechismus für In- wie Auslandsbewohner ... mit scharfer Geißel (anderswo) vergewaltigte Frauen beschützen ... massakrierte Moslems ... die müssen nicht herkommen, vielmehr muß man womöglich da *hin* mit der deutschen Armee (der tarnkappengereinigten) ... das verlangt das Herz des fernsehenden, eingemauerten, unverletzlichen Einmischungsdeutschen; und geht es dann doch nicht »mit der Armee«, dann wenigstens Öl ins Feuer mit des (doch so friedlichen) Genschers Kroatien-Anerkennung. Wie in allen Massensymbolen der Nationen verbirgt sich auch in diesem eine in Handlungen umsetzbare Allmachtsphantasie.

Der *unsichtbarste* der Alberiche hinter seiner schon *immer* bestehenden Mauer, die SDI-erfahrene Bundeswehr, bekommt in diesem Vorgang langsam so etwas wie eine gesellschaftliche Wirklichkeit ... man sieht in Deutschland ja nie Soldaten ... abgesehen von den Betrunkenen in den Wochenendzügen ... sie sitzen im *Spalt* ... wie die Ostsoldaten »hinter der Mauer« saßen mit entsicherten Gewehren ... Spaltspezialisten in Uniform ... und womöglich Kopfschmerzspezialisten auf einmal, im sich neu spaltenden Europa.

Der militärische Abschirmdienst, Schritt für Schritt bereit gemacht zur militärischen Vorwärts-Abschirmung, komplettiert die deutsche Mauerphantasie.

Mit Segen von allerhöchster Stelle: Am 4. Juli 1993 findet sich in der ›Welt am Sonntag‹ die Notiz, der Bundeskanzler plane nicht, sich an den Feierlichkeiten zum fünfzigsten Jahrestag der Landung der Alliierten in der Normandie zu beteiligen. Regierungssprecher Vogel: »Glauben Sie im Ernst, daß der Bundeskanzler an der Feier eines Geschehens teilnimmt, bei dem deutsche Soldaten Niederlagen erlitten haben?« Ich dachte bisher, der Sieg über die Hitlertruppen im Juni 1944 war (wenigstens offiziell) die Grundsteinlegung des jetzigen deutschen Staats. Dem ist nicht so (auch wenn sich später herausgestellt hat, daß es die Alliierten waren, die Kohl nicht dabei haben wollten. Vogel sprach erst einmal *so*).

Warnung: Der Wald als Heer/das Heer als Wald – darin war auch die Unausweichlichkeit von Niederlagen mitgesagt, das Gefälltwerden nämlich. Wald als Heer hatte auch etwas Irreales, um nicht zu sagen, Hirnverbranntes: das Heer/der Wald als Massensymbol der Deutschen *sind* deutlich Ausdruck einer (waldeskühlen) Hirnverbranntheit gewesen. Diese Hirnverbranntheit ist nicht verschwunden, sie ist dabei, überzugehen ins nachfolgende Nationalsymbol, in die technifizierte Mauer: Der elektronische Schirm krankt sehr an seiner (zum Tode verurteilten) Unverletzlichkeitsphantasie. Ich zweifle jedenfalls ein bißchen, ob die

Deutschen mit ihrer Gewißheit, »wer fernsieht, stirbt nicht«, historisch durchkommen werden. Irgend etwas wird kommen und sie *heimsuchen* hinter ihrem Fernseh-SDI.

Scham

Zum Schluß zwei Überlegungen zur Auflösung nationaler Massensymbole.

Eins: Die Scham. Die mangelnde Scham der meisten Deutschen über das, was Nazideutschland in Europa und im Nahen Osten angerichtet hat, sichert ab, daß sie es nicht einmal zur Kenntnis nehmen in der allergeringsten Tatsachenform. Die Deutschen, sofern sie passen wollen unter solch ein Sammelwort (und die meisten wollen es, während jeder halbwegs vernünftige Mensch spätestens in seiner späten Jugend den Wunsch ablegt, zu irgendeiner »Nation« gehören zu wollen), wissen nicht, was das ist, Scham. Daß man sich *schämen* können soll für etwas, das man »nicht selbst« getan hat, das vielleicht die Eltern getan haben ... Leute aus der Stadt, die man kennt oder auch jemand, den man gar nicht kennt ... Gruppen, Horden, Meuten von Leuten, die agierten im Namen Deutschlands oder jedenfalls mit Zustimmung großer Teile der Deutschen – diese Empfindung geht den Deutschen ab.

»Wieso denn?« »Wieso denn *schämen?*«

Ich habe im Lauf der Zeit gelernt, daß sie tatsächlich nicht wissen, was das ist ... wie das gehen soll, »sich schämen«. Sie sind nicht verstockt, nicht hinterhältig in dem Punkt. Sie weisen das klar von sich. Wieso denn ich? Wie kann man. Ich war doch gar nicht ... Die Empfindung »Scham« ist ihnen einfach nicht zugänglich; etwas sehr Schönes, was ihnen damit fehlt, aber sie wissen es nicht.

Ich habe anderswo geschrieben, nur wer sich schämen kann, über die Dinge, die er getan hat, über Dinge, die in seiner Nähe getan wurden, über Dinge, die »Menschen« getan haben, bekommt Zugang zur eigenen Geschichte, zur eigenen Körpergeschichte, zur eigenen politischen Geschichte, bekommt Zugang zur Geschichte auch der anderen. Wer dies Gefühl der Scham nicht kennt (es handelt sich um eine Auflösung des Körpers, eine Selbstverschmelzung – der Körper vergeht in einem heißen Flimmern und baut sich neu und »gereinigt« wieder zusammen), wer diese halluzinatorische Anerkennung der Schönheit des Daseins der anderen, vor deren Schönheit man sich schämt, nicht kennt, bleibt von der Wahrnehmung der Daseinsweise anderer Menschen so gut wie hoffnungslos ausgeschlossen.

Indem die meisten Deutschen sich heute erklärterweise nicht schämen über das, was im Namen »des Deutschen« bis 1945 geschehen ist, zeigen sie, daß sie von dieser Geschichte so wenig etwas wissen wollen wie von dem, was ihre eigene, jetzige Geschichte wäre. »Vegetables«, Gemüse, nannte Bernward Vesper diese standhaften Verweigerer der eigenen Menschwerdung an allen Fronten.

Die jetzigen Deutschen denken in ihrer Mehrheit, der schamlose Satz »Ich habe nichts gegen Türken« sei das Nonplusultra der Weltoffenheit und Toleranz. Sie *wissen* nicht, daß das ein rassistischer Satz ist, weil sie es nicht fühlen können. Jeder empfindende Mensch schämt sich, wenn er so einen Satz hört. Die ihn sagen, wissen nicht, warum der sich schämt. »Ich hab doch gesagt, daß ich nichts gegen Türken habe, reicht das nicht? Ich hab auch nichts gegen Frauen, auch nichts gegen Kommunisten.«

Mensch, hör auf. Mensch hört nicht auf. Mensch bemerkt weder seinen Rassismus noch die Schamlosigkeit, die sich vor einem aufbaut und sagt: »Ich find dich eigentlich ganz toll, Mensch.« Das liegt an fehlenden, vernünftigen Grenzen (Haut statt Mauern) zwischen ihnen. Die allersimpelsten Formen von Zurückhaltung, mit dem politischen Begriff: von Nichteinmischung in das Leben derer, die um einen herum sind, sind in Deutschland nach wie vor nicht verläßlich gegeben. Eltern, Lehrer, Freunde, Geliebte, Kinder, Nachbarn usw. haben derart wenig Hemmungen vor dem umstandslosen Eingriff, vor dem Übergriff ins andere Leben mit Vorschrift, Beschränkung, Meinungsäußerung, Ratschlag, es schlägt nur so um sich. Die Leute sind nicht gut auseinandergewachsen. Sie hängen zusammen im Familien-, im Geschwister-, im Freundschafts- und dann im Liebesknäuel; im Vereins-, im Stammtisch-, im Wohnungsknäuel, daß sie ihre eigene Ausdehnung so wenig kennen wie die Stelle, wo eine andere Person anfängt; sie spüren das nicht als etwas Reales, sie leben zu großen Teilen in einem Gefühl andauernder Irrealität. »Mauer« ist demgegenüber ihre Unterscheidungshilfe. Die Übergriffe, die von »hinter der Mauer vor« geschehen, sind eine Art Versicherung von der

Existenz der anderen, aber eine sehr schlechte Versicherung, eine barbarische. Die Angehörigen dieses Volkes, das einer »alten Kultur« anzugehören sich beschlossenerweise rühmt, sind psychophysiologisch auf einem ziemlich unentwickelten Stand. Ehe sie den Rest der Welt mit irgend etwas »Deutschem« beglücken könnten, müßten sie zuerst mal geworden sein, was sie nicht sind, einzelne; einzelne, von den anderen abgetrennte Individuen ohne Vermischungsnebel im Blick. Das aber haben die wenigsten vor. Das wird auch von keiner öffentlichen Institution oder Instanz, die in D'land momentan Gewicht hat, verlangt.

Einigkeit und Recht und ...

Zwei: das Recht. Komprimiert zeigt sich das Verhältnis Deutschlands zur Geschichte in der nicht entstandenen Empfindlichkeit der Deutschen gegenüber der Schrecklichkeit des Rechthabens und Rechtbehaltens. Nicht bloß, daß in der Rechtsprechung, im institutionellen Körper der beamteten Justiz, kaum eine Reinigung vom Nazi-Deutschtum stattgefunden hat nach 1945. Ebenso ist sie in jedem einzelnen Körper eher ausgeblieben. Sonst wäre eine ungeheure Empfindlichkeit gegenüber dem Vorgang des Rechthabens, dem Zustand des Im-Recht-Seins, der ja eine Mauer zwischen Lebenswürdigen und zum Tode Verurteilten zieht, entstanden. Mit der Geste des Im-Recht-Seins ist 1939 sowohl Polen überfallen worden wie danach das weitere Europa, insbesondere der Bolschewismus, die Sowjetunion. Mit dem Gestus des absoluten Im-Recht-Seins ist der Versuch der Ausrottung der Juden durchgeführt worden. Dazu gab es nicht bloß Gesetze und Durchführungsverordnungen, den »Zwang« zur sogenannten Pflichterfüllung, sondern einen ausgedehnten Kanon ziviler, alltäglicher, rechthabender Argumentationsweisen zur ethisch/moralischen Untermauerung der Rechtmäßigkeit der eigenen Handlungen und Ansichten: eine Komplizenschaft des Im-Recht-Seins unter den Deutschen. Die Unrechtshandlungen des Zweiten Weltkriegs geschahen nicht nur im Namen staatlich-gesetzlichen Rechts, sondern abgestützt von so etwas wie einem »persönlichen«, bei vielen übereinstimmenden Rechtskanon: »Subjektiv« taten wir recht, waren wir uns keines Unrechts bewußt etc.

Gut, wenn das so war, hätte ein ungeheures Mißtrauen gegenüber dem Rechthaben, gegenüber der Existenzform des Im-Recht-Seins selber entstehen müssen, nämlich wenn das Im-Recht-Sein die allerschlimmsten Unrechtshandlungen und Verbrechen nicht aus-, sondern einschließt.

Was aber ist der Fall: In jedem Familienstreit, in jeder politischen, in jeder wissenschaftlichen Diskussion, im Sport, im Beziehungskrieg und ungehindert gegenüber den Kindern feiert die Position des Rechthabenden ihre unverminderten Triumphe, wird mit Beweis und Gegenbeweis, mit Argument und Gegenargument Krieg geführt, getrickst, geschummelt, geschoben, wird die Liebe eingeklagt, an der Lage der Dinge gedreht, bis sie »passen«, bis man sich, unausweichlich, in der Position des Rechts befindet, in dieser allerschäbigsten Gaunerposition, denn was ist leichter in der Kausalwelt, als Gründe ins Feld zu führen: Gründe für dies, Gründe für jenes, Beweise, sogenannte Tatsachen, das kam ja mit der Muttermilch, daß das ein reines Machtspiel ist. Die »Tatsachen« sind hoffnungslos ins Hintertreffen geraten, wenn man ans »Reale« will; es gibt sie immer weniger; es gibt sie eigentlich nur als Stoff für die beliebig flexible Manipulierbarkeit der Begründungen, der Statistiken, der Beleuchtungsanordnung. Was Tatsache *ist,* sagt dann letztlich ein Amt, ein Unternehmen, eine Institution oder wer oder was gerade die Macht dazu hat. Notfalls sagt es (mit letztem Wort) das Militär, und andauernd sagen es die verschiedenen Sorten Richter ... wer will sich denn auf sowas berufen, wenn es um ein menschliches Verhältnis, um das Verhältnis zu den Toten oder die Wahrheit einer Beziehung geht. Die Antwort lautet leider: jeder, so gut wie jeder. Jeder private wie gesellschaftliche Diskurs, auch die linken Diskurse, auch der grün-ökologische, berufen sich, beziehen sich auf einen Rechtsdiskurs. Sie bemerken bis heute nicht, daß das ein rechter Diskurs ist – beziehungsweise ein unrechter.

In Termini des Drogenmißbrauchs ausgedrückt, die bei bestimmter Verwendung von nationalen Massensymbolen allein angebracht sind: Die Deutschen hatten eine Überdosis Nationalismus, preußischen Nationalismus, kaiserlichen Chauvinismus, nazistisches Übermenschendeutschtum, sie hatten die Weltmeisterschaft in deutschem Fleiß, deutschem Gehorsam, ein paar Europameisterschaften in deutschem Tourismus, die Goldmedaillen in deutsch-ökonomischer Überlegenheit, die Goldmedaillen in deutscher Arbeitsamkeit; und die gesicherte Vorstellung, das Ganze sei einer Belohnung »des Deutschen« durch »die Geschichte« in jedem Falle wert. Aber nötig hätten die Deutschen eine Entziehung, mehrere Entziehungen, und eine jahrzehntelange, darauf folgende Enthaltsamkeit.

Diese Enthaltsamkeit hat es bei vielen auch gegeben; die Ereignisse der letzten Jahre hat sie zum großen Teil wieder beseitigt.

Die mauerköpfigste Position in Deutschland im Moment ist die totale Wegblendung der grundlegend verschiedenen Startpunkte der beiden Deutschland nach dem Zweiten Weltkrieg/nach 1949: die finanzielle ökonomische und politische Unterstützung des Westteils durch die Amerikaner und die Nichtunterstützung, das heißt die Durchführung von Teilen des Morgenthauplans nicht an der BRD, sondern an der DDR durch die Sowjetunion. Die Westdeutschen jetzt behaupten steif und fest, die erwiesene ökonomische Überlegenheit der BRD über die DDR sei ein Produkt ihrer eigenen Arbeitsamkeit. Sie nehmen die erhaltene Hilfe nicht zur Kenntnis, brauchen sich also auch nicht (bei nichts und niemandem) zu bedanken. Sie haben alles *allein* gemacht, *allein* hinter ihrer Mauer (und hätten doch ohne Zustimmung der Alliierten, die sie leider bekommen haben, auch 1990 nichts vereinigen können). Allein hinter ihrer Mauer, auf der sie jetzt stehen und schwer Verantwortung tragen. Dringend, ganz dringend bräuchten sie jemand, der sie ihnen abnimmt. Auch Herden von Elefantenrunden können sie nicht tragen.

Doppelmauer

Einwand aus der Diskussion: Kann ein öffentlich negativ besetztes Gebilde wie »die Mauer« überhaupt als ein nationales Massensymbol in Frage kommen?

Ich würde sagen: nein – wenn da nicht die Spaltung der Mauer selber wäre: in *sichtbare* Mauer (»Todesstreifen«, Todesschützen), negativ besetzt; und *unsichtbare* Mauer (Mauer als *Schild*, magischer Abspaltungszauber), positiv besetzt. Die Verwerfung der Mauer durch die offizielle Politik erscheint sogar als die Voraussetzung für ihr Funktionieren als heimlicher Giftcontainer. Ihr *offener* Gebrauch als Abspalthilfe hätte die Deutschen als »schamlos« erscheinen lassen und damit genau die Empfindung ins Spiel gebracht, zu deren Ausschluß die Mauer verwendet wurde.

Auch der phantastisch-elektronische SDI-Schirm hat diese doppelte Codierung. Als Schranke zur bloßen Abhaltung anderer Menschen ist er peinlich; als funktionierendes elektronisches *Ortungsgerät*, das die Waldwege ingenieursmäßig in den Griff bekommt, aber großartig.

Die Mehrfachcodierung des »deutschen Wesens« ist, unter anderem, eine Spezialität der Nazis gewesen; sie war in den dreißiger Jahren das Eingangstor zum Beispiel für die beschirmenden Ingenieure in den Nazismus: Mit »Blut und Boden« hätte man sie nicht locken können; das war die Formel für den normalen, den untechnischen Rassisten; für den technischen Herrenmenschen gab es die Vergötterung technischer Errungenschaften, gab es »das deutsche Erfindungsgenie« als Speerspitze in der Welt des technisch »Machbaren« (das genaue Gegenstück der Blut-und-Boden-Rede). Daß »die Maschine« öffentlich negativ besetzt war und das deutsche »Gemüt« positiv, behinderte nicht die genaue Umkehrung dieser Bewertung in den Zuständigkeitsbereichen des deutschen Ingenieursaristokratismus.

»Getrennt marschieren. Vereint schlagen« ist nicht umsonst die seit 1870 gültige Formel deutscher militärischer Strategien. Spalten/wieder verbinden; doppelt codieren; verstecken/öffentlich machen.

John Patillo-Hess' Vermutung, daß sich hinter dem Mauerschild ein Überleben des Heers als Massensymbol andeuten könnte, ist keinesfalls von der Hand zu weisen; die Deutschen hätten dann »den Wald sterben« lassen, um das Heer zu erhalten; die momentan äußerst erschreckende breite Zustimmung in der deutschen Bevölkerung zu einem *Auftauchen* des Heers aus seiner historischen Versenkung ist (mehr schon als) ein Indiz für das Zutreffende dieser Vermutung. »Die deutsche Armee soll *normal* sein wie andere Armeen auch«, geht die Rede: wiedergeboren ins Sichtbare, elektronisiert, durch sauberen Schnitt vom Wald getrennt. Die Deutschen wären endlich *modern* geworden: aus dem Schutz des Waldes unter den Schutz der technischen Schirme – Kathedralen anderer Art. Über den Parteitagen der Nazis standen sie schon als *Lichtdome,* Mauern aus Licht gegen das Böse der Welt wie des Alls in all seiner Finsternis.

Flugzeuge ließen sich allerdings nicht abhalten durch Staatsschauspiele optischer Omnipotenz. Der *unsichtbare* Schirm heute verspricht, besser zu funktionieren. Der Kernsatz des Soldatischen nach dem Ersten Weltkrieg: »Solange wir verloren haben, ist der Krieg nicht vorbei«, hat nach 1990 eine neue Basis bekommen im Durchbruch durch den ostischen Beton. Alberich ist hervorgekommen aus seinem gemauerten Wurzelversteck; er braucht sich nicht zu verstecken; die »Nation« spielt Tarnkappenspiele.

Stimmt auch für die »Festung Europa« insgesamt, werfen Symposiumsteilnehmer aus den »postkommunistischen« Ländern in die Diskussion. Gut möglich, daß die Post-Mauer-Deutschen in diesem Punkt tatsächlich eine *europäische* Avantgarde sind.

»Man stirbt nur zweimal«, tröstete Liessmann auf einem Buchtitel sich selbst, uns und den doppelt verstorbenen Karl Marx 1880/1989. Marx, zweimal gestorben, kann nun in Ruhe leben als Normaleinwohner der freundlichen Bibliothekswelten. Bayreuth aber macht weiter: Wagners zweites Sterben steht, soweit ich sehe, noch ziemlich aus.

Männliche Geburtsweisen
Der männliche Körper als Institutionenkörper

Es ist nicht so, daß Männer in ihren Produktionen bloßer *Gebärneid* je getrieben hätte; wo Frauen Kinder auf die Welt bringen, »Lebendiges«, *erzeugen* Männer, und das ihrer Selbstgewißheit nach schon seit ewigen Zeiten, große Teile dieser »Welt« überhaupt erst, auf die die von Frauen Geborenen ihren Fuß dann setzen können: Denkwelten, wissenschaftliche Welten, Kunstwelten, politische Welten, Gefängniswelten, militärische Welten, Fabrikationswelten, juristische Welten, jeweils gebündelt in Machtorganen, die »Institutionen« heißen.

»Denken und Fühlen sind etwas für Individuen. Aber kann auch eine soziale Gruppe denken oder fühlen?« fragt Mary Douglas in ihrem Buch ›Wie Institutionen denken‹ und beantwortet diese Frage, wie man dem Titel schon entnehmen kann, mit »ja«. Es gibt *Denkkollektive, Denkstile,* institutionell in Gesellschaften verankert oder auch informell, kaum bewußt wahrgenommen. Der Denkstil eines jeden sozialen Gebildes, sagt Mary Douglas, »setzt den Rahmen für jede Erkenntnis, und er bestimmt, was als vernünftige Frage und was als wahre oder falsche Antwort gelten kann. Der Denkstil setzt den Kontext und die Grenzen für jedes Urteil über die objektive Wirklichkeit. Zu seinen wesentlichen Merkmalen gehört die Tatsache, daß er den Mitgliedern des betreffenden Denkkollektivs verborgen bleibt.«[1]

Von einem solchen Verborgenbleiben (»Verborgenbleiben des Offenkundigsten«) will ich reden am Beispiel einer der zentralsten institutionellen Produktionen unserer (und jeder anderen männerdominierten) Gesellschaft, von der *institutionellen Herstellung des Männerkörpers* – einem *der* (offenen) Kerngeheimnisse der jüdisch-christlich-islamischen und anderer mannregierter Kulturen.

Seltsamerweise erwähnt Mary Douglas in ihrem Buch nicht, daß so gut wie alle Institutionen, die wir kennen, männliche sind: überwiegend männlich besetzt, nach männlichen Gesetzen aufgebaut, männlich geführt; das ist vielleicht ihr Tribut an *ihre* Institution: Auch die Universitäten, der Wissensbetrieb, sind, trotz aller weiblicher Beteiligten, *institutionell* männlich. Nicht einmal *Quo-*

ten ändern etwas daran; erst gesetzliche Verankerung spezieller weiblicher Rechte für die einzelnen Institutionen würde etwas daran ändern.

Wir haben in unserer Gesellschaft nur eine einzige partiell weibliche Institution: Das ist die Mutterschaft (die aber wiederum männlich dominierter Gesetzgebung unterliegt). Die Diskussion um das Abtreibungsrecht in den letzten Jahren und die dazugehörigen Gerichtsentscheidungen zeigen in aller Deutlichkeit, wie wenig männliche Institutionen gewillt sind, auch nur Schnipselchen ihrer Macht (freiwillig) herzugeben, und wie *bewußt* herrschaftsausübende Männer sich ihrer institutionellen Funktionen in jeder entscheidenden Frage sind.

Für das öffentliche Leben gilt, sagt Mary Douglas, generell: »Der einzelne überläßt eher die wichtigen Entscheidungen den Institutionen, während er sich selbst mit Kleinigkeiten und taktischen Fragen abgibt.«[2] Institutionen schaffen derart Verbindlichkeit, nehmen das Denken ab, stecken Handlungsrahmen, sie strafen, sie vergessen, sie treffen Entscheidungen über Leben und Tod, sie verlangen, gegebenenfalls, die Tötung anderer.

Der »falsche Weg« der Geburt und seine Korrekturen

Und sie geben Leben: *Selbstzeugung* ist der Begriff, der hierher gehört. Nicht nur »selbst ist der Mann«, wie es so unschön heißt, nicht nur businessmäßig *selfmade,* sondern *selbstgeboren.* Von einer Mutter geboren zu sein ist der falsche Weg, ruft es durch die abendländische Geschichte von Plato bis Goebbels. »Mann« will die Verbindung zu ihrem Leib loswerden, nicht einmal aus ihm gekommen will er sein; und entsprechend organisiert hat er seine Gesellschaften: Zwar wird »das Kind« von einer Mutter geboren (und auch bei ihr gelassen für eine gewisse Weile), aber dann schreitet das männlich-staatliche Prinzip ein zur Korrektur dieses biologischen Unsinns und nachbehandelt die Körper auf seine spezifische Weise. Faktisch werden die Kinder nach ein paar Jahren ihren Müttern »weggenommen« und anderen Institutionen überantwortet, die einen weiblichen Touch (wie Kindergärten und manchmal Schulen) zwar noch haben können, aber durchaus nicht müssen; und die ihn meistens überhaupt nicht haben, wie all die bekannten Körperumbildungsinstitute von der Fabrik zum Militär, vom Jugendbund zum Sportverein und anderen zivilen Männerkorporationen. Zwar werden auch Mädchen ihren Müttern prinzipiell weggenommen und einer körperlichen Nachgeburtsbehandlung durch die Gesellschaft, Kirchen, Verbände unterworfen. Aber das Resultat ist nicht ein in gleicher Weise »positiv verfügbarer« institutioneller Körper wie bei männlichen Kindern. Um den geht es hier.

Nehmen wir den Körper des Kindes, wie er aus der Verbindung mit der Mutter kommt: Auch dieser Körper ist schon in sich gespalten, mehrpolig gespannt. Er ist mütterlich (möglicherweise auch väterlich) belebt in Hautkontakten, Zuwendungen, Fütterungen, im Spiel, er ist aber auch unbelebt, »totgestellt« durch Strafen, Grobheit, angsterregende Eingriffe verschiedenster Art, durch Hungerphasen, Verlassenheiten etc.: Diese Spaltung in einen belebten und in einen unbelebten, in einen fühlenden und in einen *anästhesierten* Teil ist jedem Körper in verschiedenen Graden und Abstufungen zu eigen. Der *institutionelle* Zugriff auf den Körper setzt meistens an an dessen anästhesierten Teilen; dort ist nicht nur der geringste Widerstand zu erwarten; dort ist sogar eine gewisse Bündniskraft am Werke: Unbelebte Teile oder Gebiete des Körpers, in denen angsterregende Eingriffe gespeichert sind, lassen sich gern transformieren in muskuläre Reaktionsgebilde ohne Gefühle; eine strenge Umpolung aufs muskulärmotorische kann als Errettung erlebt werden vor unintegrierbaren, angstmachenden Gefühlen, die aus eigener dunkler Geschichte stammen.

Ohne Gewalt und Gewaltinstitutionen geht dieser Umbau nicht; der umzugebärende Körper muß sich in einer genau festgelegten *Abhängigkeit* befinden, in einer klar definierten Materialposition. Auch wo das Militär aus seiner Funktion des Haupt-Nachgebärers entlassen ist, spielen direkte oder indirekte körperlich-muskuläre Eingriffe eine große Rolle bei der Herstellung des Männerkörpers als »handelndem Gesellschaftswesen«; hochentwickelte technologische Gesellschaften wie unsere kommen aber inzwischen mit einem Minimum direkter muskulärer Eingriffe aus.

Ich will an einigen prägnanten Beispielen zunächst die Selbstbenennung männlicher Gewalt-Tätigkeiten als *Geburten* beschreiben, die den entsprechend kundigen Institutionenmännern keineswegs verborgen ist, im Gegenteil, die sie immer und immer wieder herausstellen, wenn man ihnen bei der Schilderung ihrer menschen- wie weltenzeugenden Tätigkeiten zuhört. Geburten jeweils durch Gewalt.

So hat General Westmoreland im Vietnamkrieg die Bombardierung Hanois und Nordvietnams mit den Sätzen verteidigt, all diese fernöstlichen *Orientalen* seien noch, menschheitsgeschichtlich betrachtet, im Zustande von *toddlers* – so heißen in Amerika die Kleinkinder, die gerade aus dem Krabbelalter heraus sind, und, hin- und herschwankend, das Laufen lernen. Die Bombardements sah Westmoreland als die Art Hilfe an, die *er* zu geben in der Lage war, die im welthistorischen Kleinkindstadium herumstolpernden Vietnamesen »ins Erwachsenenalter zu bomben«. (Westmoreland vor der Kamera in Peter Davis Vietnam-Film ›Hearts and Minds‹). Dies Modell des »Erwachsenmachens« der »dritten« wie »vierten« Welten scheinen eine ganze Menge Welterzeugungsmänner in ihren Köpfen herumzutragen (sieht man sich die aktuellen Wege der Waffenlieferungsströme daraufhin an).

Etwas Ähnliches schwebte offenkundig auch den Vätern der ersten Atombombe vor, und zwar mit dem ganzen Erdball. Die erste erfolgreich gezündete Atombombe wurde von ihnen begrüßt als eine neue, entwicklungsfähige Form von *Leben*, und gefeiert, in Ermangelung wirklich angemessener Namensgebung, als neugeborener *Junge*. (Edward Teller als die Mutter, die den Jungen ausgetragen hatte.)

In den Protokollen von den ersten erfolgreichen Tests finden sich die Lebensäußerungen der Bombe festgehalten als *Schreie des Neugeborenen*. Winston Churchill bekommt die Nachricht vom erfolgreichen Test während der Potsdamer Konferenz in einem verschlüsselten Telegramm überreicht, das lautet: *»Babies satisfactorily born.«* »Geburt der Zwillinge verlief ohne Komplikationen.«)

Die Amerikanerin Carol Cohn, die ein paar Jahre lang mit den Defense Intellectuals des Weißen Hauses zusammengearbeitet hat, resümierte erstaunt: »Die gesamte Geschichte des Bombenprojekts ist durchsetzt mit Bildern, die die grenzenlose technologische Kraft der Männer, die Welt zu zerstören, mit der Kraft zu gebären verwechselt oder gleichsetzt.«[3] *Gleichsetzt!* Zufall? Bildersprache?

William L. Laurence, Augenzeuge des »Trinity-Tests« (= erste Atombombe) notiert: »Der große Knall kam ungefähr hundert Sekunden nach dem großen Blitz – der erste Schrei einer neugeborenen Welt. (...) Wir alle sprangen hoch und klatschten in die Hände – erdgebundene Männer als Symbole einer neugeborenen Kraft.«

Im Angesicht des überwältigenden milchig, wolkig, dynamischen Gebrodels des Bombenpilzes hat Laurence die *Wahrnehmung*, die Bombe verwandle sich in ein lebendes Wesen. Es ist *keine* Metaphorik, sondern der ziemlich bewußte Versuch einer Parallelisierung der Explosion mit dem menschlich-mütterlichen Geburtsprozeß.

Was passiert bei der alten, der traditionellen, Geburt: Das Kind wird (nach langer Vorarbeit) aus der Mutter herausgepreßt ... ein Blitz von Licht zuckt in die Augen ... die Explosivgeräusche des Geburtszimmers detonieren in Babys Ohr ... der Klatsch auf den Hintern durch den Arzt, der das Baby an den Beinen hält, liefert den *Big Bang* ... »der große Knall kam ungefähr hundert Sekunden nach dem großen Blitz« ... und die »neugeborene Welt« beginnt zu schreien ... draußen vor der Tür stehen die Angehörigen, der Vater etc. ... sie hören den Schrei, springen hoch und klatschen in die Hände ... die Tür geht auf und die Schwester flüstert: *es ist ein Junge ...*

... und die Welt ist erlöst.

Die Parallelisierung ist in der Tat umwerfend. Aber was da neu *lebt*, ist die Kraft, die Erde zu *töten*. And it was done by *birth*. Die Wissenschaftsmänner des »Manhattan Project« bauten also nicht die Atombombe, nein, sie schufen eine neue Welt, der »Natur« ein und für alle Mal *überlegen*. Deren erster Existenz- und Siegbeweis war dann der Niedergang des »Fat Boy« (Name der Bombe – kräftig gewachsen der Junge!) auf Hiroshima.

Wir haben seitdem tatsächlich eine *neue Erde* (diejenige, die der Regierungs- oder Militärmann kaputtmachen kann).

Die Rede von der »Geburt einer Nation«, ein Topos des 19. und 20. Jahrhunderts, war uns durch unsere Nachkriegsgeschichte schon ein bißchen fremd geworden, fast vergessen, bis sie uns in Erinnerung gerufen wurde durch die Ereignisse des November 1989. Antje Vollmer notierte dazu, nach ihren Mauervisitationen im März 1990: »Männer, wohin ich seh, ein unübersehbares Heer dunkelblauer Anzüge, Männer in permanenter Männerpaarbildung. (...) ›Macht das Tor auf!‹ An allen Mauer- und Stacheldraht-Durchbrüchen waren es Herren, die sich als erste Wort und Hand nehmen. Das Recht der ersten Nacht war ihrs – und dann durfte auch das einfache Volk: fließen, strömen (...). Das ist die Blütezeit der eingeschlechtlichen Schöpferkraft. Der Nationalismus, der Staat und die Partei sind die männlichen Produktionen künstlicher Wirklichkeiten schlechthin.«[4]

Man mußte nicht die nachfolgenden Einschränkungen von Frauenrechten und die verstärkte Offensive gegen den Feminismus abwarten, um zu *wissen,* daß sie kommen würden. »Nation« ist immer eine Mann-Mann-Geburt, und »die Frau« ist in ihr ausgeschaltet oder unten.

»Geburt der Nationen«. Warum nicht gleich »Geburt der Menschheit«? In einem Beitrag zu James Camerons Film ›Terminator II‹ in der ›Zeit‹ vom 30. April 1993 macht uns Peter Sloterdijk mit dem »ältesten Aktionsmuster der Menschheit« bekannt. Das ist für ihn der historische Moment, in dem ein flüchtendes (Affen-) Wesen in seinem Lauf einhält, sich umdreht, sich zum Gegenangreifer transformiert und einen Gegenstand, Ast oder Stein, auf seinen Verfolger wirft. Sloterdijk: »Man könnte geradezu von der Geburt des Menschen aus dem Geist des Gegenangriffs sprechen. Am Anfang war die Gegengewalt – das heißt die Gewaltflucht, die durch Würfe Grenzen in den Raum zieht.«

Wirklich? Er hätte doch auch sagen können, der Kreis der Werfer schützt das Paar, das, in seiner Mitte, abgeschirmt, für den Nachwuchs sorgt ... und daraus dann die Menschwerdung, die *Hominisation*, mit der sie es dauernd haben, die Philosophen: Wo *entsprang* »der Mensch«, eine ihrer Haupt- und Lieblingsfragen, mit der sie nie zu Ende kommen, weil sie die zutreffende Antwort partout nicht geben wollen: aus einer Mutter. Vor jedem werfenden Werfer muß es eine Mutter geben, der daran liegt, ihr Kind lebendig zu machen und zu schützen, sonst kommt es erst gar nicht zum Wurf, weder zum Steinwurf noch zum philosophischen.

Selbst ein feministisch nicht ungewitzter Mensch wie Sloterdijk liefert uns ein Modell von der »Geburt des Menschen«, ein Weltgeburtsmodell, das ganz ohne Frauen auskommt. Er begnügt sich damit, die Philosophen von Hegel bis Heidegger zu übermuttern, die »den Menschen« als Sich-selbst-Entwerfenden sehen (was auch Brecht gern so tat), wogegen Sloterdijk, »dekonstruktionistisch« reduziert: nein, er ist ein Werfer, nicht ein Geworfener; der Werfer, dessen Stein ins Ziel trifft. Aus diesem Wurf leitet sich her, sagt P. S., »der Wachheitsüberschuß, der dem Aufmerksamkeitstier Homo sapiens die Augen freigibt für luxurierende Blicke in das stille Feld«; damit soll die Arbeit des Philosophen beschrieben sein, seine eigene: luxurierende Blicke ... Starten von Denkstreifzügen ins stille Feld ... um sich dann wiederzufinden als potentieller Cheftheoretiker der Bonner Hardthöhe ...

Es ist nicht ganz leicht zu sehen, was da vor sich geht: Ich habe lange gebraucht zu begreifen, daß dieser Ausschluß der Frauen aus der Weltgeburtsarbeit auch in der Philosophie tatsächlich eine ihrer entscheidenden Grundvoraussetzungen ist, ihr Basisopfer sozusagen ... und noch länger gebraucht, daß Philosophen oder Menschen, die sich für solche halten, in der Regel nicht in der Lage sind, diesen Grundmangel überhaupt als Mangel zu erkennen ... sie denken tatsächlich, sie *denken* (wo sie doch bloß die Frauen weglassen) ... sie machen das nicht mit Absicht ... es ist ein echter blinder Fleck. Spricht man einen der Denk- oder Wissenschaftsherren auf diesen Mangel an, stellt man fest: Sie verstehen einen meist überhaupt nicht, sie wissen gar nicht, was gemeint ist, und wenn sie es doch zu verstehen meinen, halten sie es für einen Witz ... ja gut, die Frauen, die Mütter ... richtig ... aber keine philosophische Kategorie ... keine Kategorie der Erkenntnis ... die gehören doch nicht hierher ...

Und bleibt man etwa dabei, daß sie doch hierher gehören und zwar *gerade* hierher, wird man in ihren Augen zu einem denkunfähigen Wesen ... man kann geradezu sehen, wie man sich in ihrem Gesichtsausdruck, einer institutionellen Maske, zu einem Flachkopf verwandelt ... zu einer Art Frau, die keine Ahnung hat von den Geheimnissen des männlichen/philosophischen Diskurses ... sie denken tatsächlich, da ist ein *Geheimnis,* hinter das sie kommen müssen mit ihren Gedanken. Die meisten philosophischen (wie auch religiösen) Gedanken dieser Art bestehen aber ganz schlicht aus der Tatsache, die Mutter gestrichen zu haben aus der Geburt. Sie einzubeziehen ergäbe in der Tat völlig andere Probleme, solche, die nur *zwischen* Männern und Frauen lösbar wären, nicht denkerisch. Das aber will der Institutskopf nicht; er will sein mit andern Männern geteiltes institutionelles Denkgebäude ... er ist ein großer Architekt, Weltenbauer ... Frauen können *Teil* seines institutionellen Apparates werden (aber keine Blutspuren in den Papieren ... jedenfalls nicht »*dies*« Blut, bitte).

Die zwei Seiten der Folter

Den Kern männlich-selbstgemachter Geburtsarbeit begreift man allerdings erst, wenn man das männliche Agieren in direkten Gewaltsituationen untersucht, zugespitzt in der Folter. Der Vorgang des Sich-Gebärens bedarf einer physischen Energie, über die der Mannkörper in seiner institutionellen Einbindung von sich aus nicht verfügt. Er muß sie woanders hernehmen; er nimmt sie aus anderen Körpern. Im Kern besteht seine Geburt in der Tötung anderer.

In Tim O'Briens Vietnam-Roman ›The Things They Carried‹ (Die Dinge, die sie trugen) gibt es dazu eine Szene, die den Vorgang (in »teuflischer Unschuld«) modellhaft festhält. Held der Szene ist ein Soldat namens Rat Kiley, der mit seinem Freund Curt Lemon in einer Kampfpause mit Handgranaten herumgespielt hat, wie die Jungs zu tun pflegen, und diesmal ging es schief, eine Granate ging los und nahm Curt Lemon mit rauf in das Geäst eines Baums, aus dem sie ihn dann herunterkratzen mußten, um die Reste beerdigen zu können, und nun hat Rat Kiley keinen guten Freund mehr, und er nimmt, als die Truppe weitermarschiert, ein kleines Wasserbuffelbaby mit, das am Wegrand steht, und führt es mit sich an einem Seil, bis das Platoon am Abend Rast macht und seine Essensration zu sich nimmt. Tim O'Brien:

»Nach dem Essen ging Rat Kiley rüber und streichelte das Büffelbaby am Kopf.

Er öffnete eine Dose mit der C-Ration, Schweinefleisch mit Bohnen, aber das Büffelbaby war nicht interessiert.

Rat zuckte die Achseln.

Er ging einen Schritt zurück und schoß es ins rechte Vorderknie. Das Tier gab keinen Ton von sich. Es brach hart nieder, stand dann wieder auf, und Rat zielte sehr sorgfältig, bevor er ihm ein Ohr abschoß. Er schoß ihm in die Hinterbacken und in den kleinen Buckel auf seinem Rücken. Er schoß es zweimal in die Flanken; es war nicht umzubringen; aber weh tun konnte man ihm. Rat drückte die Mündung seiner Rifle gegen das Maul und schoß das Maul weg. Niemand sagte groß was. Das ganze Platoon stand da und schaute zu, fühlte alle Sorten Dinge, aber viel Mitleid für das Wasserbüffelbaby war nicht dabei. Curt Lemon war tot. Rat Kiley hatte seinen besten Freund auf der Welt verloren. Später in der Woche würde er einen langen persönlichen Brief an die Schwester des Typs schreiben, die nicht antworten würde, aber im Moment war es eine Frage des Schmerzes. Er schoß ihm den Schwanz weg. Er schoß ihm Stücke Fleisch aus den Rippen. Überall um uns herum war der Geruch von Rauch und Moder und von tiefem Grün, und der Abend war feucht und nicht sehr heiß. Rat ging zur Automatic über. Er schoß beiläufig, beinah zufällig, schnelle kleine Garben in den Bauch und die Hinterkeulen. Dann lud er nach, kniete nieder und schoß es durchs linke Vorderknie. Wieder brach das Tier hart zusammen und versuchte wieder aufzustehn, aber es schaffte es nicht mehr diesmal. Es zitterte und brach seitwärts nieder. Rat schoß ihm in die Nase. Er beugte sich vor und flüsterte ihm etwas zu, wie einem Kuscheltier, dann schoß er es durch die Kehle. Die ganze Zeit war das Büffelbaby« *(das Baby, das Baby, das Baby)* »still, oder beinahe still, nur ein leichter blubbernder Ton kam von da, wo die Nase gewesen war. Es lag sehr still. Nichts bewegte sich, außer den Augen, Augen von enormer Größe, die Pupillen glänzend schwarz aber nun stumpf.

Rat Kiley weinte. Er versuchte, etwas zu sagen, aber dann wiegte er nur sein Gewehr im Arm und verließ, allein, den Platz.«[5]

Wahrscheinlich ist es nicht nötig, etwas über den versierten Haß auf die Intimität zwischen Mutter und Baby in dieser Erzählung zu sagen. O'Brien ist zu clever, seine Truppe *offen* ein Kind oder eine Frau töten zu lassen (wie es in entsprechender Nazi-Literatur der Fall wäre). Er begnügt sich damit, es einer »Schwester« zu geben, die nicht »zurückschreibt«, und einem Tierbaby, einem Kuscheltier (»pet«, sagt der amerikanische Text) ... und läßt den Killer sein Gewehr umarmen und es »in seine Wiege« legen (»he cradled his rifle«). Das ist klar und häßlich genug in seiner perfekten Distorsion (zusätzlich im Büffel die Tötung *des* indianischen Totemtiers ... auch dieser Krieg wird nochmal mitgewonnen. No end of the re-wins and the replays).

Was noch fehlt, ist der Anschluß an den Komplex »Geburt«. Die

Zuschauer des Zeugungsdramas haben bisher dagestanden und zugesehen ... (zugesehen im Sonnenuntergang) ...:

»Eine ganze Weile sprach niemand. Wir waren Zeuge von etwas Essentiellem geworden, einer Sache, ganz brandneu und profund, ein Stück einer Welt, so neu und aufregend, daß es noch keinen Namen gab dafür.

Jemand kickte in den Körper des Büffelbabys.

Es lebte noch, wenn auch kaum noch, grad noch in den Augen.

›Erstaunlich‹, sagte Dave Jensen. ›Mein ganzes Leben hab ich sowas noch nich gesehen, noch nie.‹

›Echt niemals?‹

›Noch nie. Überhaupt nicht.‹

(...)

›Amazing,‹, murmelte Dave Jensen unaufhörlich. ›Ein völlig neuer Blickwinkel. Niemals gesehen sowas vorher.‹

Mitchell Sanders holte sein Yo Yo Spiel raus. ›Ja, – das ist Vietnam‹, sagte er. ›Garten des Bösen. Hier drüben, Mann, ist jede Sünde völlig frisch und wie beim ersten Mal.‹ (Im Original: »›Well, that's Nam‹, he said. ›Garden of Evil. Over here, man, every sin's real fresh and original.‹«)

Sie sind Männer *vor dem Sündenfall:* Dies ist eine moderne Version der Schöpfungsgeschichte, sollen wir verstehen ... die »wirklich wahre« diesmal ... im Männerbuch wird der »Garden of Evil« zum »Garden of Eden«.

Diese Schöpfungsgeschichte sagt: das »Coming Out« und das »Getting Clear« geschieht durch Bedienung des Gewehrabzugs in einer absoluten Übertretungssituation. Die *neugeborene* Welt erscheint in einem See von Blut ... im röchelnden Atem, in dem etwas Schönes stirbt.

Atem und Blut der gebärenden Mütter sind dabei ersetzt vom Röcheln eines verendenden *Babys* und vom Blut, das jemand aus einem lebenden Körper schießt, um selbst zu werden, was er und seine Mitmänner nicht sind bis dahin: lebendige Wesen.

So die Wieder-und-wieder-Neugeburt des erfahrungslosen jungen »soldatischen Manns« aus einer rituellen Folterung. So etwas »schweißt zusammen«, natürlich, zu einem neuen, institutionellen Leib, aus dem der Korpus solcher »wahrer Kriegsromane« springen kann.

Rigoberta Menchú, Quiché-Indianerin aus Guatemala, hat in ihrem Bericht von der Folter in Guatemala (aufgeschrieben von Elisabeth Burgos),[6] den *Schaucharakter* der Folter genau beschrieben, die bewußte öffentliche Inszenierung der Folter, die deutlich macht, daß die Arbeit des Folterers immer zwei Seiten hat: Sie vernichtet die Gefolterten und belebt die Folterer.

Schauplatz ist eine Indianersiedlung in Guatemala Anfang der achtziger Jahre. Das Militär ist da. Das ganze Dorf ist zum Antreten befohlen, damit es eine Ansprache »des Offiziers« entgegennehme. Der Hauptmann hat vor, eine Lehrstunde abzuhalten über gefangene »Guerilleros« und eine Demonstration, was mit denen geschieht, die sich mit der Guerilla einlassen. Rigoberta Menchú:

»Der Offizier eröffnete die Versammlung und sagte, sie hätten eine Gruppe von Guerilleros in ihre Gewalt gebracht und sie erwarte jetzt eine kleine Strafe. ›Es ist nur eine kleine Strafe‹, sagte er ›denn es gibt noch größere Strafen, und ihr werdet jetzt sehen, welche Strafe sie bekommen.‹ (...) Minuten später trafen drei Armeelastwagen ein. Einer vorneweg, auf dem in der Mitte waren die Gefolterten, und einer fuhr hinterdrein. Sie holten einen nach dem anderen herunter, alle trugen Armeeuniformen. Wir sahen die entstellten Gesichter, die nicht zu erkennen waren. Meine Mutter näherte sich dem Lastwagen, um zu sehen, ob sie ihren Sohn erkennen könne. Jeder der Mißhandelten sah anders aus, keiner hatte dieselben Mißhandlungen. Und meine Mutter erkannte meinen kleinen Bruder, ihren Sohn, zwischen all den anderen. (...)

Allen Gefolterten gemeinsam war, daß sie keine Fingernägel mehr hatten und daß man ihnen Teile der Fußsohlen abgeschnitten hatte. Sie waren barfuß.

Der Offizier fing wieder mit seiner Rede an und sagte, daß wir uns mit dem zufrieden geben müßten, was wir hätten, uns damit begnügen müßten, unsere Tortillas mit Chili zu essen, und uns nicht von kommunistischen Ideen fortreißen lassen dürften. (...)

In der Mitte seiner Ansprache – eineinhalb oder zwei Stunden waren wohl vergangen – befahl der Hauptmann seinen Soldaten, den Gefolterten die Kleider auszuziehen, damit alle die Wunden sehen konnten, denn wenn wir uns mit dem Kommunismus, mit dem Terrorismus einließen, würde uns das gleiche erwarten. Sie konnten ihnen die Kleider nicht ausziehen. Da kamen die Soldaten und schnitten sie ihnen mit Scheren von den Füßen bis zu den Schultern auf und rissen ihnen die Sachen von den mißhandelten Leibern. Jeder hatte andere Folterspuren.

Der Hauptmann erklärte eingehend die verschiedenen Folterungen: ›Dies sind Nadelstiche‹, sagte er. ›Dies Verbrennungen von elektrischen Drähten.‹ Und so erklärte er jede Wunde der Mißhandelten. Es gab drei, die sahen aus wie aufgeblasen, aber man sah keine Wunden. Aber sie waren ganz dick aufgeblasen. Und der Hauptmann sagte: ›Wir stecken ihnen was in den Körper, und das tut weh. Worauf es ankommt, ist, daß sie wissen, daß das weh tut und daß das Volk sich vorstellen kann, wie es sein muß, mit so einem Körper herumzulaufen.‹«

Die Mischung aus Vorlesung, Theater und Verbrechen für die »auf dem Schulhof« angetretenen Dorfbewohner verfehlt ihre »Wirkung« nicht:

»Ich konnte das nicht mehr mitansehen. Wenn man dachte, was diese Körper, die doch Menschen waren, für Schmerzen ertragen hatten, bis sie so unkenntlich gemacht worden waren. Das ganze Volk weinte. Sogar die Kinder weinten und klammerten sich an ihre Mütter.«

Nach mehr als drei Stunden (drei Stunden im Zustand *absoluter Machtausübung)* schreitet »der Offizier«, der Regisseur dieses gnadenlosen Erziehungstheaters, zum Anlauf auf die Klimax.

»Dann befahl der Offizier, die nackten, geschwollenen Mißhandelten an eine Stelle zu bringen, von der aus das ganze Volk sie sehen konnte. Sie wurden hingeschleift, weil sie nicht mehr gehen konnten. Dann rief er die schlimmsten aller Verbrecher, die Kaibiles. Sie tragen eine andere Uniform als die normalen Soldaten. Sie sind besonders ausgebildet und werden zur Guerilla-Bekämpfung eingesetzt. Er rief also die Kaibiles, und sie fingen an, die Gefolterten mit Benzin zu übergießen. (...)

Dann zündeten sie jeden einzelnen an. Viele riefen um Hilfe. Als sie so da standen, schienen sie mehr tot als lebendig, aber als die Körper Feuer fingen, riefen sie um Hilfe. Einige schrien, andere sprangen und hatten keine Stimmen mehr. Das Feuer nahm ihnen sofort den Atem.

Das Volk kochte vor Zorn. Es war unglaublich; einige hatten zwar ihre Macheten dabei, die meisten aber waren völlig unbewaffnet, und doch wollten alle losschlagen, als sie sahen, daß die Soldaten Feuer legten. Sie wollten ihr Leben einsetzen, trotz all der Waffen.

Die Armee merkte, daß die Leute wütend waren, und der Hauptmann gab Befehl zum Rückzug. Die Soldaten zogen sich mit den Waffen in der Hand zurück und brüllten Parolen wie auf einer Fiesta. Ihnen machte es Spaß. Sie lachten und riefen: ›Viva la Patria! Viva Guatemala! Es lebe der Präsident! Es lebe die Armee! Es lebe Lucas!‹«

In ihrem Buch ›Entmenschlicht. Versuch über die Folter‹[7] schreibt Kate Millett: »Die vielen Formen des Staatsterrorismus sind heute ein globales Phänomen, dem sich diese und auch die nächste Generation stellen muß, um es möglicherweise, mit Stärke und Entschlossenheit, zu demontieren und aus der Welt zu schaffen.« So weit sind wir lange nicht: »Die Folter wird heute in einem Maße praktiziert, das die Welt bisher noch nie gekannt hat und das selbst die Jahrhunderte der Inquisition in den Schatten stellt«, fährt sie fort; und das, obwohl die Folter in allen Verfassungen aller Länder offiziell verboten ist. Ein merkwürdiger Widerspruch. Was hat es auf sich mit diesem »Verbot«? Ich glaube, der Bericht von Rigoberta Menchú gibt eine Antwort auf diese Frage: Warum *schießen* die Soldaten nicht in die aufgebrachte Menge, die sich anschickt, sie anzugreifen? Es wäre ein leichtes ... sie tun es auch sonst ohne Umstände. Aber nicht in diesem *Moment* ... es würde ihn *zerstören* ... sie genießen das Produkt ihres Mordtheaters: sich selbst als Teil einer übergeordneten Macht, die dies alles *erlaubt* ... sie handeln aus dem Zentrum des Gesetzes heraus. Der Kern der Aktion ist die *erlaubte Übertretung ins Verbrecherische* ... eine *Befreiung* ... und diese feiern sie mit ihrem Gelächter ... es ist *Fiesta* ...

»Es lebe dies! ...« ... »lang lebe jener! ...« schreien sie, während sie dabei sind zu schlachten, während vor ihren Augen durch ihre Schuld gestorben wird. Es ist ihr *Belebungsmoment*, ihr Fest, ihr Sieg, ihre Geburt als körperliche Teile dieser staatlich-männlichen Institution Armee, die sie »ganz und heil« werden läßt.

Unser Impuls, das mit Begriffen wie »Satanismus« oder »Sadismus« zu belegen, ist so richtig (an der Oberfläche unserer Empörung) wie falsch zur Bezeichnung dessen, was tatsächlich geschieht: Dies schreckliche »Lachen« ist mir aufgefallen in so vielen

Berichten von Folterungen. Berichten, die die Folterer selbst gegeben haben oder Berichten von Augenzeugen von Folterungen. Nur in den Berichten von Überlebenden der Folter fehlt es. Sie haben diesen Moment des »Freudenausbruchs« des Folterers nicht erlebt; sie waren schon bewußtlos, von Schmerz überwältigt, ausgelöscht in der Wahrnehmung, wenn das »erlösende Lachen« eintrat bei ihrem Quäler, und die meisten, die davon hätten berichten können, sind tot. Der Gequälte kann den psychophysischen Vorgang beim Folterer nicht bis zu »seinem Ende« sehen. Auf ganz andere Weise erlebt aber auch der Folterer die Qual und das Sterben der Opfer nicht. Er ist mit seinem hocherregten Körper und mit seiner Wahrnehmung ganz woanders, er ist *absorbiert* von seinem eigenen Wachstum, vom Durchbruch in den neuen riesigen Körper, den er hier erhält: Körper einer männlichen Gewaltinstitution, die all dies absegnet, gutheißt, die ihn erhebt für das, was er tut, ihn bezahlt, belohnt. Kate Millett betont in ihrem Buch immer wieder, daß die Folter nicht im »Illegalen« passiert, sondern streng staatlich geregelt ist. Die Folter kommt aus dem Zentrum der offiziellen staatlichen Macht, bezeichnet aber einen Umschlagspunkt dieser Macht, den Umschlag ins Kriminelle: »Das Vorbild ist nicht die Ethik des Kriegers oder des Offiziers, sondern die Mafia, die Kriminalität. Aber es ist eine hochtechnisierte und hochentwickelte kriminelle Gewalt, die alle Vorteile der Verbindung mit der Regierungsmacht auf ihrer Seite hat: Ihr technisches Kernstück ist das große Kommunikationszentrum im Nationalpalast, wo alle Geheimdienstinformationen koordiniert und die Befehle für die Todesschwadronen ausgegeben werden.«[8]

»... denn das Wesen der Folter ist ihre bewußte Grausamkeit, ihre gewollte Unmoral, ihre willentliche Ungerechtigkeit. Ein höhnisches Lachen.«[9] Dies Lachen, dies Fest, ist der Geburtsschrei des »in machtvoller Freiheit« erstehenden Institutionenleibs.

Elaine Scarry in ihrem Buch ›Der Körper im Schmerz‹[10] hat ebenfalls den Prozeß beschrieben, in dem in dem Maße, wie der Gefolterte sein Leben verliert, Leben in den Folterer einströmt. Der Gefolterte verliert seine Sprache, der Folterer gewinnt eine Sprache, sagt sie. Schmerz ist nicht »sprechbar«. Der Körper des Gefolterten, auch wenn er die Folter überlebt, wird ausgelöscht in den Zustand eines »plötzlichen Todes« hinein. Dieser entzieht sich jeder Sprache. Sogar die *Geschichte* der eigenen Folter wird den

Gefolterten damit genommen. Die Folterer *nehmen* sie und *verwenden* sie für sich ... (Sie können mit einem Mal *reden* und *schreiben*, und sie schreiben ihre Taten, sehr oft, dann auch auf. Es findet etwas so Furchtbares wie ein *Lebendigkeitsaustausch* statt; im Moment, in dem das Opfer ganz Schmerz ist, ist der folternde Mann dem Schmerz ganz *entkommen*, im Moment des Todes des einen ist der andere im *High*.)

Entsprechend waren die KZs in Deutschland nicht nur als Vernichtungsfabriken angelegt, sondern als Großlabore für die *Geburt* des nordischen Übermenschen. Dieser sollte erstehen aus dem Tod der Juden; deren (überlegene) *Energie* sollte eingehen in den deutschen Über-Leib.

Noch einmal Kate Millett: »Entscheidend ist die Erlaubnis: Seinen Phantasien auf diese Art und Weise *ohne* Erlaubnis nachzugehen ist kriminell und strafwürdig, ein rein individueller Akt ohne Bedeutung, der nur der eigenen Befriedigung dient, abnorm, verboten. Aber mit staatlicher Erlaubnis ist es Patriotismus, Dienstpflicht, lobenswertes, bezahltes, professionelles Handeln.«

Dies ist der entscheidende Punkt für alle Männerbünde wie für alle männlichen Institutionen. Sie alle haben als Kern den Moment der *erlaubten Übertretung*, sei es gegen andere (»Fremde«), sei es gegen die eigenen Leute in den verschiedenen Formen der sogenannten Initiationsriten (quälende Körpereingriffe an den neu Beitretenden mit einer potentiellen Todesdrohung im Hintergrund). Die »erlaubte Übertretung«: Die Bombenmänner treten ein ins potentielle »Recht« der Weltzerstörung, so wie im alten Institut »Ehe« der Mann die Frau »zu recht« schlug, sowie die »Lynchjustiz« der erlaubt/verbotene Justiz-Exekutivfall männerbeherrschter Gesellschaften ist.

Die Todesdrohung (»erlaubtes Töten«) richtet sich aber auch nach innen, gegen das einzelne Mitglied jeder männlichen Institution im Fall seiner Nichtanpassung, auch in allen zivilen Institutionen. Jeder weiß (mehr oder weniger dunkel), daß er fallengelassen werden kann von seiner Institution bei Abweichen von deren Vorschriften und Regeln. Dem einfachen zivilen Satz »Ich arbeite aber nicht« entspricht die Antwort »dann verhungerst du eben«. Und wenn du nicht spurst ... in einer Schule, in einer Universität, in einer Klinik ... dann wird dir der Boden entzogen ... und du *fliegst*.

Diese Todesdrohung auf der einen *und* die Gratifikation des Versprechens der *erlaubten Übertretung* auf der anderen Seite bilden den Kern, den Kitt jeder männlichen Institution, auch der zivilen. Jeder Männerkörper, der hier heranwächst, *weiß* etwas davon, hat etwas davon *in den Knochen*, ist Teil dieser Gewalt, hat Anteil an dieser gewalttätigen Alchemie der »Selbstverlebendigung durch Lebennehmen« und Vergrößerung der eigenen Macht durch Zusammenschluß mit dem Körper der Institution ... (»Rostock« ... die Stunde der erlaubten Übertretung). Das Prinzip Folter ist das *offene Organisationsgeheimnis* am Grund männerstaatlicher Institutionen, die Realverbindung jedes einzelnen Männerkörpers mit dem Prinzip »göttlicher Kriminalität«.

Dies unterscheidet ihn vom weiblichen Körper wahrscheinlich stärker als der bloße Geschlechtsunterschied. Die in letzter Zeit so beliebte Rede emanzipierter Frauen, die die eigenen »bösen Potenzen« spüren und sie nicht einfach unterdrücken möchten: »Frauen sind auch nicht besser als Männer«, sieht nicht diese Differenz. Natürlich gibt es böse und sogar folternde Frauen; aber auf das vergleichbare Gerüst einer institutionellen Gewalt gezogen wie der männliche ist ihr Körper *nicht*. Auch gibt es keine weibliche Folterkultur im Sinne der (hochentwickelten) männlichen irgendwo auf der Welt. »Wozu Frauen in der Lage wären, *wenn* ...«, ist eine andere Frage. Zu allem möglichen, womöglich. Aber der halb in der *kriminellen* Übertretung, halb in der *gesetzlichen* Gewalt wurzelnde Männerkörper ist eine *Tatsache*. Ihr entspricht bei den Frauen höchstens die Verfügungsgewalt über die kleinen Kinder. Die ist aber in sich selber zumindest ambivalent, aus fördernden wie vernichtenden Teilen zusammengesetzt und hat strukturell ein völlig anderes Gerüst: das Leben, das Mütter dem Kind möglicherweise nähmen, war Teil von ihnen selber. Eine Mutter, die ihr Kind »folterte«, träte nicht ein in die Gratifikation eines »freieren«, »mächtigeren« Körpers, eher gefährdete sie, potentiell, auch den eigenen.

Der männlich-institutionelle Körper erscheint im Alltag in eher »harmlosen Zügen« als eingefahrenes Gestenrepertoire. Gewisse Handbewegungen ... der Neigungswinkel des Kopfes ... der dynamisch ausladende Arm ... die wichtigen Finger ... das Ausfahren des Schritts ... das Schulterzucken ... die kurzen Blicke zwischen Männern »über Frauen« in Diskussionen, Arbeitsbesprechungen und »privat«: »... was *die* da wieder *sagt*!« ... die Expressivität der Mundwinkel ... der Nasenflügel (meist ist es der linke, der etwas angehoben wird) ... und schon folgen die Brauen, wie von alleine, nach ... ein lustiges Wölkchen huscht über die Stirne (die eisenharte) ... ein Gestenrepertoire, jeder Frau bekannt in seiner Ausschlußsetzung (und den Männern, nur anders, auch).

Dann dies charakteristische An- und Abschalten von Haltungen, Wahrnehmungsweisen, Anteilnahmen. Institutionenkörper schalten ein, sie schalten aus. Switch. Der eine (Körper) kommt, der andere geht. Zum nicht enden wollenden Erstaunen der Frauen: »... ist das noch derselbe Typ?« »Eben war er doch *der*!« Nein, es ist nicht derselbe Typ. Der individuelle Körper, der teilanästhesierte Körper, der institutionelle Körper leben im Männerleib unintegriert nebeneinander, übergangslos, umschaltbar eben. Und wenn die reine Institution aus ihm spricht – »das Gesetz« –, spricht gar keine Person (beziehungsweise eine irre, das heißt eine verdeckt gewalttätige).

Ob im Sport, bei den Rotariern, im Wissenschaftsclub, im Versicherungsbüro, beim Unternehmer, im Journalisten, im Lehrer ... der andauernde »Macho« ist ein institutionelles Gestenrepertoire mit Umschaltvorrichtung; deren mehr oder weniger raffinierte Auslegung bestimmt den Grad seiner »Professionalität«.

Das für die Organisation eines Staates entscheidende an diesen Körpern ist ihr äußerst direktes, ihr unmittelbares Verhältnis zur politischen, militärischen, technologischen Macht. Zwar gibt es »höhere Männer« der direkten Umgebung, deren Anordnungs- und Strafmacht gefolgt werden muß, aber deren Macht ist eine sichtbarlich geliehene oder abgeleitete. Als psychische Vater-Instanzen oder Helfer-Instanzen sind sie, speziell im Sohn, nicht verankert. Dieser setzt sich direkt mit dem Führer in Verbindung, mit dem Prinzip »Führung«, mit dem Land, mit »der Kultur«, mit

Körperschaften wie dem Militär, der Kirche, oder, wenn er tatsächlich religiös ist, direkt mit dem Körper Gottes oder eines anderen Paten einer anderen Großmacht, deren Überkörper er sich einfügen kann, um selber in den Genuß von Ganzheitsgefühlen zu kommen, die zu erreichen ihm auf uninstitutionelle Weise nicht möglich ist.

Dazwischen geistert, irgendwo, eine Restperson, ein armes, meist dann auch ängstliches Stück Fleisch, das seinen Stempel noch nicht trägt, das ein Mensch vielleicht werden möchte. (Irgendwer sei ihm gnädig.)

Der »Haß auf die Mütter«

Und die Mütter ... die doch all das *geboren* haben? Sicher haben sie. Und sie haben auch meist, zumindest in den ersten Jahren, eine starke Verbindung zu den Körpern der Kleinen und umgekehrt ebenso. Nicht nur eine Emotion, sondern eine Arbeitsweise. Sara Ruddick hat in ihrem Buch ›Mütterliches Denken‹[12] den Versuch unternommen, die Tätigkeiten der Mütter in unseren Gesellschaften in einem speziellen Arbeitsbegriff zu fassen, zu dem ein ganz spezifisches mütterliches *Denken* gehört. Zuerst einmal ist die meiste Arbeit der Mütter nicht privat, im Haus, geheim, »mütterlich«, sondern öffentlich, verbunden mit der andauernden Notwendigkeit von Entscheidungen, die ein spezifisches Denken erfordern, sagt sie. Mütter befinden sich ständig unter den beobachtenden, kritischen Augen von Ärzten, Lehrern, Kindergärtnerinnen – die sie selber wiederum kritisch betrachten –, in Berührungen mit Kaufhauspersonal, den Leuten in der Straßenbahn, vor den Augen der Nachbarn, in Auseinandersetzungen mit Sozialbehörden, städtischen Behörden, bei der Krankenkasse etc. Sie sind dabei mit der (halbinstitutionellen) Aufgabe bedacht, irgendwie das Leben, das in ihren Kindern steckt, zu entfalten, zumindest es zu schützen und es zu erhalten. Diese Arbeit, die der männlichen, die so oft durch *Zerstörungen* Neues schafft, diametral entgegengesetzt ist, hat Sara Ruddick mit dem Begriff »Caring Labor« zu bezeichnen versucht. »Sorgende Arbeit« wäre zu wenig gesagt; eine lebenerzeugende Arbeit ist gemeint, nicht einfach bloß »Mutterarbeit«, und auch nicht eine Arbeit, die nur von Frauen getan werden könnte, im Gegenteil: Das Feld für männliche Sorten von »Caring Labor« wäre riesig, nicht nur den Kindern gegenüber. Der Begriff zielt auf eine insgesamt andere *Ökonomie* als die herrschende Kosten/Nutzen-Ökonomie, nach der wir funktionieren. Ruddicks Begriff von »Caring Labor« umschließt das Ökologische, geht aber über dieses hinaus, weil es diese Arbeit nicht etwa als »natürliche« faßt, sondern als artifizielle; die sogenannte Natur der sogenannten Menschen ist überwiegend eine barbarische. Man kann ihr mit Künsten und Techniken entkommen, je entwickelter diese sind, desto besser. Eine entwickelte Frau/Mann/Kinder-Politik gegen das Männerbündlerische, gegen das Kriegerische als Mittel der Politik, gegen die Isolisierung der Frauen von der gesellschaftlichen Macht, wäre eine Zivilisationstechnik, nichts Naturhaftes; eine Belebungsarbeit, die durchaus auch im Sinne einer Geldökonomie »rentabel« sein kann, wenn man entsprechend ökonomisch umdächte.

Warum ist der Boden für »Caring Labor« so karg bei uns. Warum scheren so wenige Männer aus aus ihren institutionellen Leibern (die sie am Grunde doch mit nichts weniger als Tod bedrohen). Ich glaube, dies wird bei uns verhindert an erster Stelle durch einen künstlich erzeugten Haß auf »die Mutter«, »das Mütterliche«.

»... in Gesellschaften, deren Kinder beinah ausschließlich von Frauen großgezogen werden, während öffentliche Macht und Autorität fast ausschließlich bei Männern liegen und in denen die sogenannte ›Unabhängigkeit‹ höher bewertet wird als die Fähigkeit zu gegenseitiger Abhängigkeit und Unterstützung, assoziieren kleine Kinder den Komplex ›Abhängigkeit‹ und Fürsorge, den sie zugleich fürchten und ersehnen, ausschließlich mit Frauen/dem Weiblichen, und das Erreichen von Freiheit und Unabhängigkeit ausschließlich mit dem Männlichen«, schreibt Sara Ruddick.

Jeder *normale Junge* schon wird mehr oder weniger in eine Verachtung der Mutter/des Mütterlichen hineingezwungen, wenn er realisiert, daß jene mütterlichen Züge, die ihn nährten, die ihn gehalten haben, die ihn angeregt und entwickelt haben, einfach ausgelöscht werden können und ausgelöscht werden durch die Ansprüche männlich dominierter gesellschaftlicher Institutionen und Gegebenheiten wie den Sport, industrielle Arbeit, Militär, aber auch Schulen und Universitäten. Die Attraktionen der Mutter sind zu schwach – lernt der Junge, zu schwach, um woanders damit zu überleben. Wer an ihnen festhält, wird ausgelacht.

Mütter *bemerken* das in aller Regel. Sie wissen und kennen das. Aber was bleibt ihnen zu tun? Sie nehmen in der Regel die männlichen Gesetze als gegeben hin und bekämpfen sie (aus dem Gefühl der Machtlosigkeit heraus) meist nicht. Der Junge, der die männlichen Regeln und Gesetze vielleicht gar nicht annehmen will (und sehr viele *wollen* diesen Terror nicht freiwillig annehmen), findet sich in der Falle, wenn er sich von der mütterlichen Macht jetzt verlassen sieht: tief enttäuscht, wenn er bemerkt, daß *sie nicht in der Lage ist,* den Forderungen eines Vaters, Lehrers, Trainers oder Chefs etwas entgegenzusetzen. Er wendet sich von ihr ab; von ihr, deren äußerst mächtige und wirksame Lehren ausgelöscht werden können von irgendeiner beliebigen Art Mann. Mutters Macht dauert nicht ... lernt der Junge.

Eines späteren Tages wird er sich rächen. Rache nehmen an der mütterlichen Verheißung von Stärke und Selbständigkeit. Männer haben ihn gelehrt, wo die Mutter sich in den Gebäuden der männlichen Hierarchien befindet: ganz unten. Und er wird sie treten für ihre Schwäche, für den Mangel durchgehender Macht in ihr und ihrer Arbeit. Müttern gelingt es nicht, ihre Söhne zu schützen vor den grausamen Ansprüchen und Zugriffen der Väter und anderer Männer: Das ist der springende Punkt, der Punkt, der nicht vergeben wird – wie alle Angriffe von schwachen Söhnen/Männern gegen schwächere Mütter/Frauen zeigen.

Wenn »normale« Jungs derart lernen, die Weiblichkeit zu fürchten als etwas, das sie persönlicher Stärke und Bewegungsfreiheit beraubt, dann werden diejenigen, die zusätzlich Soldaten werden, nicht nur die Abhängigkeit von einer Mütterfürsorge zurückweisen; sie werden zusätzlich einen besonderen Haß auf jene Körper entwickeln, die die Fähigkeit hatten und auch weiter haben, sich als Bedrohung des eigenen »Freigewordenseins« darzustellen. Nehmen wir an, der jugendliche Mann ist der mütterlichen Arbeit und Zuneigung noch verbunden, er ist vielleicht auch verliebt, mag Frauen. Diese Neigung wird zuerst ausgetrieben in der brutalen Körperumkehrungszeremonie des militärischen Drills. Schlimmer: Was er selbst erfährt, ist eine Art *Folter.* Sie drehen sein Inneres nach außen ... er hat sich dafür zu bedanken ... Dank für jeden Schlag und Tritt ... Dank dafür, selber Schmerz zu werden, neugeboren zu werden vom Schmerzprinzip und vom Prinzip der Selbstverleugnung ... aber bitte, SIR, bitte, Herr Offizier, wenn ich dies hinter mir habe, nenne mich nicht mehr Waschlappen, Weib, Lady oder Girl, sondern nenne mich Mann. Mann, Mann, Supermann. Mika Haritos-Fatouros hat in einem Aufsatz über ›Die Ausbildung des Folterers. Trainingsprogramme der Obristendiktatur in Griechenland‹ gezeigt, wie all das, was Folterern ihren Opfern später antun, zuerst an ihnen selber vollzogen wird; mit dem einen Unterschied, daß sie am Leben gelassen und am Leben *gehalten* werden von der Aussicht, selber all dies, und dann ungestraft, ausüben zu dürfen.

»Der interviewte Militärpolizist M. Petrou gab in einem einzigen Satz eine treffende Charakterisierung der gesamten Ausbildung. ›Wir mußten lernen, den Schmerz zu lieben.‹ Die Mißhandlung Untergebener bereitete den Kadetten in modellhaften Abläufen auf seine Tätigkeit als Folterer vor. Menschen Schmerz zuzufügen, wurde auf diese Weise zur alltäglichen Handlung, zur Routine, zu einem Akt der Macht, zu einem ›Wettkampf‹ zwischen Opfer und Peiniger.«[13]

Auf den damit verbundenen Umbau der gesamten Sexualität vom Lustprinzip auf ein »Schmerz- und Gewaltprinzip«, den ich in den ›Männerphantasien‹ beschrieben habe (er wird von Haritos-Fatouros an gleicher Stelle eindrucksvoll belegt), komme ich gleich noch einmal zurück.

Im gequälten Jungmannkörper wächst die dunkle Rede: »Gib mir eine Waffe und zeig mir das Böse ... zeig mir SIE ... ich werde ihr zeigen, was es heißt, mich nicht beschützt zu haben vor dem männlichen Teufelsprinzip: Schmerzzufügung und Gewalt.« Auf diesem Hintergrund liest sich die Hinrichtung des Wasserbüffelbabys bei O'Brien mit ihrer Betonung der *Sorgfalt* des Zielens, der Sorgfalt des ganzen Tötungsvorgangs, wie eine sorgfältig gedrechselte Pervertierung des Prinzips von »Caring Labor«.

Wozu zum Teufel (geht die stumme Rede weiter) sind Frauen, wozu sind Mütter gut, wenn sie ihre Kinder nicht vor den Qualen schützen können, die eine männliche Gesellschaft für sie auf Lager hat? Wozu sind ihre schönen Seiten gut, ihre womögliche Weichheit, ihr nachgiebigerer Körper, ihre Lieder, ihre Haarwolken, ihre Plätze mit den weichen Kissen (die selbst ein härterer Haushalt mit einer härteren Mutter in der Regel irgendwo hat) ... wozu all das, wenn ein gewalttätiger Vater und seine Truppe von Scheißjungs ausreichen, schlichtweg *nichts* daraus zu machen.

Das könnte man »tragisch« nennen, wäre es nicht in unseren Gesellschaften präzise so hergestellt und kalkuliert. Mütter müssen in männerbeherrschten Gesellschaften in der Rolle der Körper erscheinen, die so etwas wie die Möglichkeit eines leichten Lebens versprechen. Glücks- und Paradiesversprechen sind verbunden dem weiblichen Leib.

Männer sind gesellschaftlich dazu angestellt, später (mit einem institutionalisierten Lächeln) klarzustellen, daß diese Glücksversprechen bestenfalls eines waren: ein frommer Betrug. Jeden Tag müssen Myraden von Frauen vor den Augen ihrer Kinder vor irgendeinem (selber relativ machtlosen) Typ von Mann in die Knie gehen und öffentlich einräumen, daß sie nichts zu sagen haben, daß sie hiervon nichts verstehen, daß sie dort nicht hinreichen mit ihrer Kraft etc. etc.

Jeder Fünfzehnjährige ist schon weitgehend überzeugt, daß es den Frauen »irgendwo nicht reicht«, daß sie diejenigen sind, die es bei Gelegenheit abkriegen, daß man beizeiten auf eine Distanz gehen muß, um nicht mit in den Strudel zu geraten, wenn er (von einer Männerbande) angestellt wird.

Die *Götter* sind zwar verrückt; aber sie haben Macht. »Die Mütter?« ... »Vergiß sie« ... »Sie werden dir nicht helfen, letztendlich.«

So lebt der Körper von Institutionen von der Verwerfung des Körpers der Mutter. Wenn Männer durch Institutionen »lebendig« werden, »geboren werden«, so leben sie vom Tod, den der Körper der Mutter dabei nimmt.

Ein Sonderfall ist die institutionelle Psychoanalyse als Körperumbau- und Neugeburtsinstanz. Ich habe sie in ›Objektwahl‹ als »Töchterstaat unter männlicher Führung« bezeichnet, als eine mann/weibliche Mischinstitution. Sie ist, soweit ich sehe, die einzige Institution, die regelmäßig (in der »Technikdiskussion« und in der Supervision) den eigenen Gewaltanteil reflektiert, der in der Arbeit am Patienten wirksam wird. Aber noch vor wenigen Jahren (und vielleicht immer noch) äußer(te)n Ausbildungsanalytiker weiblichen Kandidaten gegenüber, daß Kinder die Ausbildung stören würden. Sie sollten besser nicht »Mütter« sein, nur dann sei die rechte Hingabe möglich an die Verwandlungsarbeit des Vereins ...

»Wird die mütterliche Hingabe gerade deshalb nicht als Beitrag für die Gesellschaft erkannt und anerkannt, weil er so ungeheuer groß ist?« fragte Donald W. Winnicott 1957, und weiter, was denn passieren würde, *würde* er einmal anerkannt: Nicht »Dankbarkeit oder gar Lobeshymnen« wären die Folge; »die Anerkennung wird vielmehr zur Verminderung einer tief in uns sitzenden Angst führen.«[14] Diese Angst kursiert in öffentlich sohnlicher Begrifflichkeit vornehmlich als Angst vor dem »mütterlichen Beherrschtwerden«.

»Tatsächlich definieren Männer ihre Geschlechtsidentität im Gegensatz zu den Frauen negativ: männlich ist, was nicht weiblich ist«, schreibt Walter Hollstein.[15] Der darauffolgende Schritt heißt: männlich ist, was gesellschaftliche Institutionen dafür ausgeben.

Je mehr ich auf die Methoden und Stile der Gewalt und der Folter sehe in verschiedenen Teilen der Welt, je mehr finde ich, daß der besondere Haß gegen den weiblichen Körper, der in so vielen Aktionen durchschlägt, möglicherweise mit der Tatsache verbunden ist, Rache nehmen zu wollen: Rache nehmen zu wollen für den Umstand, von einer Mutter geboren zu sein, aber später von dieser Mutter nicht »genügend« geschützt und gehalten zu werden.

Die regelmäßig berichtete Wut und Aggression von Soldaten gegen die Körper von schwangeren Frauen ist dann kein so großes Rätsel mehr. Diese Aggression hat etwas Gesetzhaftes für junge Männer, deren Obere zielstrebig daran arbeiten, Frauenmacht in den von ihnen geführten Gesellschaften nicht entstehen zu lassen (außer einer imaginären Macht, der angeblich *verschlingenden* Kraft der Frauen).

So ist die allerschlimmste unter den Folterungen, von denen Rigoberta Menchú berichtet, diejenige, die ihrer Mutter durch die Soldaten widerfährt. Ihre Mutter ist tatsächlich das gewesen, was das Militär sonst immer bloß blind von allen Gequälten behauptet: eine politische Aktivistin. Als solche und als Mutter widerständlerischer Kinder wird sie von den Soldaten behandelt, ausradiert. Sie wird öffentlich angebunden unter Verbreitung der Nachricht, daß sie freigelassen würde, wenn ihre Kinder sich stellen. Jeder weiß, daß dann alle sterben würden. Niemand stellt sich.

»Am dritten Tag der Folter schnitten sie ihr die Ohren ab. Sie schnitten ihr nach und nach alle Körperteile ab. Sie mußte all die Schmerzen erleiden, die ihr Sohn auch erlitten hatte. Sie gaben ihr viele Tage lang nichts zu essen. Ihr Körper war von der Folter ganz entstellt, und als sie nichts mehr zu essen bekam, verlor sie das Bewußtsein. Sie kämpfte mit dem Tod. Da holten sie die Armeeärzte, die ihr Injektionen gaben und sie an einen Tropf legten, damit sie wieder zu sich komme. Sie gaben ihr Medikamente und pflegten sie und ließen sie ausruhen. Als es ihr etwas besser ging, verlangte sie zu essen. Sie gaben ihr zu essen. Danach wurde sie aufs neue vergewaltigt. Sie mußte viel erdulden, aber sie starb nicht.«[16]

Die »Söhne« (ihre höhnischen *Adoptivsöhne* – es sind tatsächlich sehr viele Waisen unter den Angehörigen der Death Squads) päppeln sie auf, bringen wieder etwas Leben in sie, um das Ganze noch einmal haben zu können. Sie wollen sie nicht sterben lassen so schnell. Sie wird gepflegt, wieder vergewaltigt, wieder ausgestellt, angebunden im Freien.

»Sie ließen sie da vier oder fünf Tage liegen, in der Hitze der brennenden Sonne, im Regen und in der Kälte der Nacht. Im Urwald gibt es eine Mücke, die sich in die offenen Wunden setzt, und wenn man die Wunden nicht gleich versorgt, kommen schon nach zwei Tagen Würmer aus den Wunden gekrochen, die die Mücke berührt hat. Und da meine Mutter am ganzen Körper offene Wunden hatte, war sie voller Würmer, und sie lebte noch. Dann, nach langem Todeskampf, starb meine Mutter.

Als sie tot war, stellten sich die Soldaten noch über sie und urinierten meiner Mutter in den Mund, als sie schon tot war. Sie ließen Soldaten als Wachen zurück, damit niemand die Leiche weghole, auch nicht die Reste von ihr. (...)

Meine Mutter wurde von den Tieren gefressen, von Hunden und Geiern und anderen Tieren, die sich beteiligten. Erst nach vier Monaten, als sie sahen, daß von meiner Mutter nichts mehr – nicht einmal die Knochen – übrig geblieben war, verschwanden die Wachen.«[17]

Wie zum Beweis, daß alles, was »Mutter« heißt, geheißen hat, möglicherweise heißen könnte, zum Verschwinden gebracht werden kann, absolut total und wirklich ein für alle Mal.

»Fiesta«.

Sexualität *als* Gewalt

In den vielen Berichten über die Massenvergewaltigungen in Bosnien hat es erstaunlich selten die Frage gegeben, wie es kommt, daß Tausende von Männern zu Vergewaltigungen auch ihnen bekannter Frauen, Nachbarinnen, Arbeitskolleginnen überhaupt imstande waren und sind. Haben die meisten von ihnen nicht zuvor ein ganz »normales« Leben geführt?

Das Nichtstellen dieser Frage schließt ein Wissen ein: das verbreitete Wissen, daß Gewalt ein institutioneller Bestandteil des bürgerlichen Normallebens in männerdominierten Gesellschaften ist. Nur eine Männersexualität, die von Kindesbeinen an (seitens der Eltern, der Geschwister, der Kirchen, Schulen, Vereine, Jugendbünde und Parteien) mit Formen der Gewalt legiert ist, ist im Angesicht einer zu vergewaltigenden Frau überhaupt erektionsfähig. Eine Sexualität, die in freundlichen Beziehungen zwischen Menschenkörpern entstanden wäre, würde ihren Dienst verweigern, wenn sie als Frauenzerstörung funktionieren soll. Das wird auch bei vielen serbischen, kroatischen, bosnischen Männern der Fall sein. Der durchschnittliche »soldatische Mann« aber bezieht seine Erektionsfähigkeit, wie Männer in Männerbünden immer, nicht aus der individuellen Beziehung zu einem anderen Körper, sondern aus der (Zerstörungs-)Macht des Bundes selber; weshalb die militärischen Vergewaltigungen meist im Verband geschehen, und nach der Vergewaltigung kollektiv in die Lobpreisung des »Führers« ausgebrochen wird: Er ist es, der garantiert, daß ihnen (institutionell) einer stand im verlangten Moment (einem Tötungsmoment).

Die Legierung der männlichen Sexualität mit Gewalt erfolgt nicht nur beim Militär; dort allerdings oft als eine totale, irreversible Koppelung der Sexualität mit Gewalt, wie Mika Haritos-Fatouros es für die Foltererausbildung in den Lagern der griechischen Obristen beschreibt. Es gibt »unfreiwillige Samenergüsse« bei Durchführung von Strafmaßnahmen und eine permanente Verkehrung des Penis zu einer Waffe, deren Anwendung unter den Männern dann zwar mit dem Stichwort »homosexuell« behaftbar ist; aber *ist* denn das überhaupt *irgendeine* Sexualität: »Bei der Armee herrschte generell ein homosexuelles Klima. Beim Duschen hatte man Angst, sich zu bücken. Später bei der EAT gingen die

Militärpolizisten mit homosexuellen Männern vor das Lager, wenn sie knapp bei Kasse waren. Man vermittelte uns das Gefühl, wir seien solche Übermenschen, daß wir auch Männer ficken könnten. ›Niemand wird sich gegen euch erheben; ihr könnt jeden schlagen und ficken‹, sagten sie zu uns. Die Soldaten machten sich einen Jux daraus, ihre Knüppel wie Penisse vor sich her zu tragen.«[18]

So »ficken« die jungen Kerle der Wachmannschaften im Bericht von Rigoberta Menchú sogar noch einen Körper, dem sie schon einige Glieder abgeschnitten, dem sie schon die Haut abgezogen haben. Ihre »Sexualität« ist soweit umgepolt, daß ihr Glied nur in Gewaltaktionen oder Gewaltphantasien überhaupt erregbar erscheint. »Arbeit«, »Geburt«, »Sexualität«, sie alle leben in schrecklichen Umkehrungsformen in den institutionell geformten Gebieten des Männerleibs.

Erziehung zum Männertum rächt sich. Man kann nicht auf der einen Seite im täglichen Leben Mütter rechtlos halten, Frauen öffentlich entmachten, kleinen heranwachsenden männlichen Scheißern Macht über ihre Schwestern und teilweise ihre Mütter einräumen und gleichzeitig erwarten, daß sie diese, die gesellschaftlich unter ihnen stehen (=Dreck sind), später mit Vorsicht berühren und wie Menschen behandeln. Man kann auch nicht erwarten, daß ein Typ, der tagsüber seine Gefühle beim Töten an ein Gewehr gekoppelt hat oder eine andere Waffe, abends in die Stube tritt und sich benimmt wie ein Gentleman (was heißt: ein sanfter Mann). Die wenigen, die das können, sind Ausnahmen.

Man kann denen, denen die zivilisatorische Hemmschwelle vor dem körperlichen Eingriff in einen anderen Menschen mehr oder weniger systematisch genommen worden ist, nicht sagen, hier darfst du (eindringen, töten, schlachten, ein Blutbad anrichten), und hier mußt du nett und schonend sein: Der soldatische Mann kann zwar »umschalten«, er hat aber nur in den selteneren Fällen zwei physische Körper, die er feierabends oder wenn er eine Frau sieht gegeneinander auswechseln kann. Er kann das bis zu einem gewissen Grad in der Kaserne oder bei der Arbeit, wo alle daran arbeiten, das zivilisatorische Korsett zusammenzuhalten, aber wenn das Schlachten freigegeben ist, kann er es nicht.

Wer prinzipiell für die Möglichkeit von Kriegen spricht, nimmt die Vergewaltigung jedenfalls in Kauf; Kampfgewalt ist immer auch als Mordgewalt und als Vergewaltigungsgewalt abrufbar. Wie tabuisiert der ganze Komplex aber ist, zeigt sich deutlich an der erst *jetzt* begonnenen Aufarbeitung dieser Seite der Kriegs- und Nachkriegsgeschichte. Die vielen Vergewaltigungen von DDR-Frauen durch russische Soldaten und deren Folgen (uneheliche Kinder, die 1990 fünfundvierzig Jahre alt waren und die Russen offiziell immer lieben mußten) kamen kurz in den Blick, der sich aber schnell wieder trübte; zu viel steht auf dem Spiel: Die deutsche Normal-Armee des Weltkriegs hat sich in der Öffentlichkeit als überwiegend »sauber geblieben« darstellen können (trotz aller offenkundigen Mithilfe an der Durchführung der KZ-Transporte in den jeweiligen besetzten Gebieten; von den zivilen Morden zu schweigen); wer will solch saubere Institute schon beschmutzen bloß um ein paar womöglich wahrer Worte (»für Frauen«) willen.

Gewalt im Körper eines Volkes abzubauen ist ein langer und schwieriger Prozeß. Der deutsche »Volkskörper« war voll von Gewalt durchs Hitlerreich. Die Nichtauseinandersetzung der BRD mit dieser Gewalt nach 1945 und der Beschluß der DDR, man(n) sei jetzt antifaschistisch, hat die Gewalt in den Körpern völlig unberührt gelassen: das heißt, weiter den Händen von Müttern und Vätern überantwortet, die, auch wo nicht institutionalisierte Faschisten, mit der Abarbeitung dieser fürchterlichen Hypothek völlig überfordert waren. Die eigene Gewalt mit aller Macht zu verdrängen wurde das übliche Verfahren, daß heißt aber, die latent in den Körpern vorhandene Gewalt wurde blind, in institutionell nur geringfügig abgemilderter Form an die Körper der Kinder weitergegeben. So »vererbt« sich ein Sozialcharakter und nicht anders: durch Berührungen und institutionalisierte Weitergabe. Diese können Gewalt weitergeben, sie können »blinde Flecken« weitergeben, Erstarrungen, aber auch Belebungen, es könnte auch Respekt vorm Menschenkörper sein.

In Deutschland West wie Ost sind sehr viel blinde Flecken weitergegeben worden; diese erscheinen jetzt im täglichen Verkehr als Empfindungslosigkeiten. Kälte ist die zivile Vorstufe, die Einfrierstufe der Gewalt. Davon gibt es hier (in der dritten Generation nach den Lagern, die sich nicht mehr »verantwortlich« fühlen will) reichlich.

Vermutlich ist der Pegel der latenten Gewalt hier nach zwanzig Jahren Frauenbewegung und anderen Zivilisationsversuchen an der bundesdeutschen Gesellschaft geringer als vor fünfzig Jahren; den tatsächlichen Stand kann man nur erahnen. Er steigt allerdings, je »männlicher« eine Gesellschaft sich definiert.

Die Amerikanerin Susan Jeffords hat in ihrem Buch ›Die Wiedervermännlichung Amerikas‹[19] beschrieben, wie das öffentliche Amerika in den achtziger Jahren seine antiweiblichen Kampagnen durchgeführt hat auf dem Hintergrund einer Neuschreibung der Geschichte des Vietnamkrieges: »To re-win Vietnam«, Vietnam nachträglich gewinnen, war die Parole, siegreich durchgeführt im Golfkrieg, der psychisch in der Tat ein nachträglich gewonnenes Vietnam für die amerikanische Öffentlichkeit geliefert hat. Der Preis: die Zurückdrängung zivilerer, »weiblicherer« Verhaltensweisen im öffentlichen Leben, im Fernsehen, im Kino, in den Büros, an Arbeitsplätzen, und (in einem geringeren Maß) sogar in den Universitäten. Überall wurde ausgestellt der kämpferische Mann, bewaffnet mit schickem Outfit, Autos, Flugzeug, Pistolen, Sprechfunk an der Jacke, unterstützt von der ebenso schicken Frau als seiner *Assistentin,* zugespitzt das Ganze in der Re-Maskulinisierung der Abtreibungsfrage. Mit den Clintons schien es eine Gegenbewegung zu geben, mal sehen.

Etwas Vergleichbares geschah in Deutschland. Der Zusammenbruch der DDR und dann der Sowjetunion wurde als nachträglich gewonnener Zweiter Weltkrieg erlebt, mit der gleichen Folge einer Vermännlichung der deutschen Öffentlichkeit: Herausdrängen der Frauen aus Berufen, Abbau von Kindergärten, öffentliche Demontage von Parteifrauen, Lächerlichmachen des Feminismus, um nur einige zu nennen, auch hier zugespitzt zu einer männlichen Radikalisierung der Abtreibungsfrage. Niemand, außer ein paar Frauen, hat das groß aufgeregt.

So kommt es, daß zum Beispiel die Frage nach militärischen Einsätzen der Bundeswehr *heute* nicht als ein Problem, das die Beziehungen zwischen Männern und Frauen und das Verhältnis zu ihren Kindern entscheidend berührt, öffentlich behandelt wird, sondern als rein männlich-politische Angelegenheit unter dem Stichwort einer angeblichen deutschen »Verantwortung« für die

Belange anderer Nationen. All das wirft uns Jahrzehnte zurück (wenn man sich für einige kurze Traummomente die theoretische Möglichkeit eines geschichtlichen Fortschritts gewisser Bevölkerungen nicht grundsätzlich versagen will).

Was die Frauen gebären, wird in männerdominierten Gesellschaften umstandslos als Rohmaterial für den männlichen Weltbau betrachtet. Wer fragt die Frauen nach ihrer Ansicht, ob das von ihnen geborene und »anbehandelte« Material dort »angemessen«, »vernünftig« weiterentwickelt wird? Kein Mensch/das heißt: kein Mann; die gesetzgebenden Mächte geben sich hier komplett ungerührt von weiblichen Ansprüchen/Einsprüchen/Einsichten, wenn sie sie nicht geradezu als feindliches, störendes, irrelevantes Gewäsch, lästig wie Fliegen, beiseite tun.

De-Maskulinisierungen

Institutionen sind überall; das Militär ist nur eine, wenn auch immer noch eine heimlich maßgebende. Helfen würde nur eine allmähliche, aber tatsächliche Feminisierung der Gesellschaft, oder, für diejenigen, denen das Wort Angst macht, eine »Verringerung ihrer männlichen Dominanzen«. Die Wurzeln der männlichen Gewalt werden nicht verschwinden (nicht verschwinden können) ohne eine vorbehaltlose, gesetzlich durchgeführte wie psychisch wirklich akzeptierte Gleichstellung der Frauen auf allen gesellschaftlichen Ebenen, bei der Arbeit, im Haus.

Der Kleinkindkörper ist, zunächst, kein tötendes Wesen. Man übersieht immer, daß auch kleine heranwachsende Jungen von der gesellschaftlichen Männergewalt erst einmal vergewaltigt werden müssen, bis sie als die Vergewaltigermänner funktionieren, die sie später, meistens, sind. Sie bräuchten mächtige Frauen zum Schutz gegen den Zugriff der männlichen Instanzen und Institutionen. Weibliche Institutionen mit Gesetzgebungskraft, einzelne Frauen allein können das (fürs Ganze) nicht schaffen. Man traut sich nicht einmal, die Forderungen *auszusprechen*, so »utopisch« scheinen sie: Weibliche Belange wie die Abtreibungsfrage gehören völlig in Frauenhand; ein Frauenparlament, gewählt nur von Frauen. Ob dieses sich dann (in Ausschüssen oder sonstwie) einer Männermitarbeit bedienen will, wäre der Frauen Sache. Ein Friedensnobelpreis für Rigoberta Menchú ist gut, aber reicht nicht. Vernünftige Frauen, die tatsächliche Entscheidungsmacht haben, ziehen die Geschlechtergrenzen ohnehin nicht so rassistisch, wie die männlichen Instanzen (insbesondere die Gerichte) das tun.

Auflösung der Männerbundstrukturen geht nicht im Männerbund oder im Männerclub. Sie geht nur mit und durch Frauen und durch die Verbindung von Männern mit Kindern. Die Männer müßten, als Väter ihrer meist nur auf dem Papier existierenden »Familien«, selbst hinunter auf die Ebene des Materials des Prozesses, wo alle Material sind: Material der Veränderung und nicht des Krieges. Herstellung von Gleichheitsebenen.

»In den vergangenen fünfzig Jahren ist das Bewußtsein für den Wert und die Bedeutung des Elternhauses stark gewachsen. (Es ist nun einmal nicht zu ändern, daß dieses Bewußtsein zunächst aus der Erkenntnis erwuchs, welche Auswirkungen das schlechte Elternhaus hat.) Wir wissen einiges über die Gründe, weshalb dieses langwährende und mühevolle Geschäft, die Aufgabe der Eltern nämlich, ihre Kinder durch alle Entwicklungsschwierigkeiten hindurch zu geleiten, eine lohnende Aufgabe ist; und wir glauben, daß gerade die Erfüllung dieser Aufgabe der Gesellschaft die einzige solide Grundlage bietet und nur durch sie die demokratischen Tendenzen im sozialen Gefüge eines Landes sich entwickeln können.«[20]

Vielleicht ein bißchen viel verlangt von der Elternarbeit, *ganz allein* für eine vernünftige gesellschaftliche Entwicklung verantwortlich zu sein: »Nur durch sie«, sagt Winnicott. Aber »ohne sie« wird es ganz gewiß nichts mit »Demokratisierung«, das heißt männlicher Ent-Institutionalisierung; soviel ist »sicher«.

Die Frau gebiert das Kind (auch noch in weiterer Zukunft; ungeachtet der verschiedenen Retorten); der Mann kann dabei helfen, er kann dabei stören, er kann konkurrieren, wie bisher etc. Eine Differenz bleibt immer: Auch wenn er emotional beteiligt ist, auch wenn er mithilft, so gut es geht, das Austragen des Kindes und der Geburtsschmerz bleiben ihm fremd, sind nicht Teil seines körperlichen Erlebens. Das »Ins-Leben-Pressen« eines neuen Menschen bleibt seiner Erfahrung unzugänglich, er erlebt nicht die physische und psychische Metamorphose, die der Frauenkörper bei der Geburt durchläuft; dies merkwürdige »Wunder der Geburt« ist, ganz nüchtern betrachtet, für ihn tatsächlich eins. Diese Methode der Selbstvervielfältigung unter höchstem Einsatz der eigenen Leiblichkeit ist eine Frauensache, weder nachvollziehbar noch »erreichbar«. Aber in den Körpern der sich ständig verwandelnden Kinder ist zumindest die Möglichkeit gegeben, sich abzusetzen vom Prinzip der *Übertrumpfung* des Weiblichen durch Entfesselung (»Geburt«) ungeheurer (destruktiver) Energien: dem Lieblingsspiel der Bekämpfer des »falschen Wegs« der Geburt, Geburt durch die Frau.

Heut ist der Männerkörper nach militärischen Maßstäben überwiegend entdrillt, nach dem Zweiten Weltkrieg entmilitarisiert. Der Zugriff auf den männlichen Körper erfolgt nicht mehr direkt muskulär (vom Staat aus), sondern auf Umwegen: Sport, Arbeit, Disziplinierung untereinander, allgemeine Abweichungskontrolle, Klamotten, Haarschnitt, Design, dann Ordnung des Familien- wie des öffentlichen Lebens: Wo alles ohne viel Abweichung in vorgeschriebenen Bahnen läuft, bekommt der Körper auch davon eine Form. Am besten ist die zu erhaltende Form in Waren sichtbar: Die ganze Glätte, Schönheit, Oberflächenverliebtheit der Waren gibt die Körpervorbilder ab. Warenaussehen/Design ist an die Stelle des militärischen Drills getreten.

Die Jugendlichen *stylen* ihren Körper nach dem Outfit von Stereomaschinen, Motorrädern, nach Benetton, Levi, Nike, Reebok und was »der Schirm« sonst so hergibt. Die Baseballcap auf jedem Schädel now. Warenpolitik ist Körperpolitik. Der Osten lief in den Westen über, weil die Ostleute den Westkörper haben wollten, den sie im Fernsehen und in den Westwaren gesehen haben. Ihn sich zu kaufen kostet ein Höllengeld. Bisher wird das dadurch balanciert, daß man die Schufterei immer mit grad so viel Gratifikationen bedenkt, daß der Körper, den man jeweils haben will, grade eben noch bezahlbar ist: Man kriegt im Laden ein Stück von dem, was man sein *will*, zu kaufen. Das scheint gut zu funktionieren (solange die Gehälter nicht unter ein bestimmtes Level sinken). Tun sie es, kommen *andere* Sorten Gewalt hervor, dann soll man sich nicht wundern.

Kleider machen *nicht* Leute, auch 1994 nicht; sie machen nur (das sah man auch im »alten Jugoslawien«) ein, wenn's hoch kommt, schöneres Bild.

Kindheitstraumata und an »Deutschland« als Trauma zu fesseln, kann ich zwar verstehen, aber mehr auch nicht. Wir werden den »Feind der Menschheit« Hitler *nicht los*, indem wir für die Beseitigung des zum Ersatz-Hitler beförderten Staatschefs/Mörders Saddam Hussein plädieren. Im Gegenteil: Bearbeitung erlebter Schrecken an verschobenen Objekten vertieft die Traumata. Die nach 1945 ausgebliebene »Entnazifizierung« rassistischer Professoren wird nicht »nachgeholt« durch Hinauswurf von SED-Historikern (wie sehr sie es auch verdient haben mögen) aus ostdeutschen Universitäten. Ihr im KZ getöteter Vater, lieber Wolf Biermann, wird nicht wieder lebendig durch »Aufhängen« von deutschen Ingenieuren, die sechzigtausend faschistische Mark im Monat von Saddam Hussein beziehen. Hitler kann effektiv nur bekämpft werden durch die *Einstellung* von Säuberungen und Tötungen.

Was noch erledigen Kriege: 1. In Kriegen lassen alte Männer junge Männer abschlachten (ein bewährtes Reinigungsritual für verschmutzte Völkerseelen). 2. Kriege probieren neue Waffentechnologien aus. 3. In Kriegen schlachten Soldaten (zum Trost fürs eigene Sterben) große Mengen Zivilisten.

Eins davon ist so kriminell wie das andere. Aber Kriminelle stehen hoch im Kurs, nicht nur im fernsehverseuchten Kino. Unvergleichlich genau sagt es Sara Paretsky: »Verbrechen lohnen nicht in Chicago. Vor allem nicht für Parksünder.«

Auch für einen anderen Zusammenhang habe ich nur unpolitische und hilflose Wörter. Das ist die Haltung vieler deutscher Linker und Internationalisten zu Israel und den Palästinensern.

Versuche unfaschistischen Lebens in Deutschland, die nicht von einem projüdischen Herzschlag angetrieben sind und waren, verdienen diesen Namen nicht. Eine *wirkliche* Wiedergutmachung der deutschen Verbrechen an den getöteten Juden ist nicht menschenmöglich. Daß auch die *menschenmögliche* Wiedergutmachung so ausgeblieben oder staatlich-juristisch erschwert worden ist (Einholung psychiatrischer Gutachten durch Gerichte zum individuellen Nachweis tatsächlicher Traumatisierung bei erlebter Elternermordung oder einfachem KZ-Aufenthalt), ist Quelle einer endlosen Scham, dieser widerwärtigen Nation anzugehören. Die Verpflichtung zur Unterstützung jüdischer und israelischer Belange ergibt sich daraus selbstverständlich. Ich sage »Verpflichtung«

für diejenigen, für die dies kein Wunsch geworden ist. Die gängige Rede, man sei für Israel (weil man es aus historischer »Schuld« sein müsse), man sei aber auch gegen Israel wegen seiner imperialistischen Politik gegenüber den Palästinensern, mit denen man solidarisch sein *müsse* aus politischen Haltungen, die aus der Verarbeitung von »Auschwitz« gerade *folgten,* erschien mir und erscheint mir als zutiefst mies, deutschblöd polit-verdreht.

Ich schäme mich für solche Reden seit mehr als zwanzig Jahren. Wenn der deutsche Oberlehrerzwang zum »richtigen Standpunkt« betreffs aller Weltlagen seinen Beurteilungsfuror schon nicht als Wahn erkennen konnte, hätte er nicht wenigstens *hier* sich bescheiden können mit dem Satz: »Unsere Berechtigung, zu Israel zu sprechen, ist aus Gründen unserer Staatsangehörigkeit eingeschränkt. Wir halten uns hier zurück« – als Erfordernis des Minimalanstands, einer ganz privaten Unbösartigkeit. Ich nehme an, kaum ein Palästinenser würde sich im Ernst beschweren. Das Fehlen dieses Minimums hat mein Band zu den sich so nennenden deutschen »Kommunisten« schon vor zwanzig Jahren zerschnitten, nicht erst vor ein paar Wochen.

»Amis raus aus Arabien« *jetzt* ist ein antisemitischer Satz. Ich weiß, er wird geschrieben, weil »Amis raus aus Vietnam« so schön war: aus dem von *uns* gewonnenen Krieg. Auf Transparenten zeigt er, daß der politische Minimalanstand gegenüber den Juden und Israel nicht nachgewachsen ist.

Da arabische Staaten die Auslöschung Israels fordern und ankündigen, ist die Präsenz der Amerikaner »in Arabien« aus den allerbesten Gründen notwendig, selbst wenn die USA nur die fünftbesten Gründe für sie haben. Wie würden meine ehemaligen Genossen denn umgehen mit einer Neuauflage des Holocaust? Ein »Selber Schuld ... das habt ihr davon!« hinüberrufen? »Das ist für Palästina! ...«?

Weswegen brauchten vertriebene Juden einen eigenen Staat nach 1945? Die Grenzordnung des Nahen Ostens ist zwar ein britisches, aber seit dem Zweiten Weltkrieg auch ein deutsches Produkt, Hitlers Produkt. »Die Deutschen mit dem Genie des Bösen in jener Zeit haben den Konflikt im Mittleren Osten geschaffen«, sagte mit seinem Genie der knappen Genauigkeiten Jean-Luc Godard 1988 in einem Interview mit der Zeitschrift ›Actuel‹.

Die israelische Definition Deutschlands als »Gasland« ist nicht mit dem einfachen Hinweis auf die Imhausens von uns zu wälzen. Restschwaden ziehen durch die verschiedensten Sorten hiesiger Körper.

Muß ich aus Solidaritätsgründen mit Israel also »für« diesen Krieg sein? Nein. Wenn das Kind in den Brunnen gefallen ist, muß man helfen, ja. Es *ist* Krieg, und also braucht Israel Abwehrraketen und jeden anderen notwendigen militärischen Schutz.

Aber das Kind ist nicht nur in den Brunnen gefallen, es ist auch hineingeworfen worden. Die es hineingeworfen haben, stehen am Brunnenrand und können es jeden Moment herausziehen. Niemand ertrinkt. Der Krieg ist Produkt eines Zusammenspiels zwischen den USA und dem Irak, unter Beteiligung der UdSSR, Israels und anderer westlicher wie arabischer Staaten. Ist es antiisraelisch zu sagen: das Kind ist aus dem Brunnen durch Waffenstillstand? Ist es (m)eine Wahnidee zu denken, eine Fortdauer des Krieges gefährde Israel mehr als daß sie Israel schütze?

Eine Neuweltordnung des Waffenverkaufs

Nur ein Umstand (und der stammt nicht aus der Region selber) verlangt notwendigerweise nach Anwendung der Arbeitsweise »Krieg«: die Erprobung neuer Waffentechnologien (plus der Verschrottung alter). Weder »heiliger« Krieg, noch *»unvermeidbarer* Krieg« zum Schutze Israels.

Kein Saddam Hussein kann Kriege führen ohne die Waffen der UdSSR, der USA oder ihrer Westalliierten. Auch Israel kann das nicht. Der Krieg ist eine Großmachtproduktion. Ich finde es unanständig, über den Golfkrieg zu sprechen, ohne diese Tatsache als allererste zu nennen. Kein Saddam Hussein kann von sich aus mit den Möglichkeiten des Irak Kriege führen. Die Kriege werden in den Waffenindustrien der Großmächte hergestellt. Von dort werden sie exportiert. Saddam Hussein war lediglich dumm genug (oder aus anderen Gründen gewillt), eine Rolle in dieser Großmachtproduktion zu übernehmen, die im Jahrzehnt zuvor teilweise von Khomeini und von Ghaddafi übernommen worden ist und die der geschickte Ortega in Managua trotz heftigen Drängens der Amerikaner *nicht* übernommen hat.

Wenn ich mir (ungern, aber gezwungen) den Kopf zerbreche

über die Gründe dieses Kriegs, kommt etwa dies heraus: Die Großmachtproduktion »Golfkrieg« geht in erster Linie um die genauere Definierung, wer zukünftig und in welchem Ausmaß mit hochtechnologischen Waffen beliefert werden wird und wer nicht. Auch darum, wie die Rollenverteilung der USA und der UdSSR dabei sein wird. Es geht nicht um die Grenzen Israels oder die eines palästinensischen Staates, es geht um die Grenzen der militärischen Aufrüstung von Drittweltländern, um die Bestimmung des »kritischen Punkts«, ab wann deren Aufrüstung für die beliefernden Länder selber gefährlich wird. Saddam Hussein, Verbündeter der Amerikaner und der Westallianz im Krieg gegen den Iran, hat die Waffen, die er von den Großmächten bekam, *außerhalb* ihrer Kontrolle eingesetzt. Dafür wird der Irak »bestraft«. Die Perspektive »großmächtiger Eltern«, die ein rüpelhaftes Kleines abzustrafen haben, war die favorisierte Psychohülse der Westweltpresse für die Eröffnung des »gerechten« Kriegs.

Die anderen Probleme der Region bestanden schon vorher und werden überwiegend nach dem Golfkrieg weiterbestehen. Bushs »Neue Weltordnung« meint nicht die Neuordnung der »arabischen Welt«. Die wird weder Mr. Bush noch ein anderer Nichtaraber herstellen. *Burning Bush* wird kaum eingehen in die Neuen Bibeln als »Stimme Gottes«, die aus dem brennenden Kuwait nach einem arabischen Moses ruft.

»The New World Order« meint die Neuordnung der Länder, die für amerikanisch/westliche Waffenlieferungen in Frage kommen (um dann zu neuen Kriegsgegnern zu avancieren, die in der Lage sind, zurückzuschießen beim nächsten Waffenschlußverkauf). Der Golfkrieg stoppt nicht Waffenlieferungen, im Gegenteil. Sie werden gesteigert und beschleunigt, nur die Adressen wechseln. Eine Reihe neuer Empfängerländer steht in den Fußstapfen von Saddam Hussein, an erster Stelle momentan Saudiarabien.

Ein Ölkrieg? Teils. Zwar wollen die USA die Kontrolle über die Region irgendwie behalten; sie scheinen aber einen Teil dieser Aufgabe auf europäische Staaten abwälzen zu wollen. Ich ahne als eine der Folgen des Kriegs irgendeine Art Bündnisanbindung Israels an den europäischen Westen/die NATO.

Der Westen ist nur bedingt abhängig vom arabischen Öl. Und die arabischen Länder wollen und müssen ihr Öl fördern und verkaufen, sie haben sonst keine Einnahmen. Diese *arabischen* Einnahmen aus dem Öl sind für waffenliefernde Länder ebenso interessant wie das Öl selber. Welche Drittweltländer haben denn das Geld, die westlichen (Waffen-)Technologien zu kaufen? An allererster Stelle die ölfördernden Staaten. Sie sind feudalistisch und militärisch regiert von Königen und Diktatoren. Vom Westen gestützte Alleinherrscher-Männer im Nahen Osten garantieren, daß das Ölgeld nicht vernünftig, also für die Entwicklung des arabischen Raums ausgegeben wird, wozu an erster Stelle die Durchsetzung von Frauenrechten gehören würde. Verstärkte Alphabetisierung, Industrialisierung, Ausbau des Handwerks, Aufbau von Sozialsystemen, Krankenhäusern, Universitäten in allen arabischen Ländern würden in absehbarer Zeit zu einer Art Wettlauf zwischen Demokratisierung und islamischem Fundamentalismus führen, damit in jedem Falle zum Sturz der jetzigen Alleinherrscher. Damit wären die Petrodollars nicht mehr so verfügbar, mit denen die Produkte der Waffenindustrien zu einem großen Teil bezahlt werden. Die Könige, Scheichs und Diktatoren sind die verbundensten Verbündeten der Großmachtindustrien, und Mr. Bush wird einen Teufel tun, an diesen Systemen mehr als ein Härchen zu ändern. (Versuchte er es, wäre er morgen ein eher toter Mann.)

Die Ölquellen selber brauchen dafür nicht durch »westliche Präsenz« kontrolliert zu werden. Das können auch arabische Könige.

Das Fernsehen zeigt, absichtslos und wider Willen, doch ein paar Bilder: Auf den Autobahnen, die durch die saudische Wüste gehauen sind, käme die Rush Hour von Los Angeles ohne große Stockungen unter. Es rollen aber nur Laster und Panzer darauf. Für Ewigkeiten militärischen Verkehrs, pyramidal, sind sie gedacht. Auch diese Pharaonen rechnen mit Jahrtausenden (eigener Lebenszeit).

Die Nahrung der Realisten ist die Realität

»Kriegsdienst«? Ehe ich eins der Kinder, in deren Aufwachsen ein nicht geringer Teil meiner Lebensarbeitskraft und Arbeitslust steckt, in einen Krieg »gehen« ließe, würde ich ... – der Satz ist nicht beendbar, er sprengt das Hirn.

Wir haben ein Gesetz für Kriegsdienstverweigerung. Wir haben kein Gesetz gegen Kriegswaffenproduktion. Man braucht weder »Pazifist« zu sein, um eins zu fordern, noch Anhänger der kirchlichen Neufriedfertigkeit, noch aus Positionen der sogenannten Friedensbewegung zu sprechen, deren merkwürdige Mischung aus Friedenstauben und Altstalinisten Wolf Biermann zu Recht verspottet hat. Es genügt, andere menschliche Produktionsformen zu wollen als die Produktionsweise »Krieg«: die männliche Produktionsweise, in der reiche Industrieländer auf dem neuesten Stand der Technik, beziehungsweise dem neuesten Stand der Technik voraus, Dinge von durchgestylter Oberflächenschönheit produzieren zum vorrangigen Zwecke ihres Zerstörtwerdens (durch Verschrottung oder kriegerische Anwendung), während zwei Drittel der Erdbevölkerung, denen der so verschwendete und vernichtete Reichtum entpreßt und entzogen wird, in Hunger und Krankheiten versinken. Wer für die Protagonisten solcher Lebensvernichtung Partei ergreift, ist, wenn nicht ein dummer Affe, dann ein rabiater.

Ich sehe zwei Grundlagen, die für die Herstellung und Erhaltung menschenwürdiger Lebensweisen taugen könnten: die Achtung der menschlichen Arbeit und die Garantie der körperlichen Unversehrtheit oder Nicht-Versehrung anderer Menschen.

Zur Garantie der Nicht-Versehrung anderer Menschen gehören gesetzliche Verbote der Kriegswaffenproduktion. Jeder weiß das. Aber man »plant« Beschränkungen nur des Waffenhandels – des *Handels*! Vom Herstellungsverbot redet niemand, da das »unrealistisch«, für Politiker also tödlich ist. Aber: *Kein Mensch ist gezwungen, Politiker zu sein oder zu bleiben.*

Jeder realpolitische Übermensch kann da nur lachen. Vernünftige Vorschläge sind prinzipiell unrealisierbar und also »utopisch«. Realisierbar (unutopisch) sind immer nur die Verbrechen, wie die jeweilige Camorra auch heißt. (Martin Marietta, wie schön; baut Flugkörper schlank wie Frauenleib und Lippenstift. Die schweinsköpfigen Herren, die sie verfeuern, sehen durchaus schlecht aus neben diesen auserlesensten Schönheiten mit dem auserlesensten Innenleben unseres Fin de Siècle: schöne Olimpia Elektrona, wie immer kann nur »das Syndikat« dich bezahlen.)

»Realpolitik« schließt Töten ein, wer weiß das nicht? Daß die sogenannte realpolitische Ratio Realpolitikern imponiert, so lang ihr Laden läuft, ist verständlich. Aber wem sonst muß sie imponieren? Ein Einzelheini wie ich (verbunden mit den Leuten, mit denen er lebt), erweitert seine Pole nicht durch Anschluß an das Real-Mächtige, dessen Realo-Bürokraten an Realrechnern jede Minute eines Kriegs in »Kosten« ausdrücken können.

Realisten und Spinnende. Ich spinne gern, unter anderem an einem Gedächtnis. Die von den Realisten meistgeschätzte Fähigkeit der Menschen ist ihre Vergeßlichkeit: Die größten der Spezies der sogenannten Spinner haben sich geschichtlich immer in den Machtzentren befunden oder an der Spitze von Staaten. Man braucht sich nicht zu schämen als kleiner Spinner. (Die Wiederauferstehung des »intellektuellen Spinners« in den Debatten um die galoppierende Wiedervereinigung D-lands hat mich allerdings nicht unberührt gelassen. Es heißt wieder, wer überwiegend klar und vernünftig spricht, *spinnt* – wird weggewählt). Ich fand den Golfkrieg am 2. Dezember 1990 sehr absehbar; damit war die Bundestagswahl auch eine »für« oder »gegen« mögliche deutsche Beteiligung. Die Wählermehrheit vom 2. Dezember 1990, unter Mithilfe welcher Verdrängungen und Selbsttäuschungen auch immer, hat faktisch *für* diesen Krieg entschieden.

Verbot des Kriegswaffenbaus, wie kann man das nur denken: Jeder Chemiejurist und Schwerindustriejustitiar, jeder Produktionsleiter, weist schlagend im Fernsehen nach, daß in *seinem* Anstellungsbereich niemand auch nur weiß, wie eine Waffe überhaupt aussieht. Auch ich bin wochenlang von Sprechern der deutschen chemischen Industrie davon überzeugt worden, daß man mit einer Gabel essen, aber auch einen Israeli erstechen kann. Verzichten *Sie* deswegen auf Ihre Gabelproduktion? Die deutsche chemische Industrie ersticht einen Israeli sowieso nicht mit einer Gabel. Anders als arabische Gabelkäufer ist sie, so lassen ihre Sprecher verlauten, über den kulturgerechten Gebrauch dieses Gerätes in ihrer aufgeklärten Mehrheit inzwischen angemessen informiert. »Dual Use« – Schöne Neue Formel. Das ist das Schöne an Nazierfindungen, daß kein Typ auftauchen wird, die Copyrights zu reklamieren.

Wählermehrheiten trauen den Industrien. Sie trauen auch dem Gewaltmonopol der Staaten. Die Ächtung von Krieg als Mittel der nationalen wie internationalen Politik steht also nicht auf der »Tagesordnung«. Nur sie würde nützen. Was man *schreibt*, ich oder ein anderer armer Idiot, ist vollkommen egal. Es hat noch nie einen Menschen »von politischem Gewicht« interessiert, was ein deutscher Linksintellektueller sagt, zu Krieg oder zu sonstwas.

Wer waren/sind die Waffenproduzenten und Waffenhändler? Die westlichen Industrienationen, die Sowjetunion plus DDR und CSSR, und China. Diese Blöcke haben sich die letzten vierzig Jahre »kalt« bekriegt. Sie haben große Teile ihres Bruttosozialprodukts in Waffenbau, Aufrüstung und in die Erhaltung eines weltweiten Netzes von »Verbündeten« investiert, die Waffen kauften. Der »Kalte Krieg« ist vor einigen Jahren durch die (bedingungslose?) Kapitulation der UdSSR in ein neues Stadium getreten. Keineswegs ist er zu Ende, sofern »Kalter Krieg« heißt, die Staaten der Erde werden in Spannungen zueinander gehalten und jeweils so weit militärisch aufgerüstet, daß der Umschlag des kalten in »heiße« Kriege prinzipiell möglich ist. Aber eine Verschiebung der Kaltkriegsfronten findet statt.

Die Kapitulation der UdSSR hat zwei Hauptgründe: Das Wettrüsten mit den westlichen Industrienationen war der Sowjetunion nur noch unter Verschlechterung der innersowjetischen Lebensstruktur finanzierbar, hätte also mit Anziehen der stalinistischen Schraube abgesichert werden müssen. Zweitens (wahrscheinlich ausschlaggebender): Die Waffenproduktion selber wie auch die übrige industrielle Produktion der SU und der Ostblockländer ist gegenüber der elektronischen Revolution in der Westproduktion derartig hoffnungslos ins Hintertreffen geraten, daß nur elektronisches Aufholen der Ostindustrien die Abgründe zwischen kapitalistischer und sogenannter sozialistischer Arbeitsproduktivität verringern könnte.

Unsere Fernsehaufklärer, die die »militärische Zensur« im Golfkrieg beklagen, haben uns nicht besonders eingehend über das von den westlichen Ländern verhängte Belieferungsembargo des Ostblocks mit hochwertigen elektronischen Bauteilen (festgelegt in den Cocom-Listen; Cocom: Control Committee aus US/NATO/JAPAN-Wirtschaftlern und Militärs) informiert. (Das hätte man *täglich* melden können. Und: Embargos *wirken*, wenn man *will.)* Sie informieren auch nicht über die alltägliche Zensur, die sie selbst ausüben (kein bißchen weniger und schlechter als der Commander Schwarzkopf mit seinem Rohrstock).

Moderatorengeneräle haben uns zum Beispiel erzählt, »das Volk« von Leipzig habe »die Mauer« zum Einsturz gebracht. Tut mir leid für das sogenannte »Volk«: Die paar Demonstranten sollen den EISERNEN VORHANG weggezogen haben? Erstens waren die sogenannten »Montagsdemonstrationen« sehr schnell umfunktioniert in Produktionen des ZDF (relativ kostenlos). Zweitens war die Maueröffnung, denke ich, eine der Klauseln im sowjetischen Kapitulationsvertrag. Wirtschaftlicher Zusammenbruch im Wettrüsten (großer Beitrag: Helmut Schmidts Nachrüstungssieg), Elektronik und das Fernsehen (keine Voposchüsse vor laufenden Kameras plus Langnese-Westwall und Bethlehemstern auf allen guten Straßen) sind die Gründe des Ostblockzusammenbruchs. Das Problem mit »dem Volk« hätten, wie vorher auch, Panzer erledigen können.

Es hat keine Revolution gegeben, sondern einen Westsieg im Krieg gegen den Bolschewismus. Die Fortsetzung des Kalten Kriegs mit heißeren Mitteln war im Irak zu sehen: Restverschrottung sowjetischer (veralteter) Waffensysteme, mit denen der Irak vollgestopft ist, durch (modernere) amerikanische Waffen: elektronische gegen ballistische Systeme; die SCUD ist nicht viel mehr als die deutsche V 2 vom Ende des Hitlerkriegs. Die kommt jetzt weg für immer. Vermutlich auch die Gasgranaten. Es gibt viel effektivere bakterielle Systeme.

Wir erleben einen Modernisierungskrieg, die Umstellung der westlichen Welt auf neue Waffensysteme, verbunden mit einem militärisch-politischen Abchecken, welche weiteren Länder in Frage kommen, mit »hochsensiblen« Technologien beliefert zu werden (vor einem halben Jahr gefeiert von den vereinigten Leitartiklern aller Länder als »Abrüstungserfolge«). Sagte man vor einem Jahr: Diese »Abrüstung«, Leute, sieht mir nach Kriegsvorbereitung aus, erschien das Lächeln in den Augen der Freunde, das man so gut kennt, wenn man sich traut, Fast-schon-Evidenzen ein paar Momente früher zu »erkennen« als andere. Keine große Fähigkeit. Sie hängt fast nur davon ab, ob man sehen *will*, was sich anbahnt oder nicht. Die meisten wollen nicht (Kopf im Sand des heimischen Privatstrands).

»Nicht sehen wollen« gilt auch für viele Journalisten (speziell die Moderatoren-Commander der Nachrichtenmagazine), sei es aus politischem Kalkül, sei es aus (un)professioneller Stumpfheit. Sie halten sich selber nur bedingt für Informationspersonen; mehr Kraft verwenden sie auf die Erweiterung ihrer Anteile bei der *Steuerung* politischer Prozesse. Und rufen (zur Ablenkung, in regelmäßigen Abständen) Sätze dazwischen wie: Und die Linke schweigt mal wieder. Und: Die »Linke« weiß mal wieder kein Rezept. Und: Die Grünen streiten mal wieder. und: Der Herr Lafontaine, den *gibt* es doch gar nicht, und ... und ...

Sie sind tödlich beleidigt, wenn wir nicht auf die Stelle hinterm Komma wählen, was sie befohlen haben. Über die militärische Zensur stöhnen sie, weil sie den Anteil der eigenen so schmerzlich verringert. Zensur stört nur, wenn man sie nicht selbst macht. Was haben wir in den Wochen des Golfkrieges denn über die arabische Welt erfahren? Welcher Militärzensor hat Berichte über ihre tatsächliche Vielschichtigkeit behindert? Auch über die amerikanische erfahren wir nichts. Wir stehen kaum besser da als mittelalterliche Bauern, denen ihr Fürst Teuflisches vom Türkeneinfall in die christlichen Ohrlappen träufelt.

Ich weiß, Journalisten sind empfindliche Menschen und lesen so etwas nicht gern. Sie verweisen dann auf diejenigen Angehörigen ihrer Spezies, die sie mit Vorliebe in die Nachtprogramme verbannen. Ich sah, es war halb zwölf nachts, einen exzellenten Bericht von Wolfgang Landgraeber und Harald Vogt über von der Bundeswehr finanzierte Forschungen zur bakteriologischen Kriegführung in deutschen und amerikanischen Universitätsinstituten. Den beiden mangelte es tatsächlich an Unterwürfigkeit gegenüber den befragten Bundeswehrbeauftragten.

Auch die Moderatoren sind nicht einer wie der andere; das ändert aber nur spurenweise etwas an der hermetischen Welt kontrollierter Coolness, die sie sämtlich produzieren; eine Vorzeige-Welt, in der die Talking Heads der »Korrespondenten«, aufgenommen vor der Blue Box, die »das Weiße Haus« oder »den Kreml« zeigen, uns Worte übermitteln, deren informatorische Schlichtheit mit aller Kraft auf den Reporter *selber* als die Nachricht weist. Die *übermittelte* Nachricht erhält dabei die Form des

Maggi-Minuten-Menus oder der Milchschnitte für die (Denk-) Pause.

Den Zusammenbruch der UdSSR im Kalten Krieg als »Tauwetter« zu verkaufen und den Abbau der Mauer als Grundlage einer neuen Friedensordnung in Europa waren bewußte »Zensurschnitte« der journalistischen Kriegerkaste. Sichtbar ist der Mauerfall aber die Grundlage einer neuen *Kriegsordnung.* Genscher spricht im Bundestag am 22. Februar 1991 morgens von der »Weltgemeinschaft«, die Saddam Husseins Rückzug aus Kuwait erreichen werde. Die »Weltgemeinschaft« wird auch nötig sein, die folgenden vier, fünf Weltneuordnungs- und Waffenneuverteilungskriege auf Regionalkriege begrenzt zu halten.

Vermutlich (wer kennt schon die Quellen) haben die USA, Frankreich und Großbritannien ihre rasend schnelle Zustimmung zum Anschluß der DDR an die BRD wegen der damit verbundenen Schwächung der Position der UdSSR gegeben. »DDR« als waffenfreie Pufferzone zwischen SU und Westen, Stopp der NATO an der Elbe hätten den bestehenden Sowjetstaat in einer erheblich stärkeren Position gelassen als die, in der er sich jetzt (die Ränder rapide bröckelnd) befindet. Die Option auf weitere Kriege in diesem Vorgang können nur Blinde übersehen und nur Profis des Nachrichten-, Politik- und Waffengeschäfts öffentlich verschweigen. Es funktioniert mit Menschen, die, weil sie *fernsehen,* sich und ihre möblierten Paradiese für unzerstörbar halten. Wer den sogenannten Bürgerkrieg in Jugoslawien beim »Fall der Mauer« »noch nicht« hat sehen wollen oder können, hat zumindest Anlaß, sich beim TÜV zu vergewissern, was für einen Schirm er auf seinen Schultern mit sich schleppt. Weitere Randabbröckelungskriege der gewesenen UdSSR werden weitere Anlässe bieten.

Die amerikanische Regierung baut weiter an SDI Programmen. Sie braucht sie auch. Raketenabwehrschirme sind ein konkretes militärisches Erfordernis. Wir Zivilisten brauchen kein SDI mehr, wir haben es schon: den Fernsehschirm als Gefahrenabwehr. Wo kaum Information durchkommt, wird auch keine Rakete hinfinden. Das garantiert Ihr Informationsoffizier.

Hat man die ersten zehn Flugeinsätze überlebt, fühlt man sich unverletzlich, sagen die Bomberpiloten. Angst an den Schirmen haben also nur Anfänger. Nach dem zehnten Einschalten des

Fernsehers geht es uns wie den Piloten, hat uns der Immunisierungsvirus im Griff.

Das Fernsehen macht uns unsterblich (solange wir leben). Es gibt auch AIDS keine Chance: Es ist selber Mikrobe.

Es macht uns *nicht* zu Mit*tätern*, wie Zeitungsschreiber erneut beobachtet haben wollen seit dem 17. Januar 1991: »Auch der friedfertigste Fernseher hat sozusagen *sein* Bagdad im Visier«, schreibt einer. Und daß in der »psychologischen Struktur kein Unterschied« bestehe beim Blick durchs Fadenkreuz zwischen dem Commander Schwarzkopf und dem videospielenden Kind. Überschrift: *Krieg in Echtzeit.*

Das bringt ein flüchtiges Anblättern von Paul Virilio bei deutschen Kulturseitenschreibern hervor: die Verwechslung von ECHTZEIT mit der Boris-Becker-LIVE-Übertragung; die »Analyse«, der Fernsehzuschauer würde »mitschießen«, und die Behauptung, das Kind lerne töten, wenn es zu seinem Joystick greift.

Von »Echtzeit« spricht man, wenn die Computersimulation eines Vorgangs zeitgleich und von gleicher Dauer mit demselben Vorgang außerhalb des Computers in der sogenannten Wirklichkeit ist. Echtzeit findet statt im Kopf der Raketen, deren Computer den Flug der Raketen sowohl (nach eingegebenem Programm) simulieren wie auch tatsächlich steuern. Echtzeit findet statt, wenn das gleiche Programm, nach dem die Rakete fliegt, im Quartier des Commanders Schwarzkopf im Computer abläuft und die Rakete auf dem Schirm im selben Moment explodiert wie die wirkliche Rakete in ihrem eingegebenen Ziel. Mit LIVE-Übertragung hat das nicht nur nichts, sondern überhaupt nichts zu tun. Echtzeit käme es auch nahe, wenn George Bush und seine Militärs auf, sagen wir sieben Fragen, die der CNN-Reporter in Bagdad an Saddam Hussein vor laufenden Kameras richtet, die sieben wahrscheinlichen Antworten von Hussein vorausberechnet und dem Stabscomputer eingegeben haben – und wenn nun (das Computerprogramm zeitgleich mit dem Interview gestartet) der simulierte irakische Stratege im amerikanischen Computer genau dasselbe sagt wie der Diktator Saddam Hussein in seinem Bagdader Bungalow in die CNN-Mikrofone. Das wäre ein idealtypischer Fall von Echtzeit.

Echtzeit wäre auch, wenn wir am Fernseher sehen, wie eine H-Bombe auf unsere Stadt niedergeht und explodiert, und wir die

Explosion noch *sehen* können, da das Bild, das der Fernsehsender sendet, nicht die Filmaufnahme der Rakete zeigt, sondern die Simulation des Flugs der Rakete, die auf einem Monitor im Fernsehstudio passieren und also gesendet werden kann oder ebenso auf dem Monitor im Quartier des kommandierenden Generals. Echtzeit heißt gerade, daß eine LIVE-Übertragung nicht mehr *nötig* ist, da fotografisch Übertragenes und im Computer simuliertes Bild *zeitgleich* sind und auch gleich aussehen können.

Ich habe bei den meisten Bildern von Raketeneinschlägen, die das amerikanische Hauptquartier für unseren SONY freigegeben hat, nicht unterscheiden können, ob sie das Bild sind, das die ins Ziel fliegende Rakete aufgenommen hat, oder ob es das Bild ist, das der Pilot auf dem Monitor in seinem Cockpit sieht oder ein Bild vom Monitor des Computers im Generalquartier.

Wenn es das Bild aus der fotografierenden Bombe ist, erleben wir im Moment, in dem es auf dem Bildschirm erscheint, die vollkommene Identität von *Bombe* und *Berichterstatter* (nicht die von Bombe mit mitschießendem Zuschauer).

Nicht nur, daß wir nicht »mitschießen« am Schirm, wir sind vielmehr das *Ziel* der Echtzeitbilder von Raketeneinschlägen. Wenn fotografiertes und simuliertes Bild nicht unterscheidbar sind, sind nicht nur die Bilder, sondern auch wir herausgehoben aus allen Raumkoordinaten, und die Zeit als eine *Qualität des Bilds* wird fiktiv. Bei Echtzeit-Vorgängen hören wir auf zu existieren als geschichtliche Wesen und geraten selber als Lebende in die Computersimulation. Die Computerbilder vom Krieg löschen die Differenz zwischen simulierten und wirklichen Geschehnissen, die Differenz zwischen geschichtlicher Zeit und technisch-elektronisch simulierter Zeit. Ob etwas geschieht, und *was* geschieht und ob es *gleichzeitig* geschieht mit dem Moment des Sehens, wird potentiell unentscheidbar. Die Menschen, die im Irak unter filmenden Bomben in Echtzeit starben, wurden von der Apparatur schon behandelt wie Menschensimulationen. Uns möglichst nur *solche* zu zeigen, hat die Militärzensur beschlossen, nicht weniger. Es handelt sich um die Abschaffung sowohl des »authentischen Bilds« (des berühmten Bilds mit »der Hundemarke«, der Orts- und Zeitangabe um den Hals) wie um die Abschaffung des Auges als Organ historischer Zeugenschaft.

Deshalb sahen wir nicht einmal die vom Öl getöteten Seevögel im Golf, sondern nur immer wieder dieselbe Aufnahme zweier ausgewählter toter Vögel, des Kormorans mit dem Hals noch über Wasser und das Bild des Rückens eines in einer Öllache treibenden toten Entenvogels: Bilder, die von wer-weiß-wo stammen können (Exxon-Valdez-Archiv), oder Bilder aus Computersimulation: *unterscheidbar* fürs Auge ist das nicht. Sie stammten in der Tat *nicht* vom Golf, wie die Medien bald darauf »enthüllten«.

Dies war die Ouvertüre: Fotografiertes und computersynthetisiertes Bild im Fernsehen werden bald prinzipiell nicht mehr unterscheidbar sein; nicht Generäle – technifizierte Redakteure schaffen das Geschichts- und Ortsbild ab.

Diese zwei toten Vögel vom Golf (ich habe sie gut ein Dutzend mal gesehen) zeigen *uns selbst* als tendenziell Tote, als die mit dem blicklosen Auge, auf die eine Kamera, die explodieren kann, kühl herunterschaut. Die Kamera muß nur noch ein bißchen schwenken, dann wären auch wir im Bild. Es besteht von nun an die Chance, daß jeder von uns überlebt, im Echtzeit-Film.

All das, sagen sie, schenkt uns das »videospielende Kind«.

1992
Gedicht

Der Tod ist ein Meister aus Deutschland,
ja, gerade sagt Ute Lemper es wieder
auf der Rock nach Rechts Bühne, Fft/Main.
Der Tod ist ein Meister von hier, ja, ja
erwacht grad aus seiner Totalanästhesie,
hat endlich ausgeschlafen der Bursche,
und wir werden sagen können,
wir sind dabeigewesen,
Arsch offen, Lied zwischen den Zähnen,
ich bin Rassist, ich hasse Dialekte:
wieso die Rhein- und Mainländer dran hindern,
ordentlich Englisch zu lernen, wenigstens.

Ein unerhörtes Verbrechen ist geschehn.
Deutsche Menschen (ein deutscher Staat!),
– so geht die Sage –
haben im ausgehenden 20. Jahrhundert
einem Menschen etwas Gutes getan,
der es nicht verdient hat.

Wir können
das nicht
auf uns
sitzen
lassen.
Asyl
Mißbrauch.

Der Tod ist ein Lehrling aus Deutschland,
zweites Lehrjahr. Kann noch nicht viel.
Kanzlerlehrling übt Heer aus dem Sandkasten,
den Welthunger erschießen mit deutschen Gewehren,
woher soll er's können.
Azubi: eine deutsche Armee, antifaschistisch (2. Versuch).

Der Lehrling im Rollstuhl
– woher soll er's können –
Anatomiegrundkurs an der Grundgesetz-Leiche.
Oppositionslehrling, Grünholz,
mit Herz für Verfolgte,
verhindert das Schlimmste,
fördert das Zweitschlimmste,
– woher soll er wissen?
Gemeinsam sind wir stark,
solidarpaktetisch die faktische Lehrlings-Großkoalition
in Deutschland hinter der Mauer.
Wenn wir sie noch höher bauen
sieht uns keiner
(im Wald, mit der Heckler & Koch,
wo Skin übt richtiges Objekt erkennen).
Woher soll er können?
Polizeicheflehrling sucht verzweifelt Nachwux,
woher soll er kriegen?
Es kloppt sich besser in freier Wildbahn,
ohne feste Arbeitszeit
und ohne Hundemarke,
in einem anständigen Outfit,
Leder-,
nicht grüner Amtsfaschismus.
(Sieht doch nicht aus: Mütze auf Glatze).
Der Tod ist ein Lehrling,
Friseur aus Deutschland ...

1992 wurde kein neuer Kontinent entdeckt,
auch nicht der Herkunftsplanet der Ufos,
(die unbedingt auf deutschem Acker
ihren bevorstehenden Erdeintritt planen).
1992 entdeckt sich Deutschland,
als Land der unschuldigen Seelen, endlich.
Is' ja auch was.
Kein einziger Schuldiger lebt hier mehr,
was für ein frohes und leichtes Zuhause!
Keinen Menschen getroffen, der noch an was schleppt,
Schuld, Geschichte! Was denn, wo? Unsere Eltern –?

Doch *die* schon nicht mehr! Hitler ist 1786 geboren,
vor Mozart, du Kugel,
ich hätt was zu tun mit toten Juden?
Nie einen gesehen, Wichser,
verpiß dich –

Keiner vermißt dich.

Keiner vermißt dich,
Else Lasker-Schüler.

»Und deine Lippe, die der meinen glich,
Ist wie ein Pfeil nun blind auf mich gezielt.«

In Deutschland lebten 500.000 Juden vor 1933,
Groß-Deutschland,
ein Drittel davon in Berlin, das die Fakten.
»Die Deutschen« haben tatsächlich nie einen *gesehen*
(außer in der Zeitung oder in der Führerrede)
und, wo sie dann massiert auftraten, im KZ,
zusammengekarrt von überall, wohin ein deutscher Besatzerfuß
reichte.
»Zu viel« ... »too much« ... wo man hintrat ein Jud ...
wo man hinsieht ein Kameltreiber,
Teppichhändler auf Sozialhilfe,
betrügerischerweise doppelt bezogen,
hochinfamer Wohnraumverknapper,
Zigeunerkinder Drogenschlepper
LSD für unsre ganz Kleinen,
getarnt als Coca Cola Bonbon.
Hat je ein Deutscher gedealt
mit unreinem Koks?
Die Roma-Arbeiter bei BASF
hatten klar ihre Finger mit drin
im Zyklon B Business,
daher so oft beschleunigter Tod,
mußten dauernd Nachschub anfordern,
laßt noch ein paar übrig vorm Ofen,
wir brauchen sie noch ...

Welcher große bescheuerte Meister
gewährt den Deutschen, wieder und wieder,
wider besseres Wissen, Asyl
auf dem Erdball. Wider alle Vernunft.

»Kein Gedicht mehr nach Auschwitz« –?
»Nur noch Gedichte!« –
wäre die Parole gewesen.
Vielleicht wäre was andres im Kopf jetzt
als Scheiße. Versepegel statt Kontostände
und Ausländer-Über-Zahlen.
Plus mal minus,
die Schädeldecke ein.

> »Wie lange war kein Herz zu meinem mild ...
> Die Welt erkaltete, der Mensch verblich«
> ... schrieb 1934 »Die Verscheuchte«.

Die Deutschen haben kein *Gesicht* mehr
nach Auschwitz
(jedenfalls keins, das irgendein Mensch sehn will wo.)
Zu viel ... too much ...
Antisemitismus geht ohne Juden, sah Günter Anders.

Zu viel in Deutschland gibts immer nur eins,
Deutsche,
lebende Deutsche,
das sah, 1989,
jeder versgestählte hier Lebende
beim *Abstandhalten*
von der fallenden Mauer.
(Jubelpack mit Hintergedanken)
»Jetzt freue dich ...
Götterfunke!«
Nicht erst nach Willy Brandts Tod, bewahre.
Der Willy, ein Meister aus Deutschland, zuletzt.

Wer nicht mit den Toten spricht
tötet die Lebenden.

Deutschfeindlich-Sein ist auch Rassismus,
schreibt so ein Deutsch-Neger an die taz,
empfindsam; wie wahr, Klugscheißer:
Noch nie gehört, daß Nazis ein Wort ist für Deutsche?
Das zutreffendste, das sie haben, in Dänemark, Frankreich, USA.
Kein Mensch nennt einen Italiener Nazi, nirgendwo.
Nirgendwo.
Nicht mal Mussolini.

»Nun freue dich, Götterfunke!«
Befreit von den Fesseln
des Denkens und des Anstands,
aus der Schuld gelöscht
in der dritten Generation
wachsen aus deutschen Kernen
fast unerwartet
aber willkommen
Parlamenten Bevölkerungen zu.
Frisches Gemüse
wohin man schaut,
ich weiß auch nicht,
warum –
warum sie die Bombe auf Japan schmissen.
:Hier
hätte sie hingehört,
fand Rolf Dieter Brinkmann vor dreißig Jahren,
lohnt den Aufbau nicht, weg mit der Scheiße.
Zugegeben,
einiger Spaß wär mir entgangen,
(das Leben war nicht schlecht zu mir),
aber stand es mir zu? Nein, es war Glück,
und gewiß, reichlich, vom unverdienten
(für das ich freundlich danke).
Galt als »böse«, Brinkmann,
haßgetrübt, unverantwortlicher Schreiber,
»Faschist«, sagte Walser (den ich baden sah
in thüringisch-erdhaftem Delirium, 1990.
Wurzelversessen. Deutsch-deutscher Wichser.)

»Das schulden wir der Gerechtigkeit«,
als Deutsche,
daß Honecker blute vor einem Gericht.
Nicht, daß ich Mitleid hätte mit dem Mann, aber –

»Bluten sollen sie bis ins tausendste Glied«,
sagte Hitler,
»die Juden, dafür daß –«
Sagten die antisemitischen Polen,
»dafür, daß –«
sie (die Römer)
»unseren Herrn, den sanften Christ,
ans harte Judenholz genagelt, einst.«

Bluten: Endlösungs-, Endzeitjuden,
spät kommt die Gerechtigkeit,
aber sie kommt,
so viele von ihnen, wie sie nur kriegen konnten
(als Römer) in die Öfen,
1942,
da bin ich geboren,
meine Mutter ahnungslos,
mein Vater half nicht mal *direkt* bei den Transporten,
zu weit östlich sein Bahnhof im ostpreußischen Wald,
östlicher als das östliche Treblinka,
er war Antisemit, beide waren Antisemiten,
ahnungslos meinetwegen (über das *Ausmaß*, wie sie sagten),
aber ich *weiß*.
Gerechtigkeit ist es nicht
(daß sie die Bombe auf Japan schmissen).

Gerechtigkeit ist vielleicht,
daß unser unschuldiger Kanzler (Lehrling)
unsre ganze Unschuld
für uns trägt,
ganz alleine,
was für ein Gewicht, mein Gott,
selbst für einen Dreizentnerleib.
Tonnenweise totale Unschuld in der dritten Generation.

(Seine Mutter wußte auch nichts
von deutschem Antisemitismus
als sie das unschuldige Bündel gebar.)

Frau Minister Lehrling unterschreibt gegen Vergewaltigung,
Spende für Frauenhaus im kroatischen Zagreb,
während ihr Spezi, Außenstellenlehrling, Terrain absteckt
für Bundeswehrkriege (garantiert vergewaltigungslos, diese).
Und ohne Lager aller Art, versteht sich.
Wohltuend, Gerechtigkeit: endlich mal
vorm Unwort »Lager« nicht das Vorwörtchen »deutsch«
in der eigens abonnierten Morgenspalte.
Pazifist. dt. Menschen, auch weibliche darunter, fordern
militärische Intervention in Bosnien-Herzegowina
(den Krieg abzuschaffen durch Vermehrung der Schlächter).
Ich seh ihn schon wieder, den guten dt. Soldaten,
Friedenstrüppler, Blauhelm auf der Eichel,
wenn er in den Krieg reist, pazifistisch schaumgeboren,
und seine Braut, das Gewehr *mitnimmt*
(was wird er noch fremde Frauen brauchen).

»Dunkle Zypressen ...
    die Welt ist gar zu lustig ...
        es wird doch alles vergessen ...«
1971, Krieg in Bangladesh
»während des neunmonatigen Krieges 200.000 bengalische Frauen
von pakistanischen Soldaten vergewaltigt.«
Später erhöht auf geschätzte 400.000,
in Lagern, außerhalb von Lagern, Tausende schwanger.
(Susan Brownmiller: Vergewaltigung und Männerherrschaft,
dt. bei Fischer seit 1978).
»Es wurde derart systematisch und allenthalben vergewaltigt,
daß nur bewußte militärische Taktik dahinterstehen kann« –
Mulk Raj Anand, indischer Schriftsteller, Augenzeuge.
Wofür bekam Rigoberta Menchú den Friedensnobelpreis?
Hatte glaub ich was zu tun mit Indiofrauen in Guatemala.
Die guatemaltekische Armee, –
Lesen Sie, was sie mit ihrer Mutter machten,
(mir stehn seit zwei Jahren die Haare zu Berge),

beispiellos nicht, was in Bosnien geschieht,
es ist Alltag der Kriege und Bürgerkriege.
»Soldaten sind Mörder«,
sagt Zwerenz, beschönigend. Mörder sind sie,
gelegentlich, auch. Vergewaltiger meistens.
In Lagern und ohne Lager, mit und ohne »Demütigungs«-Absicht,
»Neue Rasse« zeugend oder alte vermindernd.
Wo gab es den letzten Krieg ohne Massenvergewaltigung,
den postmodernen, ja, aus dem Flugzeug gepeepshowt,
da übernehmen es die Raketen (mit ihrem bekannten Liebesrasen).
Warum sind die deutschen Soldaten aus WK II
jetzt noch so beliebt in besagten Gebieten?
Weil sie immer Achtung hatten vor der serbischen Mutter, vermutlich.

Die vergewaltigten Frauen in Bosnien,
in der deutschen Zeitung hingestreckt,
freigegeben zum Verzehr,
Blut und Eingeweide vom Balkan,
eine alte deutsche Lieblingsspeise,
Säure (vom weiblichen Tier) für den Weihnachtsmagen,
viel Details, kein Fett, bitte,
oder glauben *Sie,*
die Zeitungen hätten Mitleid mit nur Einer?
Tonnenweise Mitleid in der 3. Generation ...
Deutschland putzt
sein verschlucktes Gedärm jetzt.
Schuldreinigung ist Weihnachtsgeschäft.
Der Überfluß, die schlechten Gewissen
(wer weiß nicht ums eigene Wohlergehn?),
sogar Weltkrieg zwei, nachträglich gewonnen,
lag unterm Baum schon letztes Jahr,
all dieses Glück, unverdient vom Himmel,
Deutschlands letztendliche Wiederverkupplung,
und – *hatten* wir nicht RECHT:
der Kommunismus darnieder –
so viel historische Bestätigung,
sackweis gekippt vom deutschen Gott,
ohauaha, wer hält das aus

ohne ehrfürchtiges Opfer,
dem Herrn was des Herrn ist:
Tonnenweis' Zerfetztes (bosnisch, weiblich), –
auf schuldverminderndem Zeitungsaltar.
Und: serbisch ist der Scheißfaschismus,
so serbisch wie deutsch die Saar immerdar,
wie deutsch die Namen auf der Unterschriftenliste.
Balkanesisch ist das Kriegsverbrechen
(wie das vorige moslemisch ... ein anderes jüdisch)
balkanesisch in Wilhelms »erstem« schon,
auch WK I jetzt *zurückgewonnen* ...

Was schert eine vergewaltigte Frau
aus Serbien, Kroatien, Bosnien,
Guatemala, Kuwait,
das öffentliche deutsche Herz.
Nichts, glaube ich. Sie wird verzehrt.
Wie im verzehrenden Licht der Kerzen
der deutsche Sozialcharakter sich reinigt
zum ewig schuldlosen deutschen Reh.

Folter und Sprache: die Berichte von den Schrecken der Folter
stammen fast immer von den Tätern selber oder von Augenzeugen
und so sind sie gebaut, ausbeutend, Grauen erregend,
in der Magengrube, nicht Opfer-, sondern Opferergefühle,
die Gefolterten selbst sind meist stumm, wenn nicht tot,
der Sprache und des Sprechens beraubt fürs Leben,
auch das ein *Ziel* der Vergewaltigung.

Wer foltert denn uns,
daß wir verstummen –?

Aschermittwoch, und alles vorbei, immer schon,
Schuld, Geschichte ... Gedächtnis ... Gesichte ...
Schuldlosigkeitssiegel ab drittem Glied,
ein Neuanfang in Deutschland, warum nicht dieser:
»der Faschismus ist serbisch«, und »Ausländer raus«,
die Schuld geht gleich mit, wunderbarerweise,
Der Tod ist ein Neuling im meisterlichen Deutschland.

Und reingewaschen kehrt zurück
das deutsche Marzipanschwein
aus Taiwan.
Demokratisch muß gesagt sein,
»gib Tod 'ne Chance«,
dem seltenen Gast.

Und wir,
frei –
entlastet,
entsühnt,
freigesprochen
in der Talkshow,
demokratisches Round Table Habit,
gebadet im Drachenblut des Gesendetwerdens
und Empfangens,
neusachlich Siegfrieds gesänftete Zunge,
Talkshowlehrlinge, wohin die Augen reichen,
sie lernen sitzen und reden in Sesseln,
direkt aus dem Sessel ans Volk geredet
(hatte nicht mal Goebbels),
drittes Lehrjahr, wie man Macht hat, erstaunlich,
während eine Kamera sie ungläubig betastet,
(während Menschen aus Deutschland, ungesendete,
deportiert werden wohin sie nicht wollen,
per gültigem Gerichtsbeschluß) –
– sie waren noch nie so frei,
Lehrlinge,
Talkshow haltend
Macht zu haben,
sie lernen
das ganze geriebene Lehrlingsgemüse lernt:
gut sein,
es ist Führerscheinstunde,
Überholspur auf der Autobahn
reserviert für das Gut-Sein im guten Menschen,
(»Ingenieursspur« sagten die Nazis)
reserviert für gekochte Talkshow-Gebrühte.

Der Rest,
Kerze in der Hand,
trifft sich in der Innenstadt,
Nathans *Ring* erleuchten.
Der Welt den guten
Deutschen
zeigen.

Gute Deutsche, das gibts.
Dies war eine gute Deutsche
(in Israel begraben) –:

»Es ist am Abend im April.
Der Käfer kriecht ins dichte Moos.
Er hat *so* Angst – die Welt *so* groß!«

Deutschland,
so klein.
(und *so* ohne Angst,
demnach. Logisch).

Memory Pictures
Über die deutsche Art, (k)ein Gedächtnis zu haben & über Erinnerungsarbeit bei Marcel Ophuls, Claude Lanzmann, Marguerite Duras und Tim O'Brien

»Ich habe vergessen. Wenn Sie mich nicht vergessen haben, ist das Ihre Sache. Ich jedenfalls habe vergessen.«

Klingt ganz großzügig ... als wäre jemand dabei, eine Vergebung auszusprechen: »Belasten Sie sich nicht weiter mit der *Geschichte* ... Man muß vergessen können ... Das Leben ist weitergegangen ...«

Die »Großzügigkeit« beschränkt sich auf die Maße eines Selbstfreispruchs in diesem Fall: Der so spricht, ist der ehemalige Gestapochef Klaus Barbie in Marcel Ophuls Film ›Hotel Terminus‹. Dies Hotel war das Hauptquartier der Gestapo im besetzten Lyon. Von hier übte Barbie seine Schreckensherrschaft aus, die der Film rekonstruiert, Barbies Lust an Folterungen, seine Judendeportationen. Daß er so großzügig war zu vergessen, bescheinigt er einer französischen Öffentlichkeit, die sich, im Gegensatz zu ihm, nachtragend zeigt: Man hat ihn vor Gericht gestellt in Lyon, nachdem Serge Klarsfeld und seine Nazi-Ausspäher ihn in Bolivien ausfindig gemacht und nach Frankreich entführt haben.

Barbie ist empört. Ihm geschieht Unrecht. »Wenn Sie mich nicht vergessen haben, ist das *Ihre* Sache.« Herrgottnochmal ...

Er *will* nicht »erinnert« werden an 1942 ... er findet, daß er auch nicht erinnert zu werden *braucht*. Gestapochef ... das *war* einmal ... und er *war* das einmal ... (vielleicht) ... die Welt ist eine andere jetzt, und *er* ist ebenfalls etwas *anderes* jetzt (soll man verstehen) ... ein Wesen vollkommen abgetrennt von dieser »Geschichte«, das als solches respektiert zu werden verdient. Auch einige jetzt noch lebende Opfer seiner Folterungen, die das anders sehen, können ihn nicht unsicher machen darin. Er *gehört* nicht vor dieses französische Gericht, vor das der notorische Serge Klarsfeld und seine Helfer ihn *verschleppt* haben ... er ist ein Herr, dessen Ansichten Respekt verdienen ... die Erwartung, man habe sich *zu verbeugen* vor ihm, strahlt von seinem Körper aus ... immer noch ... ungebeugt verlangt er nach *Recht* ... ein *aufrechter* Deutscher.

Ist das die »freche Stirn« des Altnazis bloß, der, als rassenmäßiger Rechthaber geboren, auch im Tod das Maul noch aufreißen und die selbstverständliche jenseitige Sonderbehandlung und Herrschaftsposition einfordern wird, oder ist etwas anderes darin, eine spezifische *Gedächtnisstruktur,* der es völlig plausibel vorkommt, sich hier »aufs Vergessen« zu berufen, als wäre es das erste und selbstverständlichste Menschenrecht?

Anders gefragt: *Lügen* alle jene Deutschen einfach, die vorgaben und vorgeben, sich an Dinge »nicht zu erinnern«, die sie nachweislich und ohne Zweifel selber getan haben, oder ist es ihnen, auf welch merkwürdigen Wegen immer, *gelungen,* ihr eigenes früheres Leben derart von sich abzustoßen, es auszulöschen, daß sie auf eine furchtbare Art so was wie »die Wahrheit« sagen, wenn sie jedes Wissen von ihren Untaten strikt von sich weisen wie der unfehlbare Gerechte selber?

In Marcel Ophuls' Filmen zu den Deutschen, ›Hotel Terminus‹ und ›Novemberdays‹, in Claude Lanzmanns ›Shoah‹, kann man gut sehen, wie sehr alle beide mit diesem Phänomen zu kämpfen hatten, wie sehr sie, kopfschüttelnd immer wieder, vor dieser merkwürdigen Ausgeburt von »deutschem Gedächtnis« gestanden sind, unfähig zu entscheiden, ob einfach kriminelle Ungerührtheit hier alle Schleusen dicht hält oder was es denn sonst sei, das Leute, die den Anspruch erheben, sonst ihre Sinne irgendwie beisammen zu haben, dazu befähigt, derart ungerührt, derart abwehrend, derart naiv oder auch derart frech, immer aber »unschuldig« und »nicht wissend« von sich und ihrem Tun zu reden, von Klaus Barbie bis Egon Krenz; sie verweisen einfach auf eine *Amputationsstelle,* wo bei anderen menschlichen Wesen das sogenannte Gedächtnis eingebaut ist. Fast könnte man meinen, die Nazis sind etwas weiter gekommen in ihren gentechnologischen Experimenten als allgemein angenommen wird und dies seien ihre glücklichen, von aller störenden Erinnerung befreiten Übermenschprodukte der deutschen Art, ihr Zukunftsmodell vom Menschen, in dem sie den Krieg *doch noch* gewonnen haben, schließlich läuft dies Modell ganz erfolgreich auch noch (oder immer weiter) in den Nach-Täter-Generationen, bei den jetzigen Jungen, die sich ebenfalls alle Mühe geben (oder ebenso programmiert sind), unter weitestgehendem Verzicht auf dies merkwürdige Gedächtnis-Gerät (was die Nazi-Geschichte betrifft) ihr Leben zu bestreiten.

Ist das überhaupt ein lokalisierbarer Körperteil (beim »Deutschen«?) ... oder nicht doch vielmehr ein implantierter jüdischer Mißwuchs, in uns gesenkt durch Freud und die *gedächtnisangewiesenen* Juden. (Wer kein Land besitzt, muß sich *erinnern* können an die »verlorenen Paradiese«, er muß die Welt, »die Scholle«, in seinem Kopf herumtragen ... in Wörterform ... Buchstabenform ...)

Erinnern & Durcharbeiten: Sind das nicht Definitionen des *Undeutschen* selber? Wieviel schlauer ist doch das Gehirn derer angelegt, die etwas *besitzen,* Land zum Beispiel, und darüber ein »Vaterland«, *für das* sie alles tun, was sie (je) getan haben; und wozu es erinnern dann; wer ein Land hat, hat auch ein Gully, scheint es, im unjüdischen Kopf, ein genehmigtes Gully, verlegt und ausgeführt nach einer geltenden Bauvorschrift.

Vor Erfindung der Psychoanalyse konnte *jeder* mit dem Hinweis auf »fehlendes Gedächtnis« davonkommen, wie heute noch die geltenden Politiker aller Couleurs (wir kommen darauf). Es gab einfach »gute« und «schlechte« Gedächtnisse, einsetzbar nach Bedarf, während *nach* der Psychoanalyse der Satz gilt, daß *die* menschlichen *Körper speichern* (nicht bloß die Bibliotheken und die Polizeiakten), daß es also ein (wenn auch verschobenes) Wissen der menschlichen Tätigkeiten in den *einzelnen* gibt, das weiterwirkt und weitermacht, das hervorgeholt und bearbeitet werden kann. Im Grunde ist das peinlich, unangenehm, der vorige Zustand war schöner ohne Frage.

»Besitz« und Erinnerungsarbeit: Bei Ophuls – der sich für seine Auftritte als Interviewer in ›Hotel Terminus‹ einen schönen Namen ausgedacht hat: er stellt sich vor als Vertreter von »Memory Pictures« – gibt es eine Reihe von Szenen, in denen er mit seinen Kameraleuten einfach vom *Grundstück* gewiesen wird, wenn er anfängt, Fragen nach Barbie zu stellen. Er sucht die Häuser auf, in denen Barbie wohnte, die Schule, die er besucht hat. Da wohnen jetzt Leute, denen nicht ohne weiteres »nazistische Taten« nachgesagt werden können (das hat Ophuls auch gar nicht vor), da unterrichten bundesdeutsche Lehrer der achtziger Jahre, aufgeklärte prosemitische Bürger ... selbstverständlich versichern sie als *allererstes* immer, *nicht gewußt zu haben,* daß ein Barbie hier wohnte, ein Barbie hier zur Schule ging ... »Sie denken doch nicht etwa, weil der hier wohnte, daß wir ...? ... und wie steht es bitte mit Ihrer Dreherlaubnis? ... dürfen Sie hier überhaupt? ... Haben

Sie hier denn etwas zu suchen? ... Kein Ausweis? Keine *Besitzurkunde?* Dann verlassen Sie bitte das Grundstück ...«

Ganz unbeteiligte Leute, möchte man denken. Aber es *gibt* wohl keine Unbeteiligten. Wo ein Mikrofon auftaucht in Deutschland im freien Verkehr, eine Kamera, ist es sofort »das Versteckte«, das sie (automatisch) im Visier haben. Es entsteht *auf der Stelle* (das »Verborgene der Geschichte«); die Kamera braucht nur dazustehen, dann erscheint es und muß verborgen werden.

Was hatte jener Kinobesitzer zu verstecken im Sommer 1970, der sogleich mit zwei Bodyguards erschien (und mit der Drohung »Polizei!«), als ich (zusammen mit Walter Moßmann) für eine Radiosendung Leute interviewte, die aus einem Kino herauskamen und die ersten Italowestern im Leib hatten, zu denen wir etwas wissen wollten ... was sie denn da gesehen hätten ... er verwies uns strikt des Gebäudes (seine Privatmafia im Rücken). Vom Gehweg konnte er uns nicht weisen, der *gehörte* ihm nicht. Aber er ließ uns nicht aus den Augen, unsere Nagra-Geräte mit groß »SWF« draufgedruckt. Daß wir ja nicht auf *seine* Vergangenheit stießen irgendwie am Gehwegrand.

Verlassen Sie das Grundstück! Polizei! – so der/die/das Deutsche überall auf der Welt, wo man ein Objektiv darauf richtet ... in Bolivien ... in einer hessischen Mittelstandssiedlung ...

Man sieht das in diesen Filmen und sitzt und staunt und schämt sich zu Tode über ein derartiges Gesindel; man meint den Angstschweiß zu riechen, die säuerliche Ausdünstung von Leuten, die glauben, ein *Recht* zu besitzen, so zu sprechen, außerdem das Recht, lautstark zu *schweigen* und jedem mit der Polizei zu drohen, der ankommt mit einer harmlosen Frage. Es gibt offenbar *keine harmlosen* Fragen für die Gedächtnislosen; das ist ein sehr sprechendes Charakteristikum.

Die Übereinstimmung fast aller befragten Deutschen bei Ophuls und Lanzmann in diesem Punkt ist so ungeheuerlich, ist so frappierend, daß es tatsächlich naheliegt, an ein *Programm* zu denken, etwas, das man hier unter die Hirnschale geschoben bekommt im Krankenhaus in den Stunden nach der Geburt (heimlich durchgeführt wie die automatische Zwangssterilisation indianischer Frauen in Bolivien und anderen südamerikanischen Ländern, die so unvorsichtig waren, zur Behandlung oder zu Geburten eine der amerikanischen Kolonialkliniken aufzusuchen).

Bolivien. Da hatte die CIA Klaus Barbie hingeschickt als Berater für das Aufstandsbekämpfungswesen, nachdem das amerikanische Militär ihn, den ehemaligen Gestapochef von Lyon, unter die Fittiche genommen hatte gleich nach 1945. Man brauchte Antikommunismus-Spezialisten für den Kalten Krieg. Die Amerikaner fühlten sich nicht fit in dessen Verfahrensweisen und Methoden und personell den kommunistischen Geheimdiensten nicht gewachsen. Sie nahmen bevorzugt ausgewiesene Nazis auf, die versprachen, in der »Spionageabwehr« von Nutzen zu sein. Barbie versprach. Die CIC (= Counter Intelligence) Offiziere deckten Barbie sogar gegenüber den Anfragen ihrer französischen Alliierten; er war schon nützlich geworden: Als einer der ersten hatte er »entdeckt«, daß die Russen mit Uran experimentierten …

Erst in den achtziger Jahren erfolgte eine offizielle Entschuldigung der amerikanischen Regierung bei der französischen; immerhin *erfolgte* sie. Ophuls interviewt im Film den amerikanischen Offizier, der nach Kriegsende verantwortlich war für die Einstellung Barbies in der sogenannten »Organisation Petersen«. Dieser Offizier hatte damals Barbie eingestuft als »idealistischen Nazi«, das war die Persilscheinformulierung. Ophuls will von ihm wissen, was er damit habe ausdrücken wollen. Nun geschieht etwas Ungewohntes (ungewohnt, wenn man die befragten Deutschen zum Maßstab nimmt). Dieser Mann, dem man durchaus etwas *vorwerfen* kann, nämlich die bedenkenlose Weiterverwendung von Naziverbrechern direkt nach dem Krieg in der amerikanischen Armee, überlegt einen Moment, dann sagt er: Ich weiß es nicht mehr. Und sagt: Ich würde das heute nicht mehr schreiben. Er bestreitet nicht, das geschrieben zu *haben,* er erinnert sich sogar. Er sagt, er war reichlich ahnungslos damals, und das war ein Fehler.

Damit ist er noch kein großer Held, aber gegenüber diesen nie etwas wissenden, nie etwas erinnernden, nie etwas getan habenden deutschen Dauertätern ist er schon eine strahlende Figur. Das gleiche gilt für die Franzosen, die Ophuls befragt. Er befragt auch klare Kollaborateure; manche lügen, manche winden sich, aber sie *reden.* Dies totale »weiß nix« ist nicht eingebaut bei ihnen.

Dann hört man in ›Shoah‹ von Claude Lanzmann die Überlebenden des Holocaust, wie sie Stück für Stück, gegen eigene Widerstände und mit viel Anstrengung und Widerwillen die Schrecken ihrer Geschichte hervorholen; man sieht, es ist eine schwere *Arbeit*, diese wiederzubeleben. Die Nazis direkt anzuklagen, ist ihnen dabei nicht das wichtigste. Die Anklage ist in den Tatsachen selber, die sie mühsam, aber dann mit großer Genauigkeit hervorbringen. Wenig hat sich *gelöscht* bei ihnen, ihre Geschichte ist *sprechbar*, hat sich aufbewahrt, das bei den Deutschen unauffindbare »Gedächtnisteil« fehlt ihnen nicht.

Und dann sieht man in ›Shoah‹ den Dr. Franz Grasser, Jurist. Der war Stellvertreter des deutschen Kommissars für das jüdische Ghetto in Warschau. Heute ist Dr. Grasser im Verlagswesen tätig und im Bergsteigerwesen; er macht Kataloge für Bergsteiger, Glanzbuntdrucke. Von Warschau (er war ja nur stellvertretend ... er war ja erst sechsundzwanzig Jahre alt) ... weiß er nichts. Er weiß so sehr nichts, daß er einen Kugelschreiber zückt, als Lanzmann ein paar Daten nennt. »Das muß ich mir aufschreiben ... interessant«, sagt Grasser. Lanzmann ist *sein Zeuge* mit einem Mal dafür, daß er, Grasser, nichts wissen *kann* von seiner Zeit als stellvertretender Überwachungs- und Abtransportskommissar für die Warschauer Juden. Die Verkehrung ist so grotesk wie total: Lanzmann erzählt, und Grasser, wie ein Protokollant bei Gericht, nimmt auf: schreibt *mit*, daß er nichts gewußt haben kann davon, wohin man die abtransportierten Ghettobewohner brachte.

Er war doch der Franz ... sagt seine unschuldige Miene ... der Grasser Doktor ... ein Frischling von juristischem Assistenten ... »der wo immer« ... er konnte das doch nicht mit *ansehen* mit den Juden ... ein oder zweimal war er überhaupt nur im Ghetto drin ...

Entsprechend bei Ophuls ein Mensch namens Karl Polke. Er hat wie Barbie in der »Organisation Petersen« gearbeitet für die amerikanische Counter Intelligence. Ophuls hat eine Liste mit den Namen und den Mitgliedsnummern dabei: »Ah, interessant!« ... Polke zückt einen Stift und notiert seine CIC-Mitgliedsnummer. Was die Akten so alles wissen ... und so ein jüdischer Filmemacher da, »Memory Pictures«, *liest* die tatsächlich ...

Es haut einen um, wieder und wieder. Immer wenn ein Deutscher den Mund aufmacht während der dreizehneinhalb Stunden, die die Filme ›Shoah‹ und ›Hotel Terminus‹ dauern, wünscht man sich hinaus ... weg von diesen versierten Zombies, die einen Kopf auf den Schultern tragen und auch »des Sprechens« irgendwie mächtig sind ... aber sind sie vielleicht nicht doch nur (böse) Spieluhren ... Deutsch-Karikaturen ... abgelebte Endmoränen einer vergangenen Geschichts-Eiszeit ...?

Nein, man kennt sie ja auch von draußen, außerhalb des Kinos. Jede der Wendungen der Zombies im Film hat man schon gehört ... in die Ohren gesteckt bekommen ... das war ja auch ein Ziel der Nazis: zu beweisen, daß es keinen wesentlichen Unterschied zwischen Menschen und Spieluhren *gibt* ... *alles* Sprechen ein Spieluhrengebimmel ...

Natürlich gibt es keinen deutschen »Nationalcharakter«: Die klugen, versierten Deutschen, die man kennt, sind immer ganz schnell dabei, sowas wegzubeweisen ... »Rassismus«. Von mir aus sei es »Rassismus«: Einen deutschen Sozialkörper zumindest gibt es, einen deutschen Geschichtskörper; den sehe ich, wo ich auch die Augen aufmache. Diese Filme unterstreichen das nicht nur, sie sind die allerschrecklichste Belehrung über *das Geschichtliche,* wie es vorliegt im deutschen Leib: die Deutschen bei Ophuls und Lanzmann in ihrer maskenhaften Leblosigkeit, in ihrer primitiven Absolutunschuld, sind klar unterschieden von *allen anderen* Menschen. Das *ist* so; man braucht nur hinzusehen. (Wahrscheinlich ergeben sich daraus die deutschen Zuschauerzahlen von ›Shoah‹ und ›Hotel Terminus‹. »Wer will denn sowas *sehen?«* ... »Man *kennt* doch die Geschichte mit den Juden.« Ja, aber die mit den Deutschen vielleicht nicht ... *will* man nicht kennen.)

Klaus Barbie sagt noch etwas Interessantes bei Ophuls: Der Krieg sei das Verdammenswerteste. Aber da es ihn gäbe, habe nur einer das Sagen, der Sieger ... »Im Krieg muß man gewinnen. Wer den Krieg verliert, verliert alles.«

Alles. Der entsprechende Satz von Walter Benjamin fällt mir ein, der nach dem Ersten Weltkrieg bemerkte, daß »der verlorene Krieg« den Deutschen »fehle« wie ein verlorener Gegenstand, den die anderen, die Sieger, *hätten.* Die Deutschen hätten ihn nicht, und das habe zur Folge, daß sie ihn wiederhaben wollten: *den verlorenen Krieg.* Und so steuerten sie auf den zweiten Krieg zu, um den ersten, verlorenen, wiederzugewinnen ... und so war Barbie in die amerikanische Armee eingetreten, um wenigstens den *zweiten,* den ebenfalls verlorenen Krieg, irgendwo *wiederzufinden* wie einen Gegenstand ... zwei verlorene Kriege schon, die ihm (und seinesgleichen) fehlten ... und, wie es scheint, hatte er sie im

Kalten Krieg und in Bolivien tatsächlich wiedergefunden, bis diese furchtbaren französischen Juden ihn aufstöberten und ihm auch den dritten, seinen schon fast *gewonnenen* Krieg wegnahmen ...

Man gönnt einem armen Deutschen *nichts* und *gar nichts* auf der Welt. *Jeden* gewonnenen Krieg will das alliierte europäische Restpack für sich, oder aber der »Bolschewismus«. Eine große Bitternis ist in den Worten dieses gefangenen Großbullen: ... wer den Krieg verloren hat, verliert alles ...

Ein Schluß drängt sich auf: Wer den Krieg verliert, verliert an erster Stelle (und *auf* der Stelle) – das Gedächtnis? Das scheint so. Er transformiert sich auf der Stelle in einen Suchenden, der *alles* vergißt außer einem: wie und wo man diesen Krieg wiederfindet. John Wayne macht das vor in John Fords ›The Searchers‹: Nicht nach dem kleinen, von Indianern entführten Mädchen, ist er, *jahrelang*, auf der Suche, sondern nach dem Comanchen, dem Comanchen-Tier, das ihm eine Niederlage beigebracht hat. Erst als diese umgewandelt ist in einen Sieg und der Indianer tot, kehrt das Lächeln zurück in das Gesicht des Kriegers, und er kann das Mädchen (das ihn nicht interessiert) willkommen heißen »zurück unter den Weißen«, heimgekehrt in die Searcher-Kultur.

The Searchers hören *nie* auf mit dem Suchen, bis sie ihn wiedergefunden haben, ihren verlorenen Krieg, und ihn eingesteckt haben, in ihre Taschen, mit umgekehrtem Vorzeichen, wie eine goldene Taschenuhr. In diesem Moment kehrt auch das Gedächtnis zu ihnen zurück: Es war *absorbiert* vorher von der schweren Arbeit des Wiederfindens, des Wiedergewinnens, des »re-win«, wie die Amerikaner sagen. So wie jetzt so viele *Erzählungen* zurückkehren und tatsächliche *Gedächtnisspuren* sich zeigen nach dem Sieg des Westens über den Osten, dem *re-win* des WK II. Es hat doch tatsächlich niemand *vergessen*, welches Stück Land und welches Haus ihm mal gehört hat im Osten ... eine ganz erstaunliche Re-Amputation.

»Wenn Sie vergessen haben, wem das hier mal gehört hat, ist das *Ihre* Sache. Ich jedenfalls erinnere mich ganz genau ...« (*Besitzurkunden!*)

Barbie hat auch keine der Foltertechniken »vergessen«, die er ausgeübt hat (diese gehörten ja weiter zum Repertoire), bloß die *Opfer* hat er ausgelöscht aus seiner Speichermaschine; sie erkennen ihn wieder, er keines von ihnen. Sie erinnern sich an sein *Lachen*, das er von sich gab, als er sie geschlagen hat. Es war *Lust am Schlagen*, sagt Raymond Aubrac. Simone Lagrange erinnert sich, daß er wartete, bis ihr Blut getrocknet war, bevor er wieder zuschlug, Lise Lesèvre, daß »die Fragen«, die er dabei stellte, unwichtig waren; er wollte nichts wissen ... »wußte« sowieso schon alles ...

Barbie, in dem all das nicht *vorliegt*, wird zu diesen Dingen schweigen vor Gericht. Er ist unterbrochen worden bei seiner *Suche* ... (»sein Herz das schlägt am Neckarstrand«) ... er wird verurteilt und stirbt dann irgendwann als von *seinem Krieg* getrennter Mann. Er hat seinen Richtern nicht verziehen.

Zu »erinnern« hatte er in jedem Falle nichts.

Ich will an einigen Fällen dokumentierter *Erinnerungsarbeit* versuchen, den verschiedenen Arbeits- und Funktionsweisen von »historischem Gedächtnis« bei Menschen etwas näherzukommen, ehe ich zur spezifisch deutschen Art »Gedächtnis« zurückkehre, zur Beschreibung *seiner* spezifischen Funktionsweise(n).

Eine Kirche in Chelmno

Chelmno ist ein kleiner Ort in Polen auf dem Land; hundertfünfzig Kilometer von Warschau, zweihundertfünfzig Kilometer von Auschwitz, in der großen Ebene zwischen Oder und Weichsel. Auf den ersten Bildern im Chelmno-Teil von ›Shoah‹ sieht es landschaftlich ein bißchen aus wie in einem der ärmeren elsässischen Dörfer ... einem Flecken. Gegen den Eindruck »Flecken« spricht die riesenhafte weißgetünchte Kirche mit kräftigen Seitenschiffen und geschwungenem Turm. Kirchen auf Bergen in Orten mit klösterlichen Zentren, die »Sankt« heißen, können so aussehen, keine dörfliche Flachlandkirche ... in Polen aber doch.

Kirche und danebenliegendes »Schloß«, die baulich ineinander übergingen, dienten den Deutschen als provisorisches »Lager« für die polnische jüdische Bevölkerung der Umgebung. Kein »stehendes« Lager, kein Arbeitslager mit Inhaftierten und auch keine Gaskammern. Als Gaskammern dienten Lastwagen, Spezialanfertigungen der Firma Saurer, deren Aufbauten über der Ladeplattform luftdicht gemacht worden waren. Vergast wurde mit Auspuffgasen bei laufendem Motor, die mit einem Schlauch in den vollgestopften Laderaum geleitet wurden; mit »9 – 10 Stück pro m^2« gibt ein SS-internes Schreiben über die »Technische Abänderung an den im Betrieb eingesetzten und an den sich in Herstellung befindlichen Spezialwagen« deren Kapazität an. Auch in Treblinka wurde anfangs das Auspuffgas von Panzermotoren mit dicken Schläuchen in die Gaskammern geleitet. In Chelmno wurden polnische Juden vergast, die planmäßig aus der Umgebung auf Lastwagen herangefahren wurden. Staus, wie sie in Treblinka üblich waren, konnten die Deutschen bei diesem Verfahren vermeiden, sie brauchten kein großes Lager, sondern quartierten die polnischen Juden, ehe sie auf den Gaswagen kamen, kurz in der Kirche ein.

Das Verfahren der Vergasung beschreibt in Lanzmanns Film ein Deutscher, der als eine Art Hilfskraft und Lastwagenfahrer der SS zugeteilt worden war, Franz Schalling, ehemaliger Schutzpolizist; er hatte an einer ereignislosen Stelle des Kriegs gesessen, als Wachmann des »Objektschutzes« in Lodz (deutsch »Litzmannstadt«), und sich zusammen mit einem Freund an einen Frontabschnitt beworben, wo sie mehr würden beitragen können zum deutschen Sieg ... man versetzte sie nach Chelmno (deutsch »Kulmhof«).

Auf einer Autofahrt im Film durch die Straßen des kleinen Städtchens Grabow bei Chelmno, bei der die Kamera auf die Häuserfronten gerichtet ist, hört man einen Ortsansässigen, der im Auto mitfährt, berichten, welche Häuser früher Juden gehört hätten ... es scheint, die meisten. Grabow hatte eine ehemals große jüdische Gemeinde. Heute leben nur noch Polen dort. Es gibt nicht einen einzigen Juden mehr. Die jüdischen Einwohner Grabows sind in Chelmno umgebracht worden. Lanzmann hat mit der Bevölkerung von Grabow gesprochen (nicht mit denen, die bloß die Gardinen einen Spalt beiseite geschoben haben, um die französischen Kameras und die zugehörigen Westler dadurch zu betrachten; die Kamera blickt ab und zu zurück durch den Spalt und erhascht Teile von Gesichtern, die zu Köpfen gehören müssen von etwa doppelter Schweinskopfgröße). Aber die Polen auf der Straße sind sehr redebereit ... entgegenkommend ... ein lachend sich wiegendes Landvolk wie aus einem untergegangenen Bilderbuch ... Bauersfrauen, die auflachend betonen, sie hätten da durchaus mithalten können, als Männer davon berichten, wie besonders schön und sexuell begehrenswert und auch willig die jüdischen jungen Mädchen gewesen seien ... sie vermißt man am meisten ... sie vermißt man wirklich; auch die Frauen des Dorfes vermissen sie ein bißchen ... weil sie wirklich so schön waren ... so schön gewachsen ... »Warum denn so schön?« fragt Lanzmann ... ja, weil sie nicht arbeiten mußten ... sie brauchten nicht zu arbeiten, weil sie reich waren ... in Grabow hatten die Juden all das Geld und hatten auch die schönen Häuser ...

Man stutzt: wie die Nazis, denkt man, die jüdische Bevölkerung, die überwiegend arm war, zu »Geldjuden« hingedreht ...

Gut, die schönen Häuser, niedrig und nicht sehr geräumig, aber mit vielen Schnitzereien an Eingangstüren und an den Pfosten, »schmucke« kleine Holzbauten überwiegend, *sieht* man im Bild ... auf den Treppenstufen davor hier und da ein paar Bewohner ... sitzend ... viel spielt sich tatsächlich auf der Straße ab ... der Ort hat eine Öffentlichkeit ... und halbwegs offen wird gesprochen:

»Wohnen Sie schon lange in dem Haus?« fragt Lanzmann einen Alten mit grauem Filzhut auf einer Treppenstufe. »Nein«, sagt der. »Wie lange?« »Seit dem Krieg.« »Ist das Haus schön? Wohnen Sie gerne darin?« »Ja.« Die Frau des Alten, jünger, vollbusig, lehnt sich aus der oberen Hälfte der Klapptür hinzu ... freundlich, zufrieden ... erheitert: »Ja, man wohnt sehr gut in dem Haus.« »Wo hat man denn früher gewohnt?« »Da hinten, im Hof, bei den WCs ... die Polen wohnten immer bei den WCs ...«

»Die Schnitzereien an den Türen«, fragt Lanzmann, »wer hat die gemacht ... macht man das heute noch so?« »Das hat man früher so gemacht«, sagen die Polen. Aber sie rücken bald heraus damit, daß es die Juden waren, die so etwas machten ... daß Juden früher in diesen Häusern wohnten ... und daß sie selber in die Häuser gezogen seien, nachdem die Juden abtransportiert worden waren ... die standen ja nun leer und die Deutschen hatten nichts dagegen ...

Die Deutschen waren auch so rücksichtsvoll, keine Polen der umliegenden Gegend bei der Vergasung anzustellen ... sie nahmen in Chelmno dafür Ukrainer ... über die Ukrainer hört man nur Schlechtes von den Einwohnern von Grabow.

»Ob man denn gewußt hätte, was mit den Juden geschieht?« »Ja, das wußte jeder.« Das konnte man doch sehen und hören und riechen in Chelmno ... »es wurde auch erzählt« ...

Bei niemandem der Polen, die Lanzmann fragte, irgendein Versuch des »Hab-ich-nicht-gewußt«-Geredes ... es waren ja *die Deutschen* ... und dieser und jener hat auch (trotz angedrohter Todesstrafe) den Juden geholfen ... sieh mal an ... mit einem Schluck Wasser ... einem Stück Brot ...

Ob man denn nichts machen konnte dagegen, fragt Lanzmann. Dann wär man erschossen worden, sagen sie. Aber es gab welche, sagen sie, die gaben den »Arbeitsjuden«, die mit Kette und Gewicht am Bein durch den Ort humpelten (zum Wassertragen etwa), extra was zu essen. Auch dafür konnte man erschossen werden.

Ob man dafür war, was die Deutschen da machten? Nein, dafür war man nicht. Nicht fürs »Umbringen«. »Die Vergasungen waren schrecklich ... aber nach Israel hätten sie gehen können, die Juden, da hätte man nichts dagegen gehabt.«

Ob es denn besser sei ohne Juden, fragt Lanzmann. Die Antworten sind ein bißchen geteilt. Es *sei* nicht unbedingt besser ... es war ja auch was dran an den Juden ... die Frauen ... ihr Gesang ... es war etwas mehr Leben im Städtchen, aber – und nun ein einhelliger Befund: Es *gehe* ihnen besser, seit die Juden weg sind. »Als Polen wären wir dahinten geblieben beim Klo im Hof ... den Juden gehörte doch alles ... nun wohnen wir an der Straße ...«

»Kommt das vom Sozialismus oder daher, daß die Juden weg sind, daß es besser geht?« fragt Lanzmann eine Frau, die etwa sechzig sein muß, aber jünger aussieht als Bäuerinnen hier mit vierzig. »Weiß ich nicht«, sagt sie, »das ist mir egal. Aber früher hab ich hinterm Haus den Hof geschrubbt, jetzt verkaufe ich vorne die Eier.« Sie strahlt.

Merkwürdigerweise korrespondiert all dieser Offenheit, so weit man sehen kann, kein bißchen schlechtes Gewissen. Nur »weil sie es ja nicht selbst waren?«, weil die Deutschen die Arbeit für sie taten, deren *Ergebnis* sie jetzt so schätzen?

Mehrere der überlebenden Juden in Lanzmanns Film erzählen, polnisches Landvolk auf den Feldern habe ihnen freudig nachgewinkt, wenn die Viehtransporte mit ihnen durch die Felder nach Osten fuhren ... genau wissend wohin ... Ein Landarbeiter erzählt, er hätte ihnen gegenüber immer die Geste des Halsabschneidens gemacht ... »um sie zu warnen« ... Man wundert sich nicht beim Sehen des Films, daß kein Jude wieder dort hingegangen ist, wie etwa Juden von Korfu, die man im Film auch sieht, sofort nach

Korfu zurückgegangen sind … Überlebende Treblinkas. Nach Grabow nicht.

Der Alte mit dem Filzhut ist der einzige, der sagt, er vermisse seine Freunde aus der Schule … heute noch … er sagt das so, daß man es glaubt … bewegungslos im Gesicht, kaum hörbar.

Dann ist Sonntag und Lanzmann ist mit der Kamera zu dieser Kirche gegangen … es ist ein besonderer Festtag … Geburt der Madonna … Alles Gold und Weiß und Rot und Blumen … die Kamera späht hinein in den Kirchenraum … der Prunk springt in die Augen … die Orgel, ein Wahnsinnsding … kurz den Priester gestreift mit der Kamera … was für ein Blick, dessen Blick, mißtrauisch, abschätzig, ein bißchen ängstlich auch … »Bitte verlassen Sie …«, würde er gerne sagen … er muß aber stillhalten … es ist das noch-kommunistische Polen … er weiß, die *dürfen* hier filmen … sonst wären sie nicht hier.

Lanzmann hat es sehr kurz gemacht in der Kirche, die paar Blicke genügen zur Wahrnehmung der Differenz »drinnen« und »draußen«. Dafür hat er die Kamera *draußen* aufgestellt … vor den Kirchenstufen, daß man das Kirchentor sieht und den Gesang von drinnen hört. Und draußen, am Fuß der Treppe, versammeln sich Dorfbewohner, denen die Kamera (die ist nicht immer da) attraktiver ist als die Kirche von innen, und sie erzählen. Lanzmann hat wen mitgebracht, Simon Srebnik, er war dreizehn damals und half, Kähne über den Fluß zu bringen … ein »Arbeitsjude«, an den sie sich erinnern … viele erinnern sich … er sang so schön … er sang polnische Lieder und auch deutsche Soldatenlieder bei der Arbeit … er war immer da mit seiner Stange in seinem Boot … er ist der eine von insgesamt zwei Überlebenden der beiden Chelmnoer Vernichtungsperioden.

Dieser Simon, stumm lächelnd, steht nun in diesem Pulk von Redenden vor der Kirchentreppe und hört, wie sie sich *erinnern* … und weiß nicht, was er sagen soll, und sagt auch nichts … Schulterklopfen von allen Seiten … und »Simon, wie schön, dich hier noch einmal zu sehen« … und als das mehr und mehr vorbei ist, die Wiedersehensfreude, schiebt sich so ein etwas intellektuell aussehender, lehrerhaft oder apothekerhaft gekleideter Typ durch den Pulk genau vor die Kamera und bietet sich an, eine Geschichte zu erzählen. Die Ermordung der Juden durch die Deutschen ist ausgiebig beklagt worden … und: »Auch viele Polen sind umgebracht worden, wirklich! Priester ... « Und nun er, der Herr Kantarowski. Er erzählt, ermuntert von den Umstehenden, die die Geschichte zu kennen scheinen, er habe in Mindjewyce, in der Nähe von Warschau, wo die Juden alle auf einem Platz zusammengetrieben worden seien, einen Rabbi gesehen, der habe zu seiner Gemeinde gesprochen, »daß vor sehr, sehr langer Zeit, vor fast zweitausend Jahren, die Juden Christus, der völlig unschuldig war, zum Tode verurteilt haben. Als sie es getan haben, als sie ihn zum Tode verurteilt haben, schrien sie: ›Sein Blut komme über uns und über unsere Kinder!‹ Weiter hat der Rabbi gesagt: ›Vielleicht ist jetzt der Zeitpunkt, daß dieses Blut über uns kommt. Also wollen wir nichts tun, gehen wir, tun wir, was sie von uns verlangen, gehen wir!‹«

»Ah, der Rabbiner hat das gesagt!« sagt Lanzmann, sarkastisch. Dem Herrn Kantarowski mißfällt es, daß Lanzmann offenbar denkt, das sei seine eigene Meinung und der »Rabbi« sei dafür erfunden, sie zu äußern ... er verdrückt sich, taucht unter im Pulk.

Die Gesichter um Simon herum in dem Pulk haben der Rede des Herrn Kantarowski aufmerksam zugehört; sie zeigen, daß sie genau dasselbe denken ... und Simon ist ganz *allein* unter ihnen ... der »einzige Überlebende« ... sie haben ihn vergessen ... sie löschen ihn noch einmal aus ... mehrere Stimmen geben dem Herrn Kantarowski recht ... das Ganze mit den Juden war Gottes Strafe ...

Nun öffnet sich die Kirchentür, und heraus kommt die Sonntagsprozession zur Feier des Geburtstags der Madonna ... acht bis zehn Erwachsene in Weiß ... die Monstranzen hoch ... dahinter die Schar der kleinen Mädchen ... Blumen streuend ... im Ballettröckchen ... weiße Strumpfhosen ... und sie tanzen ... tänzeln (nach Musicalchoreographie) auf der obersten Stufe herum ... der Organist ... der Priester durch das Spalier ... der Zug setzt sich in Bewegung ...

Der Pulk bei der Kamera teilt sich und schließt sich an ... der Zug entführt die Leute der Kamera ... schleppt sie ab in diesem gespenstischen Prunkzug ... katholische Artistik, drumherum grüne Wiesen ... Sandwege ... Misthaufen ... Psychopolitik ... ein Sonntag auf dem Lande ... die Kamera blickt ihnen hinterher ein Weilchen ... blickt dann, alleine jetzt, auf die leeren Stufen und aufs Kirchenportal ... fährt langsam hoch bis zur Turmspitze mit dem schweren Kreuz ganz oben ... was für ein Ungeheuer! Das Ungeheuer aus einem Horrorfilm: die »Besatzungsmacht vom anderen Planeten« ... die »Riesenspinne, die alles frißt«.

Unter Schwindeln zieht in meinen Kopf ein Begreifen ein aus dieser Ansicht: was die da immer wollen mit ihrer so wichtigen katholischen Kirche in Polen ... für diesen Ort jedenfalls, für Grabow/Chelmno ist das klar: Die Kirche hat die Schuld geschluckt, die nicht zu sehen war die ganze Zeit ... die ganze Schuld sowohl für das, was die Deutschen dort taten ... die Ermordung der Juden ... sowie die Schuld für die weitgehende Billigung des Mordens durch die dort lebenden Polen ... weg sollten sie ja, die Juden, wenn auch nicht gleich bis ins Jenseits alle ... der begehrliche Blick auf ihre Häuser war aber schon vorher da ... auf ihre Frauen sowieso ... den Sex haben sie sich ausgemalt größtenteils, ausgedacht vermutlich ... aber die Kirche weiß all das, hat ihr Ohr hingehalten in den Beichten, hat ihr großes Herz geöffnet und alles geschluckt (und hat ja auch selber mitgeholfen) ... die »Billigung« ist registriert und *vergeben* ... das Weiterleben (mit Jesus und Madonna) gesegnet ... es ist nichts *Unrechtes* daran, wenn der Herr das Volk straft, das unseren Herrn, seinen Sohn, ans Kreuz schlug ...

»Es war der Wille Gottes, das ist alles«, kam klar eine Stimme aus der Versammlung. *Keiner* der Polen in Grabow, dem oder der man an den Gesichtern nicht angesehen hätte, daß sie das selber einen Scheißdreck *glauben:* Sie haben von der Vernichtung profitiert und wissen es ... aber die kleinen Ballettmädchen auf den Kirchenstufen mit den Strumpfhosen aus den westlichen Spendenlastwagen waschen sie rein ... (wenn Caritas sie nicht direkt liefert an jeden Dorfpopen im Dutzend) ... ein praktisches Volk; sie machen Gebrauch von ihrer Kirche, die noch eine Weile leben wird dort, bei solch einem Boden ...

»Ein guter König starb am Kreuz dafür, daß wir jetzt wohnen dürfen an der Straßenfront.« (... im Land, wo es »keinen Unterschied macht«, ob es »am Sozialismus« liegt oder an den »verschwundenen Juden«, daß es »uns besser geht«.)

»Die Juden hatten all das Geld«, ist ein Satz, den Lanzmann nicht zu widerlegen sucht im Film. Er argumentiert nicht auf diese Weise mit den Leuten, die er filmt; er will ihre Erzählungen, ihre Geschichte, und er will ihren jetzigen Daseinszustand. Den bekäme er nicht, wollte er nur »recht behalten« ihnen gegenüber. Daß dieser Satz »Unsinn« sei, daß die meisten polnischen Juden, auch die von Grabow, arm gewesen seien, das sagt er in einem Interview, das abgedruckt ist als eine Art Nachwort zur deutschen Buchausgabe der Texte der Films.[1]

»Ist das so abgelaufen, oder ist es inszeniert?« fragt die Interviewerin Heike Hurst Lanzmann zu dieser Szene vor der Kirche in Chelmno.

Lanzmann: »Das ist alles so, wie wir es gedreht haben. Ich habe da praktisch nichts herausgeschnitten außer etwas Gestammel und Ausfall. Wenn einer sich davorstellte, um mich am Sprechen zu hindern zum Beispiel. Ich wußte, daß das Fest stattfinden sollte. Ich hatte es tags zuvor erfahren. Also bin ich mit Srebnik hingegangen und habe ihn gebeten, sich vor die Kirche zu stellen. Sie kannten ihn. Zu Beginn sind es nur wenige, fünf oder sechs. Und dann habe ich gesagt: ›Wir drehen. Mal sehen, was passiert.‹ Ich habe nur die Fragen gestellt. Ich habe ihnen die Antworten nicht vorgegeben. Sie sind es, die mit unglaublicher Spontaneität reden. Und das vierzig Jahre danach. Die Dinge sind außerordentlich lebendig geblieben.«

»Aber der Film ist nicht dokumentarisch – das ist Kino, Inszenierung«, betont Lanzmann in dem Interview: »Was ich gemacht habe: Ich habe wirkliche Gestalten der Geschichte in Darsteller verwandelt, die dabei fast zu Gestalten der Literatur oder des Theaters werden.«

Dies ist, glaube ich, entscheidend für die »Erinnerungsarbeit«, zu der Lanzmann die Polen von Grabow bringt: seine Schaffung eines Raumes für Re-Inszenierungen, eines Raumes aus »Damals« und »Jetzt«, in dem die Vergangenheit »wie von selbst« auftaucht und sich enthüllt als *stringenter Zug der Jetzigen.*

An zweiter Stelle entscheidend ist die Funktion, die die Institution Kirche in diesem »Erinnerungsdrama« übernimmt: Die »Frische« des Gedächtnisses, die »Spontaneität« der Beteiligten, die – einmal in Fahrt gekommen – die Auslöschung der Grabower Juden am *einzigen Überlebenden* in ihrer Mitte noch einmal wiederholen, ohne es selbst zu bemerken, dies ist nur möglich durch die Absolution, die die Kirche ihnen erteilt hat. Die Kirche selbst erscheint in der Rede der »Gläubigen« auf der Opferseite (»auch polnische Priester starben!«), und damit ist der Raum frei für ein

Reden »außerhalb der Schuld«; und in diesem Raum ist das Gedächtnis frisch wie die Prozession von eben ...

Die »Erinnerung« ist eine Arbeit zwischen *mehreren,* heißt das; mindestens zwischen zweien.

Menschen mit therapeutischer Erfahrung werden sogleich an bestimmte Vorgänge im analytischen Prozeß »erinnert« sein; das »Wiederholen und Durcharbeiten« ist allerdings kein Vorgang, der auf den analytischen Prozeß beschränkt ist; er findet statt auch außerhalb von Analysen; er *muß,* möchte man sagen, stattfinden als Zusammenarbeit von mehreren und mehrerem, soll etwas von der Geschichte wieder auftauchen, die in den Körpern der Täter wie der Zuschauer gespeichert ist und von dort undeutlich, mit ihrem dunklen Mordkern, weitergegeben wird.

Das Gerede eines Staatschefs von »später Geburt« und »begnadet sein« hat demgegenüber überhaupt keine institutionelle Kraft; das *glaubt* schlicht niemand, daß Schuld sich derart löscht. Solches Gerede macht die Erstarrung nur noch starrer; es startet die *Rede* von »nun muß mal Schluß sein mit der Vergangenheit« und ähnliches Zeug nochmal neu, aber die Vergangenheit *ist* nicht weg ... sie ist, hier kann man es sehen, womöglich lebendig und überströmend vorhanden, im Moment, wo eine Schleuse geöffnet wird ...

Ist sie, gespeichert und weggestellt, auch bei all denen vorhanden, die sich, angeblich, nie an irgendwas erinnern? Braucht man diese Blockierten nur unter eine Gruppe von ihresgleichen zu verpflanzen, wo sie sich »sicher« fühlen und unbeobachtet, und ein paar Tropfen Alkohol hineintun (der ist vielleicht nicht einmal nötig), und die »Erinnerungen« sprießen wie die Blumen aus der Friedhofserde?

Die katholische Kirche ist dabei in ihrer Funktion vom »Durcharbeiten« weit entfernt; sie läßt das *Wiederholen* zu; die Erinnerung als *wieder*holenden Akt wie auch als wieder*holenden.* Die Einwohner von Grabow sind weiter Antisemiten, katholisch fundierte, absolutionierte Antisemiten; sie leben in der partiellen »Freiheit«, oder »Lockerkeit«, diesen Antisemitismus *demonstrieren* zu können, wie Schauspieler, zu denen Lanzmann sie vor der Kamera werden läßt, in einem Historienstück.

Dadurch werden sie, immerhin, zu halbwegs lebendigen Teilen des jetzigen Geschichtsprozesses und des jetzigen Kunstprozesses der Herstellung von Geschichtlichkeit in sogenannten »dokumentarischen« Werken. Wir lernen tatsächlich von ihnen, *wie* ihre gewesene Geschichte, die zumindest die der *Duldung* der Judenmorde durch die Deutschen ist, von ihnen als *vorhanden* akzeptiert und gezeigt werden kann, ohne daß gleich eine tatsächliche Wiederholung auf gleicher Ebene zu befürchten ist. Keineswegs werden sie einem »sympathisch«, sie bleiben einem unheimlich in höchstem Maße, aber immerhin sind sie in einem teilweisen Bearbeitungsprozeß der eigenen Helfer- oder Zuschauer-Geschichte; einige von ihnen werden den Film gesehen haben, später. Nicht möglich, da *nichts* zu sehen. Ihre Kinder werden ihn gesehen haben, andere Polen. Der Film eröffnet so, durch Lanzmanns Co-Produktion mit den Grabowern, einen möglichen Zugang für *alle* Polen zur antisemitischen Geschichte Polens.

Der Chelmno-Teil von ›Shoah‹ ist nicht nur in der »Rekonstruktion«, er ist auch in dieser Hinsicht ein Meisterstück, ein filmisch-therapeutisches, das Lanzmann (und davon muß er eine *Ahnung* gehabt haben vor dem Drehen) nicht zustande hätte bringen können ohne den an diesen Ort zurückgebrachten Simon Srebnik. Mit einer »Wiederholung« von dessen Kahnfahrten auf dem Nerflüßchen beginnt Lanzmann (nicht ohne Grund) den ganzen ›Shoah‹-Film. Er läßt Srebnik die Lieder wieder singen, die er von den deutschen Soldaten gelernt hatte; Srebnik, der jetzt in Israel lebt, singt sie mit hebräischer Zunge: So wird aus dem »Tschingderassabum« des Liedes ›Wenn die Soldaten durch die Stadt marschieren‹ bei ihm phonetisch ein »Kinderassabum« ... »Chinderassabum«. Die Entzifferer der O-Töne des Films haben damit in Frankreich gar nichts, aber auch in Deutschland nichts anfangen können. So steht im deutschen Text der Druckfassung des ›Shoah‹-Buches (»übernommen« aus dem Französischen): »nur meine Kinder assa Kinder assa bum«, wo der Text des Liedes sagt: »nur wegen dem Tschingderassa, Tschingderassabum.«

Niemand im Claasen-Verlag, wo der ›Shoah‹-Text zuerst deutsch erschienen ist, hat das Lied offenbar gekannt ... auch die Taschenbuchausgabe bei dtv hat das »Kinder assa« so übernommen (in einem der Texte zu ›Shoah‹, die ich gelesen habe, wird es als »Kinderhasser« zu entziffern versucht; was der singende Simon sich damals unter dem Text vorgestellt hat, läßt tatsächlich solche Möglichkeiten offen). Aber *niemand* der an der Buchausgabe Beteiligten ist, nur vierzig Jahre später, mit diesem Lied, das in den dreißiger und vierziger Jahren *jedes Kind* in Deutschland kannte, noch vertraut gewesen, scheint es ... auch das ist *unheimlich;* ich setze den Text dieses Liedes, das aus Simon Srebniks Mund einen der Anfänge von Lanzmanns Filmreise in die ›Shoah‹ bildet, hierher; auch weil es einen ganz besonderen Zug der Geschichte enthält, der niemandem auffallen kann, der den Text des Liedes nicht präsent hat. (Ich kenne das Lied aus dem Mund meiner Mutter, außerdem in einer Marlene-Dietrich-Fassung, die sie 1969 in Deutschland aufgenommen hat, bei ihrem ersten Besuch nach dem Krieg):

Wenn die Soldaten ...
Song (German Trad.)

Wenn die Soldaten durch die Stadt marschieren
Öffnen die Mädchen Fenster und die Türen.
Ei warum, ei darum, ei warum, ei darum,
Ei bloß wegen dem Tschingderassa Bumderassassa

Zwei warme Tücher, Schnauzbart und Sterne
Herzen und Küssen die Mädchen so gerne.
Ei warum, ei darum ...
Ei bloß wegen dem Tschingderassa ...

Ein Gläschen Rotwein und ein Stückchen Braten
Geben die Mädchen ihren Soldaten.
Ei warum, ei darum ...

Wenn im Felde blitzen Bomben und Granaten
Weinen die Mädchen um ihre Soldaten.
Ei warum, ei darum ...

Wenn die Soldaten kehren in die Heimat
Sind unsre Mädchen längst schon verheirat'.
Ei warum, ei darum, ei warum, ei darum.
Ei bloß wegen dem Tschingderassa Bumderassassa.

Es ist das einzige mir bekannte deutsche Soldatenlied, das einen offen vernünftigen Sinn hat, dazu einen vernünftigen sexuellen: »Die Mädchen« öffnen ihre »Fenster und Türen« für den Soldaten, damit er ein bißchen »Tschingderassabum« bekommt, bevor er, vielleicht morgen schon, tot daliegen wird; aber *warten* mit ihrer Liebe auf ihn wird sie keineswegs: »... kehren die Soldaten wieder in die Heimat/Sind unsre Mädchen alle längst verheirat'«: »ei warum, ei darum: ei bloß wegen dem Tschingderassa Bumderassassa«. *Deswegen* singt Marlene Dietrich das Lied mit seiner »zynischen« Pointe 1969, weil es sagt: Sieh mal hin, Soldat, der Tote, der Verlassene des Krieges bist *du;* und wer nicht auf dich warten wird (wenn du *überhaupt* zurückkommst aus »Bomben und Granaten«), bin *ich* ... die Zentralangst des soldatischen Normalmanns über »die Frau zu Hause«, ausgedrückt in einem »lustigen Lied«, Liebeslied, Trinklied (stammt noch aus dem »wilhelminischen Frieden«).

Gerade dies Lied unter allen Liedern, die die deutschen Judenmörder von Chelmno dem singenden jüdischen Knaben beigebracht haben, damit er sie unterhalte bei ihrer furchtbaren Tagesarbeit, erinnert der erwachsene Simon Srebnik, der einzige Überlebende der Vernichtung, als er jetzt, in den achtziger Jahren, auf demselben Flüßchen, in derselben Art Boot wie damals, nur angekettet ist er jetzt nicht, seine Stimme, zaghaft geworden, in die Stille schickt; eine Stille, die so *still* ist, daß sie wie »Frieden« klingt, *hörbar* im Film. Die Stille aus all den Toten, zu denen auch Simon hätte gehören sollen; die Deutschen, von sich aus, hätten *niemanden* übrig gelassen; Simon Srebnik überlebte, angeschossen, unter einem Leichenberg.

Gerade dies Lied (mit noch zwei anderen, die vom »kommenden Sommer« handeln, in dem der Soldat zu seinem Mädchen zurückzukehren hofft, und von einem »kleinen weißen Haus«, einem Traumbild) bringt Simon Srebnik hervor. Er hat damals, auf dem Fluß, das *Wissen* einiger singender Deutscher von ihrem eigenen Tod *aufgenommen: Alles* würde ausgelöscht sein, einschließlich ihrer selber ... ei bloß wegen dem »Tschingderassabum« der anderen, der militärisch-politisch-industriellen Art, der verbrecherischen Art, die sie verschlagen hat in die Hölle von Chelmno: kein »Lager«, nicht Vorwand irgendeiner »Arbeit«, es ist die nackteste, kälteste Vernichtung, Ankommen, Ausziehen, auf den Laster in den Laderaum gepfercht werden, Anschrauben des Schlauchs, Anwerfen des Motors, Gang einlegen nach einer Weile, der Saurer-Laster rollt, langsam in den Wald, Herauskippen der Toten.

»Die Gaswagen sind hier reingekommen, da, hier waren zwei

große Öfen, und nachher haben die hier die reingeschmissen, in die, in den Ofen, und das Feuer ist gegangen zum Himmel.«

Simon Srebnik steht auf einer großen Wiese, als er das erzählt. Tief, tief im Osten, Wald drumrum, die Vögel singen, sonst ist es still. Es ist still, als wäre hier *nie* ein Mensch gegangen. Kein Gebäude, kein Acker, keine Spur. Lanzmanns Kamera ist langsam herangefahren an diesen Ort, die Kamera auf einen Wagen montiert, der das Tempo der Lastwagen mit den Toten »simuliert«. Wir beginnen zu *sehen* mit den Augen der Täter wie mit den Augen der Toten, die dies nicht mehr sehen konnten, aber sie liegen hier, jeder Grashalm ist wie für ein Auge. Es *gibt* überhaupt keine Stille auf der Welt, kein Stückchen Erde, gerade die »friedlichsten« nicht, gerade sie sind das Massengrab, schwarze Löcher der »Stille« mit Vogelschreien. Vierhunderttausend Juden sind auf diesen Wagen umgebracht worden.

Lanzmanns ›Shoah‹ ist nicht nur durchzogen, er ist strukturiert von der Bewegung von Fahrzeugen, vor allem der fahrenden Lokomotiven, Zügen in einem bestimmten, reduzierten Tempo, das nicht einfach eine »Geschwindigkeit« ist. Die Züge nehmen uns mit in die Landschaften, die wir nicht kennen, an die Orte, die wir nicht kennen, wir werden langsam herangefahren an die Rampe von Auschwitz, an die Stelle, wo der Bahnhof von Treblinka war, Lanzmann setzt die originalen Lokomotiven ein, er spricht mit Lokführern der Züge, die noch am Leben sind, aber all dies nicht nur, um ins Bild zu setzen, welche Rolle die Eisenbahn gespielt hat bei der tatsächlichen Durchführung der Vernichtung – eine entscheidende Rolle, wie Raul Hilberg ausführlich und eindringlich im Film beschreibt. Es ist mehr, wozu Lanzmann die fahrenden Züge benutzt; sie werden zu einer Art von Zeitmaschinen in seinem Film, sie ziehen uns hinein in die östlichen Ebenen, durch Nebel über Schneefelder, Wälder, mal sind sie selbst im Bild in ihrer langsamen, näherziehenden Bewegung, mal transportieren sie die Kamera, und damit *unseren schwebenden Blick* näher an die Schauplätze heran, wir *nähern* uns, selbst auf den Zug gebunden, an die Bewegung des Zugs gekettet, den Schauplätzen der Vernichtung, das schreckliche Geräusch der schnaubenden Lokomotiven im Ohr, sie befördern uns tatsächlich ins *Jenseits* – ins Jenseits unseres Wissens, ins Jenseits unserer Geschichte, von der wir so wenig wissen wollen, und ins Jenseits der Toten, in das wir gezwungen werden einzufahren und das in Gestalt der Lokomotivenungeheuer in uns einfährt: im Innern dieser Monster selber Verbrennungsöfen, die ihren Rauch und Dampf um sich speien.

Das *einzige* Verkehrsmittel, das technisch in der Lage war, die Massentransporte der Juden zu den Vernichtungslagern tatsächlich zu bewältigen, wird in Lanzmanns Film zum Vehikel, das uns hineintransportiert in die tatsächliche Geschichte des Judenmords ... eine Erinnerungsmaschine, auf der wir, festgeschnallt, den Kohlenstaub und den Fahrtwind des »leeren Ostens« in den tränenden Augen, uns langsam, aber stetig auf die Hadestore zubewegen, die dabei sind, sich zu öffnen: Die meisten Menschen, die wir im Film sprechen hören, waren jenseits dieser Tore; jeder von ihnen sollte tot sein eigentlich, sie sind unerwartet Übriggebliebene ... zurückgekommen von dort, von wo *niemand* zurückkommt.

Die filmische Erinnerungsarbeit bei Lanzmann hat diese vier Hauptbestandteile: die tatsächlichen Orte; die Fahr-Bewegung der Züge/der Kamera dorthin; das Sprechen der überlebenden Opfer oder Augenzeugen; und ihre neue Verbindung mit jetzigen Lebenden in der »Re-Inszenierung« von Ereignissen. »Erinnern« ist eine *Arbeitsform*, ist eine *Kunstform* ... es hat nichts zu tun mit dem sogenannten *Gedächtnis* und seinen Kapazitäten, seinen »Lücken« oder was immer: Diese schließen sich beziehungsweise öffnen sich, sobald die Arbeit beginnt. Der Satz »Das weiß ich nicht mehr; das habe ich vergessen«, bezeichnet also überhaupt keinen Sachverhalt des sogenannten Gedächtnisses, er bezeichnet etwas ganz anderes: eine Arbeitsverweigerung in der Annäherung an Geschichte.

Diese Arbeitsverweigerung ist »normalerweise« ein Privileg von Mächtigen, von Herrschenden, die es »nicht nötig haben«, sich an derartiger Arbeit zu beschmutzen (wie an anderer Arbeit ja ebenfalls nicht). In diesem Punkt – das ist die deutsche Version der Absolution, ihre »Kirche von Chelmno« – sind die Deutschen offiziell angeschlossen worden an Privilegien der Macht und der Herrschaft: Das Privileg der Arbeitsverweigerung (vor der Geschichte) ist ihnen offiziell, kirchlich/staatlich, eingeräumt worden, durchbrochen (offiziell) nur einmal in einem kurzen Moment von Willy Brandt in Polen.

Nicht zuletzt deshalb tun moderne Deutsche sich so leicht im Entwerfen von »Arbeitsplänen« für den Rest Europas ... der Welt ...

Entkoppelt von den Arbeitsplätzen der Erinnerung und ihren Erinnerungsmaschinen: die Lust der Deutschen zu *reisen* (oder wie sie das nennen). Mit dem *Flugzeug* am liebsten oder dem Auto; zu »unzuverlässig« die Eisenbahn (heutige Lieblingsrede). Und lauter unwissende, unschuldige Leute an den Bahnschaltern heute; wie an den Schaltern der Reisebüros. Was die damit zu tun haben? Das mitteleuropäische Reisebüro (MER) rechnete regulär die Fahrkosten ab für die in die Gaskammer beförderten Juden; das Reisebüro als »neutrale« Kostenstelle zwischen der SS und der Reichsbahn; Kinder unter zwölf wurden umsonst befördert ... für die großen Transporte galt der (Ferien)Gruppentarif; »einfache Fahrt hin« jeweils.

Die »Rückfahrkarte«, die den Juden verweigert wurde, ist von uns zu lösen. Was wir am allerwenigsten »erinnern« und wissen wollen: daß der gesamte Komplex der Leistung und »Effizienz«, daß die gesamte Basis des Denkens unserer Siegerökonomie in der präzisen, erfindungsreichen, effizienten Arbeit der Judenvernichtung entwickelt worden ist. Leistung und Effizienz im modernen industriell-bürokratischen Sinn sind Errungenschaften des Faschismus, seiner Industrien und der KZs (nicht der »Wiederaufbauphase« nach dem Krieg; die war schon dessen zweiter irdischer Triumph).

So fällt mir beim Sehen von Lanzmanns Film auch wieder ein, neben vielem anderen, daß das »Bekenntnis« meines Vaters, »mit Leib und Seele Eisenbahner« gewesen zu sein, aber »nicht in der Partei«, auf ein- und dasselbe hinausläuft: Eisenbahn *war* sein Faschismus; »Partei« war nicht mehr nötig, obwohl er später dann doch eintrat; der effiziente Töterleib der »Preußischen Eisenbahnen« war, bis ins Detail, »Partei« in einer anderen Gestalt.

Genau davon spricht das ›Treblinka-Lied‹, das Lanzmann im Film dem SS-Unterscharführer Franz Suchomel entlockt hat; Suchomel, den Lanzmann allein in seiner Wohnung aufgesucht hat (der ehemalige SS-Mann wollte nicht vor die Kamera), hat es zweimal für Lanzmann gesungen; der draußen stehende Ü-Wagen schnitt es mit:

»Fest im Schritt und Tritt
und den Blick geradeaus,
immer mutig und froh
in die Welt geschaut,
marschieren Kommandos zur Arbeit.
Für uns gibt's heute nur Treblinka,
das unser Schicksal ist.
Drum haben wir uns auf Treblinka
eingestellt in kurzer Frist.
Wir kennen nur das Wort der Kommandanten
und nur Gehorsamkeit und Pflicht.
Wir wollen weiter, weiter leisten,
bis daß das kleine Glück
uns einmal winkt. Hurra!«

Das könnte (abgesehen davon, daß er selbst nicht sang) auch *Lied meines Vaters* heißen: Leistung, Gehorsamkeit, Pflicht ... und auch mal kleines Bier und »kleines Glück« (zu dessen Produkten ich denn wohl zähle).

In Treblinka bestand das »Leisten«, wirklich »auf den Begriff gebracht«, in nichts anderem, als eine zu hohe Anzahl täglich angelieferter Juden, die die Verarbeitungskapazität von Treblinka weit überstieg, in Überstunden, Nachtschichten, Akkord und anderen erfinderischen Arbeitseinsätzen dennoch wegzuschaffen (Hurra).

»Suchomel: Ja. Wir machen das unter Lachen,
und es ist so traurig!
Lanzmann: Niemand lacht.
Suchomel: Nehmen Sie mir's nicht übel.
Weil ... Sie wollen Geschichte haben,
und ich sag Ihnen Geschichte.
Der Franz hat den Text gemacht.
Die Melodie stammt aus Buchenwald,
KZ Buchenwald, wo Franz Wächter war.
Wenn neue Juden kamen in der Früh ...
Lanzmann: Neue »Arbeitsjuden«?
Suchomel: Ja ... So mußte ihnen das eingelehrt werden,
und am Abend mußten sie das schon mitsingen.
Lanzmann: Ja, aber noch einmal dieses Lied.

Suchomel: Ja, ich sing es.
Lanzmann: Das ist sehr wichtig. Aber laut!
Suchomel: Ja.
(singt) ...
Sind Sie zufrieden?
Das ist ein Original.
Das kann kein Jude heute mehr!«

Vielleicht ist das der Umstand, der diesem Suchomel *sein* Gedächtnis eingibt. Und die Tatsache, daß ein Gericht ihn freigesprochen haben muß. Mit Freispruch im Rücken kehrt umstandslos ein *Sachgedächtnis* zurück; Anlaß für *Erinnerungsarbeit* ist seine damalige Arbeit allerdings nicht.

Ein Bahnsteig in Paris

»... daß die Vergangenheit nur gekannt werden kann durch das Dickicht einer mediatisierenden Gegenwart hindurch, die begehrende Subjektivität dessen, der sich erinnert, eingeschlossen« – lese ich in einem Text von Lynn Higgins über das Schreiben von Marguerite Duras: ›Durasian (Pre)Occupations‹. Duras ist eine Spezialistin der Kunst des »Erinnerns«. Man braucht nur kurze Zeit in der »Durasiatischen Welt« (wie man wohl übersetzen muß) zuzubringen, um nicht mehr unterscheiden zu können, wieviel von der Erinnerung *Erfindung* ist, sagt Higgins:

»Der Krieg (besonders der französische Krieg) in *›Hiroshima mon amour‹* ist so persönlich, ist so halluzinatorisch und so sorgfältig in die isolierten Erinnerungsbruchstücke einer einzelnen Person eingeschrieben, daß der Krieg von den meisten als ganz nebensächlich für den Hauptplot betrachtet wird. *›Hiroshima mon amour‹* und *›Moderato Cantabile‹*, in denen sowohl kollektive wie private Erinnerungen in die Erzählung einer einzelnen Person eingewickelt sind, enthüllen, in welchem Maße die französische Geschichte des Zweiten Weltkrieges erst *erfunden* werden muß, um *da* zu sein.«[2]

Einige der »fehlenden Erfindungen« zur Herstellung einer »Geschichte« des französischen Kriegs, von denen Lynn Higgins hier spricht, gibt uns Duras in ihrem Buch ›La Douleur‹, Paris 1985, deutsch: ›Der Schmerz‹.

Ich habe ›La Douleur‹ zuerst in der amerikanischen Übersetzung (Pantheon, 1986) gelesen. In Amerika heißt das Buch ›The War‹ (Der Krieg), und hat einen Untertitel: ›A Memoir‹. Ich sehe Frau Duras lächeln (»ich erinnere ihr Lächeln«) bei diesem Zugeständnis an die amerikanische Art, die literarische Realität zu konstruieren: Wenn der Autor wirklich *erlebt* hat, was er beschreibt, wird das Buch (bei einer *guten* Autorin) die Wahrheit bringen – das Leben. Und so setzt ein Verlag ›A Memoir‹ auf den Umschlag als Garantiesiegel, daß Frau Duras hier hervorkommen wird mit ihren Kriegserlebnissen, endlich von dieser Ästhetizistin »a real story«. (Den Teufel hat sie getan.)

»Auf der Straße schlafwandle ich. Die Hände tief in den Taschen vergraben. Die Beine schreiten aus. Die Zeitungskioske vermeiden. Die Durchgangslager vermeiden. Die Alliierten rücken an allen Fronten vor. Vor einigen Tagen war das noch wichtig. Jetzt hat das keine Bedeutung mehr. Ich lese die Heeresberichte nicht mehr. Es ist völlig überflüssig, sie werden jetzt vorrücken bis ans Ende. Licht, das volle Tageslicht, strömt ein in die Geheimnisse des Nazismus.« Das steht auf der dritten Seite ihres Textes; es ist April 1945 im Buch. Keine Heeresberichte, keine Erlebnisberichte. »Schlafwandelnd Licht in die Geheimnisse des Nazismus« ... auf Pariser Straßen, Pariser Bahnhöfen: »Sie« erwartet die Rückkehr ihres Mannes Robert L. aus dem KZ Bergen-Belsen. Sie hört, daß er tot sei; eine definitive Nachricht. Später erscheint er, kaum noch lebend, doch noch, Mensch in einem Körper, der ein furchtbares Abbild des KZs ist, aus dem er kommt; schlimmer noch: Sein Körper ist wie ein *Modell* des KZs, eine furchtbare Kloake. Duras hat dieses Buch geschrieben, um den Anteil KZ, Folter, Krieg auch in *ihrem* Körper zu zeigen, zu beschreiben. *Das* hat es auf sich mit den »Geheimnissen des Nazismus«. Er ist ein Stück *ihres Schmerzes*, der zur Sprache kommen will.

»Schmerz braucht Raum«, lesen wir ein paar Zeilen weiter. Einen Raum, der nicht existiert hat bis hin zum Jahr 1985, lerne ich beim Weiterlesen des Buches ›Der Schmerz‹, den Satz von Elaine Scarry im Kopf: »Schmerz ist nicht sprechbar.« Auch die tragische Liebe und die apokalyptische Destruktion sind sowohl unvergeßbar wie unausdrückbar, ergänzt Lynn Higgins zu den »zentralen Themen« von Marguerite Duras. Nicht sprechbar für einen »einfachen Gefolterten«. Soll man sagen, Duras hat sich in diesem Buch hineingequält in die Möglichkeit, den *Schmerz* sprechbar zu machen? Man könnte.

Das »Thema« dieses Buchs scheint mir die Tatsache, daß Duras all die vierzig Jahre seit dem Krieg nicht in der Lage war, über die Dinge zu schreiben, über die sie schreibt in ›Der Schmerz‹: ihr Warten auf Robert L., seine Wiederbelebung, dann ihre Trennung von ihm ... ihr Leben unter der Nazi-Besatzung in Kontakt mit Gestapoleuten ... ihre Arbeit in der Résistance, einschließlich der Folterung eines Verräters durch sie selber – weil der Raum nicht existiert hatte für den Ausdruck dieses *Schmerzes.*

Warum gab es ihn nicht, den Raum? Die Antwort findet man auf den ersten Seiten ihres sogenannten »Tagebuchs«. Auf dem Bahnsteig der Gare de l'Est im April 1945, wartend auf die Züge mit den Deportierten, unterhält sie sich mit ihrem Freund und Geliebten »D.«. Keine Züge in Sicht, aber jede Menge Uniformen:

»Uniformen auf dem ganzen Bahnhof. Frauen in Uniform, Repatriierungsmissionen. Man fragt sich, wo all diese Leute herkommen, diese tadellosen Kleider nach sechs Jahren Besatzung, diese Lederschuhe, diese Hände, dieser hochmütige, schneidende, immer verächtliche Ton, sei es voller Wut, voller Entgegenkommen, voller Liebenswürdigkeit. D. sagt zu mir: ›Sehen Sie sich die genau an, vergessen Sie sie nicht.‹ Ich frage mich, wo sie herkommen, warum sie plötzlich bei uns sind, vor allem aber, wer sie sind. D. sagt zu mir: ›Die Rechte. Das ist die Rechte. Was Sie da sehen ist das gaullistische Personal, das seine Plätze einnimmt. Die Rechte hat den Krieg überstanden und sich im Gaullismus wiedergefunden. Sie werden sehen, daß sie jede Form der Résistance ablehnen werden, die nicht unmittelbar gaullistisch ist. Sie werden Frankreich besetzen. Sie halten sich für das schützende und denkende Frankreich. Sie werden Frankreich lange Zeit vergiften, man wird sich daran gewöhnen müssen, mit ihnen zu tun zu haben.‹«

Dies ist nicht die einzige Passage, die mich beim Lesen denken ließ, daß sie nicht im April 1945 geschrieben sein kann. Sie enthält »die Wahrheit« all der späteren Jahre, das *Wissen,* was der Gaullismus *dann geworden* ist für Frankreich. Für mich liegt darin eine »Erklärung« des Duras'schen Schweigens über diese Dinge für beinah vierzig Jahre. Sie hat sich *geweigert,* über »Frankreich im Krieg« und »über sich« zu sprechen, weil sie in einem besetzten Land gelebt hat seitdem; ihrer Sprache und ihrer »Erinnerung«

beraubt, »enteignet« von den gaullistischen Besatzern, die glänzend hervorkamen aus all ihren Löchern und Nischen und »den Sieg« für sich nahmen, 1945, ganz für sich.

Es »gab dann« keine andere Résistance in Frankreich für lange, lange Jahre außer der gaullistischen (wie in Deutschland lange Zeit keinen anderen Widerstand gegen die Nazis als den christlichen). Duras ist nicht die einzige unter den französischen Artisten, die in dieser Weise auf den Diebstahl eines Teils ihrer Lebensarbeit durch die französische Rechte reagiert hat. Mehrere der Autoren, die im Jahrzehnt nach dem Krieg mit dem Nouveau Roman aufgetaucht sind, unter ihnen Robbes-Grillet, haben während der Nazi-Besatzung in linken Résistance-Gruppen gearbeitet (nicht Sartre). In einem Fernsehgespräch zwischen Marguerite Duras und Jean-Luc Godard 1993 höre ich Duras sagen, über Sartre: »Er hat nicht eine Zeile *Literatur* geschrieben. Nicht *eine.*« Sich selbst ausgeschlossen aus dem *Schmerz* der Erinnerungsarbeit ...

Ich sehe das erst jetzt, daß der strikte »Ästhetizismus« vieler französischer Nachkriegsintellektueller verstanden werden sollte als Protest gegen die Entwicklung der französischen Politik nach 1945; sie wollten nicht länger »politische Personen« sein, herauskatapultiert aus ihrem Land von Besatzern, die den Nazibesatzern folgten, der Früchte ihres Kampfes beraubt, ihrer Erinnerung beraubt und damit zum *Schweigen* verdammt: beraubt des Raums einer angemessenen Sprache.

Nicht unähnlich dürften sich viele Intellektuelle aus der DDR gefühlt haben, die vor 1989 ihre Kräfte für eine Öffnung der DDR eingesetzt haben, um anschließend zu erleben, wie die westdeutsche Rechte, wie »Kohls Gaullismus« alles übernahm und einsteckte, den ganzen Sieg für sich und ihnen keinen Raum ließ zum (weiter)atmen: »Wo kommen die alle her?« »Sehen Sie sich die genau an ... Was Sie da sehen, ist das kohlistische Personal, das seine Plätze einnimmt«. Wort für Wort ist der Duras'sche Text transplantierbar in den deutschen Osten, 1990.

Und schlägt man den Bogen zurück nach 1945: Welcher deutsche Professor, dessen Habilitation im Nazireich nichts anderes war als ein rassistisches Pamphlet, wäre entlassen worden? 1990: Entlassung von DDR-Wissenschaftlern, deren Dissertationen womöglich über Marx gingen (= Bestrafung des DDR-Rassismus). »... Übernehmen Sie, de Gaulle« ... noch ein später Sieg für Hitlers Kinder ... es gab so viele. Des Gedächtnisses beraubt ... der *Gegenwart* beraubt.

Marguerite Duras brauchte bis in die achtziger Jahre, bis in die ersten Jahre von Mitterrands Präsidentschaft, aus der *politischen* Sprachlosigkeit herauszutreten, ihr Schweigen aufzugeben. Sie hat ihren Text zurückdatiert, glaube ich, weil er damals hätte geschrieben werden *sollen*, aber nicht hat können; dies ist *Teil* des Schmerzes des Buchs. Ich glaube, sie enthüllt dies auch im Vorwort zu ›Der Schmerz‹; ich lese dies Vorwort jedenfalls so.

Sie schreibt, sie fand dies »Tagebuch« in einem Bord ihres Landhauses. »Ich habe keine Erinnerung daran, es geschrieben zu haben.« Sie weiß nur, sie ist dessen Autorin: »Ich erkenne meine Schrift wieder und die Einzelheiten dessen, was ich erzähle ...«

Ein Spiel mit der Figur »Autor« und woran man eine Person *erkennt*, die zu dieser Spezies gehört: an ihrer »Handschrift«. Ihre »Erinnerung« weist sie nicht aus, die »Handschrift« tut es ... *der* ironische Detektivbeweis ... »Doch ich sehe mich nicht beim Schreiben dieses Tagebuchs. Wann sollte ich es geschrieben haben, in welchem Jahr, in welcher Tageszeit, in welchem Haus? Ich weiß nichts mehr.«

Das Haus *vergessen* ... die Tageszeiten? Niemals. Mir scheinen dies höchst ironische Kommentare zur Art und Weise, wie bei uns »Leben« in »Literatur« transformiert oder konvergiert wird, und zur Art und Weise, wie »Personen« transformiert werden zu »Autoren«. (Lebende Wesen zu Gespenstern.) Kommentare wie dieser: »Das erste Mal denke ich wieder an diesen Text, als mich die Zeitschrift ›Sorcière‹ um einen Jugendtext bittet.« Man fängt mit einem Text an (man »erinnert sich« an einen Text), sagt die Autorin, wenn eine Zeitschrift einen darum *bittet.*

»Sicher und einleuchtend ist nur, daß es mir undenkbar erscheint, daß ich diesen Text während meines Wartens auf Robert L. geschrieben habe.« Genau von diesem »Warten« auf die Rückkehr von Robert L. handelt der Hauptteil des Textes aber. »Tagebuch?« Nein, nicht »damals« geschrieben, auch nicht in den Fünfzigern oder Sechzigern. Man braucht das Buch selbst nur zu lesen: dieses so schmerzende wie präzise Unternehmen, die Geschichte der Konzentrationslager in Verbindung zu bringen mit der Geschichte Frankreichs, mit ihrer eigenen Résistancegeschichte wie ihrer Lebens-Liebesgeschichte und diese zusammen darzustellen als ein Stück *europäischer* Gegenwart – wer denkt, dieser gedrechselte Text wäre gegangen als »Tagebuch«, hat noch nie ein Wort geschrieben; die Dame Duras erlaubt sich Witze mit unserer Ahnungslosigkeit über ihr Schreiben und über »das Schreiben« überhaupt. Einer der Texte des Buchs ist eingeleitet mit dem Satz: »Lernt zu lesen. Es sind heilige Texte.«

Ihr (tollkühnes) Vorwort handelt von den schmerzhaften Bedingungen des Schreibens, sowie das ganze Buch vom Anteil »Schmerz« in allen menschlichen Produktionen handelt, vom Weichen bestimmter Amnesien und Anästhesien, das die Voraussetzung ist für eine Belebung von Gegenwärtigem aus »Geschichte«.

In den Achtzigern, als die Jahrzehnte der gaullistischen und postgaullistischen Besatzung Frankreichs scheinbar zu einem Ende gekommen sind – François Mitterrand ist nicht nur Präsident, er ist auch eine wichtige Figur des Buches selber, Mitterand als »François Morand« in seiner Résistancezeit und als ihr persönlicher Bekannter –, *erst* in den Achtzigern fängt Duras an, zu »erinnern«, daß da eine Zunge wachsen könnte in ihrem Hirn, die fähig wäre, den Zeitgenossen etwas zu erzählen über den Schmerz, der es war, sich außerhalb der Möglichkeit einer *Stimme* zu finden, wenn immer es ihr in den Sinn gekommen war, etwas zu sagen zu den nicht endenden Geburtswehen des *Endes* des Zweiten Weltkrieges. ›Sorcière‹ dürfte eine weitere Hauptrolle darin spielen: die Gewißheit der gewachsenen feministischen Präsenz in Frankreich, die etwas *fordert* von ihr: ihre »Jugendstimme«.

»*Der Schmerz* ist eines der wichtigsten Dinge in meinem Leben« – sagt das Vorwort; durch den Kursivdruck sind beide Optionen offen gehalten: sowohl vom Schmerz wie vom Buch ›Der Schmerz‹ ist die Rede. Vom »Schmerz« hätte sie das jeden Tag der letzten dreißig Jahre sagen können und sagte es. Sie schrieb Texte über die Unsprechbarkeit des Schmerzes die ganze Zeit über. Und jetzt ›Der Schmerz‹, das Buch:

»Das Wort ›Schrift‹ wäre nicht zutreffend. Ich stand vor Seiten, die gleichmäßig voll waren von einer außergewöhnlich gleichmäßigen und ruhigen kleinen Handschrift.« Und: »Wie habe ich diesen Text jahrelang in diesem Landhaus liegen lassen können, das im Winter regelmäßig überschwemmt wird.«

Vor uns liegt also ein »nicht-geschriebener« Text, handschriftlich abgefaßt von einer abwesenden Autorin, die sich nicht »erinnern« kann, ihn je »geschrieben« zu haben, er überlebte in blauen Regalen, die vierzig Mal überschwemmt worden sind seit dem Ende des Krieges, und »Schrift« kann man ihn nicht nennen ...

... eine ziemliche Dosis, selbst für *Experten* der Drehungen und Windungen der post-männlichen durasiatischen Schreibverfahren.

Wer war dies »Bord«, in dem der Text so lang verschlossen lag. Und war es überhaupt richtig, ihn dort hervorzuziehen und der Öffentlichkeit zu präsentieren?

»Ich stand vor einer phänomenalen Unordnung des Denkens und des Fühlens, an die ich nicht zu rühren wagte und der gegenüber ich die Literatur als beschämend empfand.«

Schluß des Vorworts. Duras entschuldigt sich dafür, immer noch *Literatur* zu produzieren, wo keine Literatur sein sollte: da wo ein zu großer Schmerz und eine »phänomenale Unordnung« des Denkens und Fühlens ihren Raum verlangen. Der Erinnerungs-/Nicht-Erinnerungstext ›La Douleur‹ ist eine Aufzeichnung des Schmerzes von 1945 durch das Dickicht der mediatisierenden Gegenwart von 1984 hindurch, fühlbar geworden als *nachlassender* Schmerz im Moment, als die Anästhesie, in die die Geschichte ihre »Erinnerung« gezwungen hatte, begann, ihren Griff zu lösen. Dadurch ist es ein Buch über den europäischen Körper jetzt:

»De Gaulle spricht nicht von den Konzentrationslagern, es ist auffallend, in welchem Maße er nicht davon spricht, wie sehr es ihm ganz offensichtlich zuwider ist, den Schmerz des Volkes in den Sieg zu integrieren, und zwar aus Angst, seine eigene Rolle zu mindern, ihre Bedeutung zu schmälern. (...) In meiner Umgebung fällt man nach drei Monaten das Urteil über ihn und läßt ihn für immer fallen. Man haßt ihn auch, vor allem die Frauen.«

Das Volk, das in der Lage wäre, »den Schmerz in den Sieg zu integrieren«, ist kein Volk, das es »gibt«. Duras entwirft es hier, seinen wünschenswerten, zukünftigen europäischen Leib. Es ist eine *Französin,* die zu den deutschen Verbrechen (jetzt) schreibt:

»Die einzige Antwort, die sich auf dieses Verbrechen geben läßt, ist die, daraus ein Verbrechen aller zu machen. Es zu teilen. Ebenso wie die Idee der Gleichheit, der Brüderlichkeit. Um es zu ertragen, um die Vorstellung davon auszuhalten, das Verbrechen teilen.«

Die Deutschen, die vom Verbrechen nicht einmal etwas *wissen* wollen, geben es tatsächlich weiter *ab* an »die andern«, zur »Erinnerung«, wie zur »Bearbeitung«. Wie einen »Schwarzen Peter«. Sie bezahlen dafür, unaufhörlich und immer weiter, überall greifbar und fühlbar, mit höchster körperlicher Unwirklichkeit – die eine Form des unausgesprochenen Schmerzes ist.

Hätte jemand dies schreiben können im April 1945: »Sie sind sehr zahlreich, die Toten sind wirklich sehr zahlreich. Sieben Millionen Juden sind ausgerottet worden, in Viehwaggons abtransportiert und dann in Gaskammern vergast, die man zu diesem Zweck gebaut hat, und dann in Krematoriumsöfen verbrannt, die man zu diesem Zweck gebaut hat. Man spricht in Paris noch nicht von den Juden. Ihre Neugeborenen sind dem Korps der Frauen anvertraut worden, MIT DEM ERWÜRGEN DER JÜDISCHEN KINDER BEAUFTRAGTE FRAUEN, Expertinnen in der Kunst, durch einen Druck auf die Halsschlagader zu töten. Mit einem Lächeln, es ist schmerzlos, sagen sie. Dieses neue Gesicht des organisierten, rationalisierten Todes, das in Deutschland entdeckt wurde, bringt zunächst einmal aus der Fassung, bevor es empört. Man ist erstaunt. Wie kann man noch Deutscher sein? Man sucht anderswo, in anderen Zeiten Entsprechungen. Es gibt nichts. Manche werden geblendet bleiben, unheilbar. Eine der größten zivilisierten Nationen der Welt, die Kapitale der Musik aller Zeiten, hat gerade elf Millionen Menschen auf die methodische, perfekte Weise einer Staatsindustrie umgebracht.«

Das ist nie und nimmer April 1945. Das ist Duras' Version der bis 1985 ausgebliebenen öffentlichen Rede *der Deutschen,* durch die sie hätten anfangen können, wieder Deutsche zu *sein,* womöglich. Die Deutschen aber, sagt diese Passage im Buch ›Der Schmerz‹, woll(t)en es *schmerzlos* ... Druck auf Halsschlagadern.

»Kann ich mich nicht dran erinnern, ob wir den Daumen dazu nahmen ...«

»Kunstexpertinnen«, in den Worten von Duras.

Kunst-Räume

Anders als in Lanzmanns ›Shoah‹ ist der Schauplatz der Duras'schen Rekonstruktion französischer Kriegsgeschichte nicht der Schauplatz der »tatsächlichen Ereignisse«. Es ist zwar »Paris«, ein wirklicher Bahnsteig im Gare de l'Est, vor allem aber ist es ihr

Körper, in dem ›La Douleur‹ spielt, in dem ein Schmerz, den sie erlitt, umgewandelt wird von einem nicht sprechbaren zu einem sprechbaren Schmerz. Der Gegenstand ihres Schreibens ist diese Transformation. Schreibend versichert sie sich dieser Transformation, uns gleichzeitig einen Bericht von ihr gebend. Es ist ein Text über den Zustand ihres Körpers als Teil des »Körpers französischer Politik« gegenüber Europa und gegenüber Deutschland im Jahr 1985. Sie rekonstruiert nicht so sehr eine Szenerie, sondern sie *durchlebt* sie neu und noch einmal, anders, aus dem Zustand ihrer *jetzigen* Wahrnehmungsweise. In diesem Wiederdurchleben werden die Ereignisse der Vergangenheit zu gegenwärtigen *Momenten,* die schriftlich faßbar sind, Momenten von ungeheurer Intensität.

Und, anders als Lanzmann in ›Shoah‹ (und auch anders als es in einer Psychoanalyse geschieht), tut sie dies *allein* ... (with a little help from her friends von ›Sorcière‹ und im Elysée Palast).

Aber auch ›Shoah‹ hat seine bewegendsten Momente, wenn Lanzmann die Überlebenden des Holocaust in den Prozeß der Wiederbelebung hineinzwingt, in ein Nochmal-Leben von Momenten, die niemand, freiwillig, noch einmal durchleben will. »Sprechen Sie weiter, Abe, Sie müssen. Es ist notwendig.« Lanzmann leise, von außerhalb des Bilds, zum Friseur Abraham Bomba, der nicht weitererzählen will, wie die Frau und die Schwester seines Friseurfreundes, mit dem zusammen er den Frauen vor ihrem Gang in die Gaskammer die Haare schneiden mußte, ihm zum Haareschneiden zugeteilt werden, und er darf nicht sagen, was ihnen bevorsteht. Lanzmann: »Ich bitte Sie. Wir müssen das machen. Sie wissen das.« »Es muß sein. Ich weiß, daß es hart ist, ich weiß, verzeihen Sie mir.« »Ich bitte Sie, fahren Sie fort.« Und Bomba, der Friseur: »Zu furchtbar ... Ich kann nicht ... Lassen Sie uns aufhören ...«

Bomba hat eigentlich alles schon erzählt; ob sie Scheren hatten oder einen Rasierapparat ... keine Spiegel ... nur Bänke ... wie viele Frauen pro Durchgang ... wieviel Zeit für einen Schnitt. Lanzmann will mehr. Er hat Bomba, der jetzt nicht mehr als Friseur arbeitet, an einen Friseurstuhl gestellt und hat einen Freund auf den Stuhl gesetzt, der keinen Haarschnitt braucht, an dessen Kopf aber Bomba, während er erzählt, fiktive Haarschneidebewegungen ausführt, und man sieht, an den Zuckungen seines Gesichts, an seinen Bewegungen, wie dieses fiktive Schneiden, wie diese wiederbringende motorische Bewegung, ihn immer weiter und weiter in die Situation der Gaskammer zurückführt, und er *ist* dort angekommen mit dem Schluß seiner Erzählung, die keine »Erzählung« ist, sondern ein Ausbruch von Bombas gesperrt gewesenen Gefühlen zu diesem Moment ... ein Zusammenbruch, Bomba weint ...

»Er versuchte mit ihnen zu sprechen, aber
weder der einen noch der anderen
konnte er sagen, daß dies der letzte Augenblick
ihres Lebens ist,
denn hinter ihnen standen die Nazis, die SS,
und er wußte, daß er das Schicksal dieser beiden Frauen teilen würde, die
schon so gut wie tot waren,
wenn er nur ein Wort sagte.
Und doch tat er für sie das Beste,
blieb eine Sekunde, eine Minute länger bei ihnen,
umarmte und küßte sie.
Denn er wußte, daß er sie nie wiedersehen würde.«

Die anwesende Kamera übernimmt hier auch eine Schutzfunktion, sie stabilisiert den in der Erinnerungsarbeit zusammenbrechenden Körper: Das Wissen, in dieser Inszenierung *Gefühle* hervorzubringen und zu zeigen, die sonst nie mehr und für niemanden sichtbar werden würden, fügt Bomba neu zusammen. Man glaubt (man möchte jedenfalls glauben), auch *ihn* hätte dies erleichtert; ihn mit etwas von sich selbst verbunden (Auflösen des Anästhesiepols), der ihm allein nicht zugänglich gewesen wäre.

Erinnerungsarbeit in dieser Funktion ist, wie manche Liebesarbeit, eine (quälende) Co-Produktion.

Was im Zusammenbruch Bombas passiert, ist auch die physische Überführung dieses Moments in die aufnehmende Kamera, und damit in den Körper der Zuschauer. Sie weinen ebenfalls. Das *gibt* ihnen vielleicht ein »Gedächtnis«, eine Erinnerung daran, was sie taten und was sie nicht taten, während sie dabei waren, so viele Leute zu *überleben* (und sonst nichts weiter) während ihres eigenen Lebens.

Es ist dieser Moment mit Bomba, zu dem Lanzmann ausgeführt hat, er würde nicht »dokumentieren«, sondern inszenieren, eine politische Körperkunst, wie mit den Polen vor der Chelmno-Kirche. Die Arbeit geht zwar auch um das »Faktische« der Vernichtung, darüber hinaus aber geht sie um die Emotion. Nur in ihr *lebt* der Moment; und sein Leben ist ansteckend, er belebt Bomba und – möglicherweise – den Zuschauer, nachdem er beide zunächst niedergestreckt hat.

Dies Inszenatorische – wie im Drama, sagte Lanzmann – betreibt Duras nur zurückhaltend. Sie hat das nicht vor, versucht das nicht. Sie kämpft weder für unsere Sympathie noch Empathie; Empathie nicht für sie selbst noch für einen ihrer Charaktere. Sie will wohl auch gar nicht, daß wir eines ihrer Gefühle oder einen ihrer Standpunkte »teilen«. Mir scheint, sie möchte uns wissen lassen, daß sie es alleine schafft, daß sie alleine klarkommt mit diesen Dingen. »Es«: eine Vergangenheit erinnern, sie neu erfinden als jetzt laufende Geschichte, als Gegenwart, in der sie über die Beziehungen spricht, die ein Körper mit einer Geschichte wie der ihren zu unseren Körpern und unserer Geschichte haben kann.

Duras Geschichts-Eingang ist näher an *Traumarbeit*, stimuliert von den Tagesresten des Laufenden, als an einer Rekonstruktion von Geschichte durch »Zeugen« oder Dokumente. Eine Wiederverlebendigung von Duras selbst, sprechend von Duras zu Duras, eine neue Frau herstellend, eine andere *Ausgabe* von Duras, die uns am meisten berührt durch ihre komprimierte Kühle, die kontrollierte Balance, aus der sie ihren heißen Stoff uns herüberreicht.

Traumarbeit ist eine Art von Paarung mit sich selbst (zuerst, soweit ich weiß, von Novalis so formuliert). Man nähert sich den eigenen Emotionen, statt die Emotionen anderer aufzurühren. Darin liegt vielleicht eine der Männlich/weiblich-Differenzen der verschiedenen Arten von Erinnerungsarbeit. Ein weiblicher Körper, die Geschichte und das Gegenwärtige nach-träumend (unter Einschluß aller Fakten) zur Lösung noch bestehender Schmerzen, auf der Suche nach verschiedenen *Räumen*, in die sie überführbar wären zur schließlichen Erzeugung einer aushaltbareren Existenz: dem Schmerz ein Heim geben, in einem Buch ›Der Schmerz‹.

»... ich habe so etwas wie ein ständiges Fieber, das nicht mehr weg geht«, ist in dies Duras'sche Tagebuch notiert. Weniger eine Krankheit als eine Art Dauertrance, die bleiben soll, Eingangszustand ins Schlafwandelnde ... den Zustand, in dem man – frau – zulassen kann, was war und was ist. Erinnerungsarbeit durch

Selbst-Verzweiung in einem halbwegs erträglichen *politischen* Raum.

Daß dieser Raum bisher in Deutschland nicht bestanden hat, nicht erzeugt worden ist, ist gewiß auch ein Grund für die bleibende Unsprechbarkeit des Schmerzes mancher Menschen hier. Wo kein *Ohr* ist, das aufnimmt, wächst auch *das Rettende*, wächst das Sprechen nicht.

Es gibt seit ›Der Schmerz‹ auch wieder dies Stück Frankreich, dies Stück verschüttet gewesener Résistance, nicht-gaullistischer und auch nicht-sartrescher Résistance, die Wiederverbindung von Politik und Artistik, aus der Marguerite Duras gekommen ist und die jetzt wiederexistiert als Weg, Weg, auf dem auch Lanzmann und Ophuls gehen; es sind in Europa, außer Primo Levi, diese drei, die am meisten getan haben für eine Lösung der Anästhesien des deutschen Leibs gegenüber seiner Nazigeschichte ... bemerkt worden ist das noch kaum.

Ein Platz »unter Wasser«

»Zwanzig Yards. Ich hätte es tun können. Ich hätte springen können und schwimmen um mein Leben. Im Innern, in meiner Brust, fühlte ich einen schrecklichen pressenden Druck. Sogar jetzt, wo ich dies schreibe, kann ich ihn noch spüren. Und ich wünsche, daß auch ihr ihn fühlt – den Wind, der vom Fluß her kam, die Welle, die Stille, die bewaldete Grenze ...«

»Ich kann es noch fühlen« ... »auch du sollst es fühlen« (Baby), man kann sicher sein, daß ein Mann so spricht, der etwas in einen hineintun will ... etwa seine Transformation von einem Saul zu einem Paul, und so ist es. Es ist wieder in einem Boot, auf einem Fluß, dem »Rainy River« diesmal, an der kanadischen Grenze. Im Boot zwei Männer, ein alter, fischend, und ein junger, der gerade dabei ist, zu realisieren, daß er das Vorhaben, dessentwegen er mitfährt in diesem Boot, nicht wird ausführen können: ins Wasser zu springen und auf der kanadischen Seite des Flusses aus dem Wasser zu steigen als Deserteur des Vietnamkrieges. Er ist zu »feige«.

Es sind einige Dinge, die in seiner *Erinnerung* auftauchen in diesem Moment, die ihn daran hindern, der Deserteur zu werden, der er hatte sein wollen. Er hat sie später (*nach* Vietnam) aufgeschrieben in seinem Vietnam-Roman. Was war es, das so plötzlich seine Erinnerung überfiel?

»Dort, auf dem Rainy River dümpelnd, zurückblickend zum Minnesota-Ufer, kam eine plötzliche Hilflosigkeit über mich, als ob ich über Bord gestolpert wäre und hinweggeschwemmt worden wäre von den silbernen Wellen. Stücke meiner eigenen Geschichte kamen heran, leuchteten auf vor meinen Augen.«

»Ertrinken« ist ein von Männern nicht selten gebrauchter Eintrittszustand in »Kindheitsgeschichte«. Sie »versinken« in ihrem Körper (... etwas anderes als das Duras'sche Fieber). Und, ihre Augen öffnend, finden sie sich wieder auf dem Grund ihres Geschichtsflusses:

»Ich sah einen sieben Jahre alten Jungen mit weißem Cowboyhut, einer Lone Ranger Maske und einem Paar sechsschüssiger Colts im Holster; ich sah einen zwölfjährigen Baseballspieler der Little League dabei, auf den Zehenspitzen zu wenden und einen Doppeltreffer zu landen; ich sah einen sechzehnjährigen Typen, ausstaffiert für den ersten großen Schultanz, schneidig in weißem Dinnerjacket und schwarzem Schlips, Haare kurz und flach geschnitten, Schuhe frisch poliert. Mein ganzes Leben schien sich in den Fluß zu ergießen, weiter und weiter weg von mir zu wirbeln, alles, was ich je gewesen war und was ich je hatte sein wollen; ich bekam keine Luft mehr, ich konnte mich nicht oben halten. Ich wußte nicht mehr, wie man das machte, schwimmen. Eine richtige Halluzination, aber so real wie nur irgend etwas, das ich je gefühlt hatte.«

Merkwürdige Erscheinung: Muß man »halluzinieren«, um zu sehen, was man *gemeinsam* hat mit so ungefähr jedem gleichaltrigen Jungen des Landes?

»Ich sah meine Eltern mich rufen von der entfernten Uferseite her. Ich sah meinen Bruder und meine Schwester, die Stadtvorsteher, den Bürgermeister und die Versammlung der Geschäftsleute der Stadt und alle meine alten Lehrer und Freundinnen und die High School Freunde. Es war wie ein aufgedrehtes Sportereignis: Alle schrien herum an der Außenlinie, sie feuerten mich an, das ganze laute Stadionröhren. Hotdogs und Popcorn – die Stadiongerüche, die Stadionhitze. Eine Gruppe von Anfeuerern bewegte sich radschlagend auf dem Flußufer, sie hatten Megaphone, überall

Troddeln, die Schenkel sanft gebräunt. Die Menge schwenkte hin und her. Eine Paradeband spielte Märsche. Alle meine Tanten und Onkels waren da, und Abraham Lincoln (*wer sonst?*) und St. Georg zu Pferde und ein neunjähriges Mädchen namens Linda, die an einem Gehirntumor gestorben war in der sechsten Klasse (*wer sonst?*) und einige Angehörige des Senats der United States und ein blinder Poet, der sich Notizen machte ...«

Der blinde Visionär, der hier dabei ist, sich in den zukünftigen Homer des Vietnamkrieges zu transformieren, ist Tim O'Brien.[3] (Vgl. auch den Abschnitt ›Rat Kiley und das Wasserbüffelbaby‹ weiter vorn in diesem Band in ›Männliche Geburtsweisen‹.)

Ich bin kein Amerikaner, nicht in einer amerikanischen High School erzogen, ich habe nie an einer solchen Parade teilgenommen, niemals trug mich der »stadium roar« zu einem gewaltigen Baseball Coup. Es war keine weiße Jacke bei meinem ersten Schulball, so superschneidig sah ich auch nicht aus, aber, merkwürdig genug, das meiste dieser Halluzination, wenn ich sie lese, kommt mir so bekannt vor, als wäre ich der Co-Träumer dieser Zeilen. Was O'Brien niederschreibt als »persönliche Erinnerung«, kann ich nur im Kino gesehen haben ab meiner frühen Teenagerzeit. Ein hochimpressives Gemälde mit der Gesamtpalette der Americana – auf den nächsten Seiten kommen LBJ hinzu, Huck Finn, Abie Hoffmann, die kommandierenden Generäle der Army, der Air Force und der Navy, ein gewisser Leutnant namens Jimmy Cross, der letzte überlebende Veteran des amerikanischen Bürgerkrieges, Jane Fonda als Barbarella, Gary Cooper, ein paar Päpste, ein Exemplar von Platos ›Republik‹ und ca. eine Million fähnchenschwenkender US-Bürger; ein Panorama, das mich fragen läßt, ob gewisse Teile meines Körpers für eine bestimmte Zeit meines Lebens so etwas wie eine Kopie, ein Abziehbild von Amerikas *abstraktem Gedächtnis* gewesen sind; eines Gedächtnisses, das mein gewesenes und kommendes Leben katalogisierte in den Schriften eines soldatischen Poeten der achtziger Jahre:

»... meine Frau war da. Meine ungeborene Tochter winkte mir zu, und meine zwei Söhne hüpften auf und nieder, und ein Sergeant auf dem Drillgelände namens Blyton schrie mich an, gab mir den Finger, schüttelte den Kopf. Da war ein Chor in hellvioletten Roben, ein Taxifahrer aus der Bronx. Da war ein schlanker junger Mann, den ich eines Tages töten würde mit einer Handgranate am

Rand eines roten Kleefeldes außerhalb des Dorfs My Khe. (*Wer sonst. Und wo sonst*).

Ich habe es versucht. Es war einfach nicht möglich.

Alle diese auf mich gerichteten Augen – die Stadt, das ganze Universum –, ich konnte die Aufregung einfach nicht riskieren. Es war, als gäbe es ein Publikum zu meinem Leben, dieser Wirbel von Gesichtern den Fluß entlang, und in meinem Kopf konnte ich hören, was mein Publikum mir zuschrie. Verräter! schrien sie. Überläufer! Schlappschwanz! Ich wurde immer bleicher. Ich konnte es nicht zulassen. Ich konnte die Verhöhnungen nicht ertragen, die Schande, die Witze der Patrioten. Nicht mal meine Vorstellungskraft schaffte es mehr: die zwanzig Yards aufs andere Ufer, es gelang mir nicht, tapfer zu sein. Es hatte nichts zu tun mit Moral. Eine Art Empörtheit, das war alles. Und dann gab ich's auf.

Ich würde in den Krieg gehen – ich würde töten und vielleicht sterben – weil ich so aufgeputscht war, *nicht* sterben zu wollen.

Das war die traurige Wahrheit. Ich fand mich im Bug des Bootes, weinend.«

Dies letzte könnte »wahr sein«, daß er einen Tag in einem Boot gesessen hat, auf einem Fluß, weinend, bevor er sich entschied, sich einziehen zu lassen. Hat der Rest mit »Erinnerung« zu tun? Eher ist der Text ein Tribut an eine der vielen Formen der »spirituellen Erweckung«, der ein ordentlicher amerikanischer Körper teilhaftig geworden sein muß (Erweckungen, von denen die Biographien und TV-Schirme überfließen).

Ich nenne, was hier am Werk ist, das »abstrakte Gedächtnis«. Es enthält alles, was in den Büchern ist, in den Zeitungen, in der Umgangssprache, und alles, was aufgezeichnet wurde vom Mainstream der technischen Medien, komplettiert durch die Reden »der Autoritäten«. Das abstrakte Gedächtnis ist co-extensiv mit dem Common sense. Als Normalgedächtnis versierter Männer ist es, wie O'Briens Text sehr genau belegt, ein *Soldat.* Es ist vor allem ein programmierendes Gedächtnis, es schreibt vor.

Dies abstrakte Gedächtnis ist sehr im Gebrauch beim Umgang mit allen Sorten störender Vergangenheit oder Gegenwart. Es irrt sich nie, kann sich nicht irren, es ist multikompatibel, es ist omnipräsent, es ist das passende Gedächtnis zum Institutionenleib. Und, ein großer Vorteil im Umgang mit heiklen Stoffen: Was das abstrakte Gedächtnis speichert, ist in jedem Fall *bewußtseinszugelassen.* Man stolpert nicht in Fallen damit.

Modell: die Struktur der Bäume ... der Sandkörner ... »so war es immer schon« ... der Häuser ... und »fünf Finger hat die Hand« ...

Das Gesellschaftsleben und das Arbeitsleben folgen überwiegend diesem abstrakten Drummer. Sein Hammerbeat ist der Grund dafür, daß man manchmal denkt, es gäbe überhaupt nur ein Modell Mensch, zwei vielleicht.

»You look into the mirror. Is there anybody there? / It's only a reflection that doesn't really care« – singen die »Kinks«. ›Repetition‹ heißt der Song; ›Think Visual‹ die Platte.

Das zum abstrakten Gedächtnis gehörende »Ego« ist ein Verwaltungsgebäude, ein Boß, ein Doktor, Fahrpläne, der Nachrichtensprecher des persönlich besessenen Fernsehers, die Top-Ten, der Stadtplan, Architekturen, die Lehre von den »Gehirnhälften«, der Speiseplan, Sprachregelungen, Geschlechtsregelungen.

Zu ihm gehört immer auf seiner »dunklen Seite« das Gedächtnis der *unbewußten Speicherungen.* Der Körper selbst speichert *immer,* was in ihn eingeht, kappt aber die Verbindungen zum Bewußtsein; anders gesagt, das Bewußtsein weigert sich oft, was der Körper speichert, zur Wahrnehmung zuzulassen. *Vergessen* ist dabei nicht »schlechtes Gedächtnis«.

»Vergessen« ist hier ebenso eine Gedächtnisfunktion wie »Speichern«. Save ... Delete ... es gibt das Gedächtnis, das aus guten Gründen *nicht* speichern möchte: all das, was nach der Geburt herankommt als *Hölle.*

Unter den körperlichen gibt es sowohl muskuläre Speicherungen wie Organspeicherungen. Die Leber, die Niere, das Herz haben alle »ihre Speicher«, nicht nur die Nacken- oder Beckenmuskulatur, an denen sie *sichtbar* sind.

Die Muskulatur (einschließlich Herz) speichert das, was Canetti Befehlsstacheln nennt wie *physische Gegenstände.* Diese wollen hinaus, wollen weitergegeben werden, weil sie den Trägerkörper zwicken und schmerzen (Balken im Fleisch).

Die »Erinnerungsarbeit« starker Stachelträger: blinde, zwanghaft weitergebende Motorik.

Zuspitzung: Wer nur mit Gewalt behandelt wurde, kann Gewalt nicht mehr (als Gewalt) erkennen und gibt Gewalt als »normales Zivilverhalten« weiter; das ist der offen aggressive Teil des »abstrakten Gedächtnisses«. Auch ihm ist es nicht möglich, sich an *sein Tun* »zu erinnern«, da es selber nicht weiß, wo es herkommt. Dies partielle Nicht-Gedächtnis will selber nicht an die Schrecken der eigenen Geschichte erinnert werden; deshalb kann es auch an die eigenen Taten nicht heran.

Es kann auch nicht träumen. Im Traum lockern sich die scharfen Grenzen der verschiedenen Speichersysteme. Daraus ergibt sich der Eintritt in zwei oder mehr Zeiten, Körperzeiten, Geschichtszeiten. Das Kind aus deren Vermischung heißt »präsente Erinnerung« oder »präsentes Bild«, und es heißt *Verschiebung* der vorliegenden Komplexe. Traum: die Endmoränen des Abgelagerten setzen sich in Bewegung. (Ende der Eiszeit.)

»Ein kleines weißes Haus
bleibt in meiner Erinnerung.
Von diesem kleinen weißen Haus
träum ich jede Nacht.«

Das ist das erste Lied, das Simon Srebnik behalten hat von seinen Kahnfahrten auf der Ner in Chelmno. Mit diesem Lied beginnt Lanzmann seinen Film.

»... aber lügen sie nicht doch?«

In *jeder* Person liegen die verschiedenen Aufzeichnungssysteme im Widerstreit miteinander. Tatsächliche Ereignisse, Ereignisfetzen, Körpergespeichertes, Halbgedachtes, Angefühltes, Normdruck, Erwartungen, »das-was-alle-sagen«, »das-was-nur-ich-weiß«, exakt vom Bewußtsein Aufgezeichnetes und wilde Projektionen bilden zusammen unser psychophysisches Dunkel oder Zwielicht. Gedächtnis und Auslegung, Gedächtnis und Unschärfe, Gedächtnis und Irrtum, Gedächtnis und »weiße Platte«, Gedächtnis und blinde Aktion (weitergeben von Stacheln) sind jeweils siamesische Zwillingspaare.

Das Gedächtnis des Verbrechens nimmt aber eine Sonderstellung darin ein: Wenn es aus der *erlaubten* Übertretung kommt, braucht es nicht zu *vergessen,* was sein Träger getan hat. Es braucht es nur zu *bunkern* dann.

Eine der Vergessensformen von Tätern scheint ganz alltäglich und wie »selbstverständlich«: Der Täter hat oft nicht *bemerkt,* was er tut. Eltern bemerken nicht, wie sie ihre Kinder kränken, und können infolgedessen auch nicht derartiges »erinnern«. Je höher jemand in einer Machthierarchie steht, desto simpler sind die Dinge, die er andern zufügt, sie sind Teil seiner Tagesarbeit. Sie werden höchstens registriert als gerechtfertigte »Machtausübung«, nicht als »Unterdrückung« oder gar »Verbrechen«. Also bilden sich auch keine Schuldgefühle. Die Hierarchie/die Institution nimmt sie auf sich, schluckt sie.

Deshalb sitzen Täter aus dem oberen Teil von Hierarchien immer so absolut unberührt, unbeteiligt da. Was haben sie denn getan? Im Unterschied zu anderen doch bitte *gearbeitet.* Und also!

Nach wie vor denke ich: Lief eine Tötung mit Unterstützung der regierenden Autoritäten, war sie gebilligt von den meisten Menschen drumherum, und war sie *befriedigend* genug, spaltet der menschliche Körper sie ab als abgehakt, genehmigt und vergeßbar und nutzt die freigesetzte Energie zur Verwandlung in einen neuen Körper, der von all dem »nichts mehr weiß«.

Geteilter Massenmord ist *Purifikation* (eins der Grundgesetze der Hitlerkirche). Er scheint die Erinnerung an die begangenen Untaten tatsächlich löschen zu können. »Ich bin klein/mein Herz ist rein/soll niemand drin wohnen als Ariel allein« – diese Operation klappt nur bei ausreichend gefeiertem, gemeinsamem vorangegangenem Mord.

Der derartige deutsche Tatmensch (und auch anderswo) würde demnach *nicht* lügen, wenn er behauptet, »sich nicht zu erinnern«.

Sicher bin ich mir darin aber nicht. »Lügen sie nicht doch!?« fragt Monika. Einiges spricht dafür, denn: Wo die Schuld entsubjektiviert ist, auf »die Zeitumstände« umgelagert, aufs Unvermeidliche oder auf altes göttliches Gesetz (»Rache für Jesus ...«), funktioniert sogar das *Detailgedächtnis* (nach über vierzig Jahren) erstaunlich gut. Wirklich »vergessen« wurde, wie die Polen von Grabow zeigen, nichts. Es kommt, scheint es, nur auf die äußeren (Wiederbelebungs-)Umstände an, ob man das Gespeicherte auch ausspricht oder nicht.

Frage: Würde der Dr. Grasser und all die anderen deutschen

Zuschauer, Halbbeteiligten und Beteiligten ihr Gedächtnis wiederbekommen, wenn sie dieselbe Chance geboten bekämen: im sicheren Kreis *Gleichdenkender* und abgesegnet von einer mächtigen Institution das Sterben der Juden im Warschauer Ghetto nachzufeiern ... unter SSlern die Folterungen nachzubegehen ... die Vergasungen ... »war ja Befehl ... absolut gedeckt ... vom Führer selber ...«

Sehr gut möglich, daß sich unter solchen Bedingungen ein gut Teil des vergessenen deutschen Gedächtnisses ganz anständig regen würde und wiederbeleben.

Das bringt mich zum letzten Punkt, zu einer Form heute sehr gängigen Gedächtnisses, die ich den *Aktenkeller* nenne. Politiker oder andere öffentliche Personen, die wünschen (oder gezwungen sind), ihr Leben, ihre Taten, ihre Obsessionen zu verbergen, haben genau die Art von Vergangenheit, die von Institutionen in Akten festgehalten ist. Das Gedächtnis ostdeutscher Politiker, das von Lothar de Maizière, Ibrahim Böhme, Krause oder Stolpe, die mit der Stasi zusammengearbeitet oder sich bereichert oder sonstwas oder beides haben, ist exakt co-extensiv mit den Aufzeichnungen von Archivakten, die entweder gefunden oder nicht gefunden werden. Was genauso für Waldheim oder Weizsäcker gilt, natürlich, und die ganze Schlange der vorm Aktenkeller zitternden Amigos aller Sparten. Es gilt auch, denke ich, im Prinzip für das Gedächtnis halboffizieller »Dichter« wie Heiner Müller oder Martin Walser. Was niemand weiß, was hinter einer verschlossenen (Amts-) Tür geschah (in Schutzämtern West wie Ost) und nicht gefunden wird, wird auch nicht »erinnert«. Es existiert nicht. Als wollten sie, alle zusammen, Foucault bestätigen: Das »Subjekt« ist das Kind eines institutionellen Akts, das Konstrukt einer Akte.

Wer von Stasi, FBI, Gestapo oder Verfassungsschutz »betreut« oder programmiert wird, wird nur erinnern, was irgendein Agent über ihn aufgeschrieben, auf Band genommen, fotografiert hat, und das auch erst im Moment der absolut sicheren Veröffentlichung. In diesem Moment fällt ihm ganz sicher etwas ein zu seiner *Verteidigung*, eine neue Version »Leben«. Diese gilt dann bis zum nächsten Aktenfund.

Der irrste Vertreter dieser Sorte Herrschaftssubjekt, der mir in den letzten Jahren unter die Augen gekommen ist, ist in einer wahnwitzigen Sequenz von Marcel Ophuls' Film ›Novemberdays‹

Egon Krenz: gefilmt gerade noch im Moment der Illusion, er könne sich retten auf irgendeine Herrschaftsplattform. Er ist derjenige in Ophuls' Film, der von allen Menschen in der DDR mit aller Sicherheit am allerwenigsten wußte, wie und von wem dort »Herrschaft« ausgeübt wurde. Ophuls ließ sich das nicht gefallen. Er schneidet einfach ein wieherndes Kamel in Krenz' Rede – und der Kinosaal entlädt sich in Lachen; ein absolut »unerlaubtes Mittel«, aber hier geht es, »es muß sein«. Ophuls ist ein Meister solcher Deftigkeiten, eine Art Wandeinreißen in stickigen Räumen. In dieser Weise ist ›Hotel Terminus‹ von einer makellosen Chorfassung des Deutschen-Lieds »Nun ade, du mein lieb Heimatland« durchzogen. Auch in so einem Lied triumphiert, sich löschend, das »Aktengedächtnis«, Akten nach Noten. Das Absingen solcher »Lieder« ist nichts anderes als selbsterteilte freche Absolution (aus der Gnade der »Volkskirche«).

Aktenkeller: Barbie, Eichmann würden wahrscheinlich noch leben, unbehelligt, »gedächtnislos«, singend, ohne schlechte Träume und ohne Schuldsack an der Seele, hätte nicht der israelische Geheimdienst seine Aufzeichner geschickt, die sie entdeckten in ihren »Kellern« und die Akten entstaubten. (Diesen Abschnitt widme ich Ernst Jünger zu seinem 99. Geburtstag.)

»Vergessen«. Der zweite Überlebende von Chelmno, Mordechai Podchlebnik, nimmt in Claude Lanzmanns Film »Vergessen« für sich in Anspruch:
»Lanzmann: Was ist in Chelmno in ihm gestorben?«
Podchlebnik: Alles ist gestorben.
Alles ist gestorben, aber man ist nur Mensch,
und man will leben.
Deshalb muß man vergessen.
Er dankt Gott für das, was geblieben ist, und dafür, daß
er vergißt. Und daß niemand mehr darüber spricht.
Lanzmann: Findet er es gut, darüber zu sprechen?
Podchlebnik: Es ist nicht gut, für mich ist es nicht gut.
Lanzmann: Warum spricht er dann trotzdem darüber?
Podchlebnik: Er spricht, weil er jetzt gezwungen ist zu sprechen,
aber er hat Bücher über den Eichmann-Prozeß bekommen,
bei dem er Zeuge war,
und er liest sie nicht einmal.

Lanzmann: Hat er als Lebender überlebt oder ...
Podchlebnik: An Ort und Stelle hat er es
wie ein Toter erlebt,
weil er nie glaubte, daß er überleben würde,
aber er ist lebendig.
Lanzmann: Warum lächelt er die ganze Zeit?
Podchlebnik: Was soll er Ihrer Meinung nach tun, weinen?
Einmal lächelt man, einmal weint man.
Und wenn man lebt,
lächelt man besser ...«

Wenn man den Tod überlebt hat, wenn »ich« gestorben ist, wenn man sich »er« nennt, wenn »er nie glaubte, daß er überleben würde, aber er ist lebendig«, dann darf »er« vergessen wollen, dann »lächelt man besser«, *er,* Mordechai Podchlebnik.

Mit seinem Satz »Ich habe vergessen. Wenn Sie mich nicht vergessen haben, ist das Ihre Sache«, nimmt Klaus Barbie dies Recht der Opfer des Verbrechens umstandslos für sich in Anspruch. Und mit ihm die Mehrheit der lächelnden Deutschen in ihrer ausgewiesenen Kollektivunschuld.

»Wenn man lebt, lächelt man besser.« Aber »lebt man« denn? Und »lächelt er«?

Bonbonglas
Sprechen und Gewalt im »Land, das Ausland heißt« – eine autobiographische Notiz

Das erste Sprechen, das ich gelernt habe, die sogenannte Muttersprache, war eine Abart ostpreußischer Mundart, ein Deutsch, das Hochdeutsch sein wollte (dem Anspruch nach), aber mit ostpreußischem Tonfall. »Jot« statt »G«, dreifach rollendes »R«, mit Einsprengseln von ostpreußischem Platt. Aber es scheint so, als ob ich mit drei Jahren besser *singen* als sprechen konnte. Mein ältester Bruder – sechzehn Jahre alt, als ich drei war – berichtet, daß es »mir« Ende März 1945 gelungen sei, auf der Flucht vor den Russen auf einem pommerschen Bahnhof in denselben Waggon mit Bochumer Parteigenossen gezwängt, die nach Pommern geeilt waren, dort ihre Familienangehörigen zu holen, die sie, Mitteldeutschland noch für »sicher« haltend, »aufs Land« verbracht hatten (vermutlich um sie vor den zu befürchtenden Racheakten der Ruhrarbeiter im Falle der sich abzeichnenden Naziniederlage zu schützen), aber jetzt kamen die Russen schneller als erwartet, und sie mußten sie ins Ruhrgebiet zurückbringen, daß es mir auf dem Waggon gelungen war, diese Leute kraft eines Gesangs, der von mir ausging (Wiedergabe von Mutterstimme), dazu zu bewegen, der Frau mit diesem singenden Kind auf dem Arm einen Sitzplatz einzuräumen, damit diese Nachtigall im rundherum Trostlosen nicht verstumme – dies Naturradio von bessern Zeiten, das zwar nicht die (schon nicht mehr erhofften) Siegesmeldungen bot, aber auch nicht Todesstrafe wegen verbotenen Abhörens.

Das Singen blieb mir eine Weile, aber die erste Sprache, das erste Sprechen, habe ich, mit jenem Zug in Schleswig-Holstein angelangt, schnell verlernt, verlernen müssen. Im Dorf Ostenfeld, Nähe Husum, bei einem Bauern einquartiert, war Plattdütsch die Sprache, die überall zu hören war; meine Alten weigerten sich standhaft (aus Heimatliebe), das zu lernen. Sie wollten ja *zurück*, und das nicht in fremder Zunge. Ein dreijähriges, frei herumlaufendes Kind weigerte sich nicht. Ich *mußte* das lernen, um mit der Umgebung sprechen zu können, wenigstens verstehen lernen mußte ich diese Sprache, das ging sehr schnell. Aber noch andere

Sprachen waren im Raum: Die älteren Geschwister lernten ihren Schulstoff auswendig, insbesondere die gedächtnisbildenden Gedichte wurden laut vorgelesen und memoriert. Da es nur ein einziges geheiztes Zimmer gab, mußte ich das mithören, das heißt mitlernen. Mit fünf Jahren (wird mir erzählt; ich habe das vergessen) konnte ich den Schillerschen ›Taucher‹ auswendig aufsagen, den ich mitgelernt hatte bei der Qual eines älteren Bruders, sich dies Gebilde einzuprägen.

Mit vier sprach ich manchmal, nachts, wenn alles schlief, auf einem metallenen Gardinenrohr. Irgendwie hatte ich »gelernt«, darauf die Luftschutzsirene zu imitieren – erstes *Saxophon;* die Wirkung so durchschlagend wie die späteren aus Amerika: Die schlafende Familienmenschheit sprang panisch aus den Betten ..., und ich ging straffrei aus ..., es waren keine echten Flieger ... Glück!

Am meisten sträubte sich das ostpreußisch rollende »R« in meinem Mundraum gegen den Einzug des holsteinischen Platt, gegen den Einzug des hohen, näselnd singenden norddeutschen Tonfalls. Dies »R« war eine Art Goldgrube für mich wie auch Anlaß dauernden Gelächters.

Der Kaufmann Hansen in seinem Lebensmittelladen händigte mir regelmäßig das gewünschte Schwarzbrot, das einzuholen ich ausgeschickt war, erst aus, wenn ich fünf- bis achtmal »ein Schwarrrzbrrrot bitte« hervorgestoßen hatte. Er lachte sich krumm dabei, und ich machte das mit, weil ich erstens das Brot haben mußte und zweitens wußte, wenn er genug hatte von den »R«, würde er in sein Bonbonglas greifen und mir eine oder zwei Süßigkeiten rüberlangen, an die heranzukommen sonst keinerlei Aussicht bestand. Er pflegte also dies »R« und machte es mir verhaßt zugleich (oft stand der Laden voller Leute, die auch ihren Spaß haben wollten, *ohne* zu zahlen). In der Schule suchte ich ihn also loszuwerden, diesen Fremdheitssignifikanten. Das »R« mir »abzugewöhnen«, das ging nicht richtig. Das ging durch eine Art Stottern schließlich. Ein andauerndes Schnellsprechen mit Silbenverschluckungen war das Resultat – als ob ich die Wörter wieder verschwinden lassen wollte, bevor sie richtig zu hören gewesen waren ..., daß bloß nicht auffiel, daß alles an diesem Sprechen irgendwie nicht stimmte; daß ich in einer Fremdsprache sprach; daß ich in einem Land sprach, in das ich nicht gehörte ..., in dem ich immer von einem Land *erzählen* hörte, das uns weggenommen worden war, das ich aber kaum kannte, an das ich mich bald nicht mehr erinnerte; bis heute habe ich nicht die geringste bildhafte »Erinnerung« an das »Ostpreußen« genannte Land, es sei denn, unkenntlich gemachte, mit anderen Landschaften vermischte in Traumresten.

Ich sprach nicht richtig, ich hieß auch nicht richtig. Das in Schleswig-Holstein völlig unbekannte »Theweleit« (Herkunft litauisch) wurde regelmäßig verdreht, mündlich wie schriftlich zu »Teleweit« oder einer anderen Monsterform. Da es eine Tele-Vision, ein Tele-Weit-Sehen, noch nicht gab, war es auch nicht möglich, dieser Verdrehung eine unkomische, eine erhebende Seite abzugewinnen; daß das eine Verdoppelung von »weit« war, doppelt weit also, kam mir nicht in den Sinn, es war einfach nur falsch, falscher Name und Anlaß für dumme Sprüche und Gekicher. Das Stottern wurde verstärkt, besonders beim Nennen des Namens, der ging ohne Stottern überhaupt nicht, und das ist sehr komisch, wenn jemand seinen Namen nicht anders als stottern kann und ihn deswegen immer wieder nochmal sagen muß, bis jemand anders ihn »verstanden« hat. Das war ein gutes Futter für den dauergikkelnden Nordmenschen ... (& ohne Bonbon-Gratifikation) ... man hilft sich ja im Norden gegen das Wetter durch ein Dauergekluckse in den Kehlen ... ich übernahm das, natürlich (und hatte später die größten Schwierigkeiten, ein Wort wie »Mimikry« in meinen Sprachschatz aufzunehmen).

Die Sprache wurde noch fremder, das Sprechen noch schwieriger, als ich merkte, daß die Eltern ihre Sprache, obwohl sie andauernd und viel redeten, nur zu Andeutungen und merkwürdig »betroffenem Verschweigen« benutzten, wenn sie auf die Tätigkeiten der Deutschen im Krieg und auf ihr eigenes Nazi- oder Nichtnazi-Gewesensein kamen. Die Sprache, zur Hälfte sowieso aus Befehlen oder Anweisungen bestehend (was sage ich: zu 95 Prozent, soweit sie vom Alten kam), wurde zum Mittel des Zentralvorwurfs, die deutsche Geschichte betreffend: »Du hast damals nicht gelebt; du kannst das nicht verstehen; und Klappe jetzt.« Da ich aber reden *konnte*, wenn auch nur sich überschlagend und stotternd, und da ich hier und da etwas gehört hatte von den gewesenen deutschen Mordtaten, war es nicht schwer, mit Hilfe aufgelesener Tatsachen den Vater derart »in die Enge zu treiben«, wie er das nannte, daß er sich, vergebens nach halbwegs plausiblen Sätzen schnappend, mehrmals in den gebrüllten Satz nur retten konnte: Du wirst noch mal Hitler, so wie du redest ...

Das sollte etwa heißen, »gegen den kam man auch nicht an«. Ich fand das nicht nur blöd, sondern auch fies; zu Hitlers Mordtaten hatte ich ja Auskunft verlangt, um zur Antwort zu bekommen, der würde ich selber, wenn ich das »wissen« wollte.

Die älteren Geschwister, die genauer als ich wußten, daß so etwas in aller Regel mit Prügeln endete, die dann, cholerisch, wahrscheinlich *alle* trafen, bremsten mich entsprechend und versuchten, mich dem Schweigen einzugemeinden. Sie hatten ihre »eigenen Sorgen« mit dem Alten. Das war keine große Hilfe, und das Sprechen mit ihnen verlernte ich für eine Weile ebenso, wie ich das Sprechen mit oder zu den Eltern verlernte beziehungsweise einstellte im Alter von etwa zwölf Jahren. Ich erinnere mich nicht, von zwölf bis fünfundzwanzig, vielleicht sogar bis dreißig, jemals einen Satz zu einem sogenannten Erwachsenen gesprochen zu haben ohne Erröten, ohne Stottern oder sonst einer Form von begleitendem Unwohlsein; am ehesten ging es noch über »Widerspruch«, der konnte die Wörter fließen lassen, manchmal. Sonst ging alles Sprechen über auf ein Sprechen zu und mit Gleichaltrigen. An Lehrer »ging es« in Form von Aufsätzen; mündlich nur als Antwort auf direkte Fragen, nicht in einer erzählenden Rede; aber in Form der sogenannten »Störung des Unterrichts«, darin war ich, wie viele, gut, das waren die Freunde. Das Sprechen mit den Freunden war ein purer Geheimcode, immer danach ausgerichtet, ob erwachsene Ohren in der Nähe waren, die aus »Sprechen«, das hatte man gelernt, prinzipiell nichts anderes herauszuhören in der Lage waren als »Strafwürdiges« ... oder sie nahmen es als Anlaß für *Belehrung*.

Sehr viel später, mit siebenundzwanzig Jahren, las ich auf den ersten Seiten eines kleinen blauen Buches aus der edition suhrkamp den Satz: »Sehr geehrter Herr Bundesgerichtshofpräsident, ich kann den Verdacht nicht loswerden, daß ich Ausländer bin«, ein Satz, der eine bleibende Freundschaft zu dem Buch gestiftet hat, Vlado Kristls ›Sekundenfilme‹. Auf der Seite 58 findet sich dieser Film: »Das Land, das Ausland heißt; alle Staatsangehörigen sind Ausländer; das Militär, aus lauter Ausländern zusammengestellt, ist zu keinem Patriotismus oder Nationalismus fähig; der Präsident des Landes ist Ausländer; auch zur Welt können nur Ausländer kommen; und die Oppositionspartei ist von Ausländern gesteuert.«

Dies Land kannte ich; in dem habe ich jahrelang gesprochen und gelebt, lebe bis jetzt mit Teilen meines Körpers darin. Vlado Kristl, filmemachender und malender Kroate in Deutschland, von der Filmhochschule in Zagreb geflogen wegen seines Films ›Der General‹, der den nötigen Respekt gegenüber dem Militär im Titoistischen Jugoslawien vermissen ließ, konnte so etwas schreiben, hier. (Ein sehr schöner Film. Eine Kopie ist im Münchener Filmmuseum bei Enno Patalas.)

Die mit dieser Sprachsituation verbundene Wahrnehmung des *Unwirklichen,* soweit es das Verhältnis der eigenen Existenz zur Existenz der Erwachsenen betraf, äußerte sich schließlich in einer Überführung alles Sprechens ins Komische, in Witze, Jokes, Schnickschnacks, mit denen man sich über die Runden rettete, wenn ein Sprechen in Erwachsenengegenwart unausweichlich wurde (... *doch* nicht nur »gegen das Wetter«, das Gegickel in der Nordkehle). Witze erzählen ... die ganze Welt ist komisch, jedes Wort zum Schreien, o Gott, o Gott, ich lach mich kaputt; was sonst war zu *Sprechen* gegenüber den Großen, Eltern, Lehrern, Politikern ... »Staat« ... »Gesellschaft« ... sie alle, je mehr man »erfuhr« von deren Leben, enthüllten sich als eine Bande von Irren oder Vorschreibern, denen gegenüber es kein Mittel gab als eine alles umfassende Komik, eine selbst »umfassende« Komik: Die anderen waren verrückt, das sah man, man selbst war aber auch verrückt, da man nichts konnte als grinsen, lachen, kichern und sich irgend einen Scheiß ausdenken, der sich entladen ließ in Gelächter.

Mit diesem Sprachstand bin ich auf die Universität gekommen. Selbstverständlich war ich schnell ein Spezialist für die französischen Absurden, für Ionesco, dann für Beckett, für alles, was im Übergangsbereich zum »Wahnsinn«, aber möglichst in komödischer Form sich abspielte. Daher, glaube ich jetzt, konnte auch Freuds Stimme in mir haften bleiben, nach dessen Texten ich, einiger Rätsellösung bedürftig, mit zwanzig griff. Das war ein zwar schwieriges Schreiben vom »Unbewußten« (also ein versprechendes, nicht das gewohnte Abwehrgeschwätz), es war aber auch ein komödisches Schreiben, strahlend von untergründigem Witz und dadurch mit einem Male sowas wie Ernst. Freud war »ernst«, weil er des Witzes mächtig war. Das wäre ein schöner Startpunkt einer zeitgenössischen Psychoanalysekritik: Wo haben die Analytiker, ihre herrschenden Schreibschulen, ihn gelassen: den Freudschen Witz, die Besessenheit vom Spiel, die Freude daran, sich den Faden aus den Labyrinthen selbst zu knüpfen, mit allen Tricks, mit Untergraben der Wände, wo kein Weg sich finden läßt, mit Balancieren auf Dachfirsten wie die Lindgrenschen Landkinder, mit Geheimtüren, Schatzkästchen und Öffnen unsichtbarer Fenster, mit allen Sorten *Schwindel*, ein schwindeln machender Schreiber und damit ein wirklicher.

Die Absurden und Freud, dazu einige Lyriker, das waren die ersten gedruckten Sprachen, in denen etwas bei mir anfing, sich »heimisch« zu fühlen. Die erste öffentliche *akustische* Sprache, in der das geschah, war das Rock 'n Roll-Englisch ab 1956. In den von den BFN/AFN-Sängern geschaffenen Raum hinein explodierten eine Unmenge von Jugendlichen, die offenbar in einer vergleichbaren Sprachverbannung gelebt hatten. Hier waren die Töne, die die Ansätze eines eigenen Sprechens hervorbrachten; kein einziges Schulhofgespräch in Glückstadt an der Elbe 1956 ff. ohne Diskussion des Stands der sonntäglichen Top Ten im BFN (von den Erwachsenen »wahrgenommen« als *uniformiertes* Halbstarkengerede). Die Leute besaßen in der Tat die Stirn, mit dem Anspruch von *Individuen* aufzutreten. Man lag also *richtig* mit seiner Liebe. Wer irgend konnte, griff zu Gitarre oder Waschbrett, bei mir war es eine alte verbogene Laute, die ich dem Besitz meiner jüngeren Schwester entführte (grober Diebstahl).

Später wurde das Subkultur genannt, ein Begriff, der inzwischen fast vergessen ist. Man geht nicht mehr davon aus, daß die Subkulturen *unter* einer »Kultur«, der Oberkultur, ein mehr oder weniger geheimes oder subversives Dasein fristen. Die ehemalige »Kultur« ist dermaßen zerfallen und überlebt, medial aufgelöst, zerfranst, durchlöchert, in Enklaven und Tribes zergliedert, daß, wenn die Subventionspolitiker ihr Stadttheater nicht hätten oder ihre Sommerfestivals, von dem, was früher »Die Kultur« hieß, überhaupt nichts mehr zu sehen wäre, heute. Das sogenannte »Alternative« in all seinen Spielarten ist zwar nicht offizielle, aber die öffentlich verbreitete Kultur, jedenfalls in den Städten, geworden.

Am Anfang der Sechziger schien die Eruption, die mit dem Rock gekommen war, wieder verschwunden, unter Kontrolle, entschärft, eingesargt; aber es war ein Verpuppungsstadium, und es hatte auch etwas gefehlt: ein Anteil eigenen Lebens. Man kann ja nicht zehn Jahre als Elvis-Fan herumlaufen, während man damit beschäftigt ist, Elternhäuser, Schulen hinter sich zu lassen und den Blick darauf zu öffnen, was das denn sei: die Gesellschaft (von der sie alle reden) ... das »wirkliche Leben«. Elvis mußte über Bord, wie Beckett, wie Benn »über Bord« mußten. Nicht, weil sie »schlecht« geworden wären, sondern wegen der begrenzten Brauchbarkeit von Kunstproduktionen anderer für die Entwicklung eines eigenen Körperlebens. Mit so einem Tyrann im Kopf, im Rücken oder im Mund, der durch seine Gedichte, Töne oder Stücke sagt: so und so sollst du gefälligst sein oder werden, kann man (zum Beispiel) kein Liebesverhältnis anfangen. Irgendwann wird es auffallen, daß man selbst gar nicht anwesend ist (was das auch sei: man selbst; das will man ja gerade herausbekommen).

Es mußte eine Sprache des Öffentlichen hinzukommen, die all die zwischen 1956 und 1966 entwickelten Sub- und Gruppensprachen aus dem Untergrund hob, sie verband, sie sprechbar machte auch im Öffentlichen, im »gesellschaftlichen« Raum. ›Lightnin' Hopkins‹ als »Blitz Hoffmann« einzudeutschen, wie es ein Kieler Kneipenfreund aus der Riege der Skatprofis tat (»heute wieder eine Hose gezogen« = vierzig Mark gewonnen), war zwar schön und witzig, *reichte* aber nicht. Vieles von dem, was jahrelang gegangen war, reichte nicht. Der Schub kam, politisch, 1967 durch die Sprachen des Marxismus, die öffentlich werdende Sprache der Psychoanalyse, durch die Sprachen eines sich entfaltenden Internationalismus, die sich verbanden mit den Sprechweisen des Kinos und den Sprachen der Popkultur. Eine neue Sprechweise einer sexualisierten Frechheit insgesamt ging daraus hervor, die die Ansprüche der »herrschenden Gesellschaft«, jedes gegnerische Argument oder Nichtargument, mit der Behauptung beantwortete, das Leben sei hier und jetzt, das Wissen sei das, was man *selber* habe, und etwas anderes würde nicht interessieren.

Viele weitere Sprachen mischten sich, aus allen denkbaren Ecken und Winkeln von 1967 bis 1970 hinzu: wissenschaftliche, aktionistische, happeningshafte, spontaneistische Teile aus der Sprache der Arbeiterbewegung, pädagogische, besserwisserische, erzieherische, gewalttätige, berauschte, klatschhafte, intrigantische, rücksichtslos offene, selbstdarstellerische, paranoische, narzißtische, lässige, verwirrte, rührende, fordernde Sprachen und Sprechweisen, befeuert von Liebestönen; man kann die Reihe verlängern, in viele Richtungen, und darin gerade *ist* es: In diesem Gewirr all dessen, dem es mit einem Mal, wie auf einen Schlag, gelungen war, öffentlich zu werden, gab es zum ersten Mal (und wie sich herausstellte, nicht nur »für mich«), so etwas wie die Möglichkeit einer Verbindung des eigenen Sprechens mit einem öffentlichen Raum, mit einer sich öffentlich durchsetzenden neuen Art Wirklichkeit, die man vorher nur behauptet, geahnt, gewollt hatte, mühsam konstruiert in Diskussionen in Kneipen und, seltener, in Seminaren.

Daß der Marxismus ihre Hauptsprache wurde, genauer: das was Reimut Reiche ein »jüdisch-intellektuelles Rotwelsch«, »ein von jungen Deutschen, die sich unbewußt mit der verfolgten und ausgerotteten jüdischen Intelligenz identifizierten, in die gesprochene Sprache transformiertes Amalgam von theoriesprachlichen Begriffen, die allesamt ›jüdischen‹ Wissenschaften entnommen waren: dem Marxismus, der Psychoanalyse und der Kritischen Theorie«, lag nicht nur daran, daß historischer Materialismus und Psychoanalyse sich zur Beschreibung vorgefundener Zustände der BRD-Wirklichkeit und der eigenen Wirklichkeit als brauchbar erwiesen; es war auch nicht bloß Lenins Imperialismustheorie, die, mit Blick auf Vietnam und die kolonialistische Ausbeutung der Dritten Welt ihre Plausibilität (unterstrichen von den Amerikanern) vor sich her trug.

Das Entscheidende war die ihnen gemeinsame Verpöntheit: Sprache aus Marx, Sprache aus *sexuellem* Freud/Reich, Sprache verfolgter Juden konnten die Nachfolge von Sprache aus Elvis und Sprache aus Be-Bop und Sprache aus Billie Holiday antreten, weil sie aus den gleichermaßen exterritorialen Bezirken kamen. Sie waren öffentlich geächtete Sprachen, ausländische Sprachen, Sprachen von Feinden, undeutsche Sprachen, und am allermeisten war Wilhelm Reichs Sprache eine geächtete Sprache, die geächtetste: paranoische Sprache der *verfolgten* Lust, paranoisch aus Notwendigkeit: Wer aus der Position des Verfolgten *nicht* paranoisch spricht, spricht nicht vernünftig. Reich sprach vernünftig, selbst in seinen »wahnsinnigsten« Äußerungen vernünftiger als alles inländische offizielle Sprechen für sich beanspruchen konnte.

Das ist für mich der Kern von '68, die Grundlage dessen, was später bei Deleuze und Guattari »Mille Plateaux« heißen konnte, tausend Plateaus, tausend Pole: das Aufbrechen der Stimmen aus den vielen Orten des aufgezwungenen Schweigens, des Hinunterschluckens und des juvenil-senilen Gekichers, des »Pflichterfüllens« und Mitansehens (traurigen Auges), wie »das Land«, wie »das Leben« im elterlich-schulisch-behördlich-polizistisch-arbeitsweltlich vorgeschriebenen Tempo im Geschichtsgully versickerte.

Das Deutsch-Offizielle tat alles zu unterstreichen, daß all diese belebenden Stimmlagen, eine wie die andere, in dem so oft zitierten »Undeutschen« oder im »Kriminellen« wurzelten. Das kam einer offiziellen Ausweisung gleich. Die Möglichkeit eines eigenen öffentlichen Sprechens fand von vornherein aus diesem verordneten Exil heraus statt. Zur Lebendigkeit und zu einer politischen Vernunft konnte man nur kommen von ungezählten Positionen »Ausland« aus. Öffentliches Schreiben begann in einer Form der *Übertretung:* auf Flugblättern. Auf Flugblättern las ich Wörter »von mir«, die *gingen.* Eine Schreibsprache war angeflogen gekommen, auch am nächsten Tag noch lesbar, vertretbar, kein Anlaß zum Rotwerden, wie die vorangegangenen lyrischen Selbstversuche oder die halbherzige Wissenschaftlichkeit des Seminargestotters.

Meine erste deutsche Staatsbürgerschaft war also eine un-universitäre Universitätsbürgerschaft, weil all dies in der Universität sich entfaltete und woanders auch nicht entfaltbar gewesen wäre, in der aufblühenden, der sich öffnenden Universität Ende der sechziger Jahre (auf Studentenseite). Der Berliner Religionswissenschaftler Klaus Heinrich hat in einer Vorlesung in den Achtzigern die Aktionen der damaligen Studenten »die letzte Liebeserklärung einer studentischen Generation an die Institution Universität« genannt. Das ist schön und genau gesprochen. Die Erwartung, die Universität transformieren zu können zu einem Stück eigenen Lebens-Landes war grenzenlos groß und überwiegend uneigennützig; so viel naiver Verbesserungswille ... (wird nicht wieder vorkommen, so schnell). Das System schlug zurück. Gelder gestrichen, Stellen gestrichen, Münder verklebt durch Berufsverbote, Baustopps. Es schlug zurück auf sehr deutsche, auf sehr *einheimische* Art, möchte man sagen, sich selbst schadend, dümmlich, verstockt. Die Folgen trägt es selber in der Gestalt seiner jetzigen Selbstbehinderung. Lothar Späth, in den Achtzigern der populärste Vorreiter des Krieges gegen die Universitäten, war *nie* so modern und »effektiv«, wie die Leitartikler gern gewollt hätten.

In der feministischen, besonders der amerikanischen feministischen Diskussion der achtziger Jahre hat es das Argument gegeben, daß es oft *Kriege* waren, die die Frauenemanzipation und damit auch die allgemeine Emanzipation befördert hätten; besonders der Erste Weltkrieg mit seinen neuen Aufgaben und Freiheiten für die mit einem Mal männerlosen Frauen, die jetzt all die Zivilgeschäfte und die Fabrikarbeit erledigen mußten und also zu eigenem Geld dadurch kamen, zu öffentlichem Gewicht und Einfluß, wird gern als Beispiel hierfür angeführt: Gertrude Steins Satz »Der Krieg war zu gut, um zu dauern«; der Satz von Hilda Doolittle: »The war was my husband«, der Krieg war mein Gatte.

Hilda Doolittle war aber gewiß keine Liebhaberin der Art und Weise, wie Männer Kriege führen; der Satz bei ihr sagt: *Ohne* meine Männer (Ehemann Richard Aldington und Liebhaber D. H. Lawrence) ging es mir besser; die Freiheiten, die der Krieg mit sich brachte, waren *mehr* für eine vielseitige, multitalentierte Frau als das, was sie von ihren Liebesmännern erwarten konnte; und so weit so gut.

Aber die politischen Freiheiten aus solchen Umständen dauern erfahrungsgemäß nicht. Nach dem Krieg werden sie von den zurückkehrenden Männern wieder weggenommen. Diese oder jene einzelne Frau kann sie vielleicht erhalten für sich, aber auf gesellschaftlicher Ebene verschwinden sie wieder.

Ich habe oft überlegt, welche Bedeutung für unsere Generation und für das Leben in Deutschland jetzt die Abwesenheit eines solchen Krieges gespielt hat; ich glaube, eine *entscheidende.* Die Generation, zu der ich gehöre, hatte die Gelegenheit, einige Jahre lang eine ältere Generation studieren zu können, die soldatisch erzogen worden war, die teils »Kriegserfahrung« hatte in WK II, der es aber danach für eine lange Zeit verboten war (und aus Verdrängungsgründen auch willkommen), offene militärische

Kriege zu führen. Als Resultat der Verträge, die den Zweiten Weltkrieg beendeten, gab es eine Art *diktierten* Frieden in Westeuropa. Für die jüngeren Leute war das die erste Chance in mehreren Generationen, außerhalb der Zwänge und der Standards eines soldatischen Lebens aufwachsen zu können. Blitzartig fiel mir irgendwann auf, wie glücklich wir damit drangewesen sind nach 1967: All die Änderungen, die erreicht wurden in der Sexualität, in der Entwicklung egalitären Verhaltens, in Frauenrechten, im Bekämpfen politischer Hierarchien, in der Ökologie, in der Musik, in der Kleidung, in Lebens- und Arbeitsweisen, Änderungen von großer Haltbarkeit, die meisten noch in Betrieb, konnten nur erreicht und aufrecht erhalten werden durch die *Abwesenheit* eines Kriegs. Was hätten die politischen Führer des Landes getan, diese Entwicklungen, die sie haßten aus der Tiefe ihres angeblichen Herzens, was hätten sie getan, *wenn* sie die Chance gehabt hätten, uns in einen kleinen süßen Krieg zu schicken und die Hälfte von uns erschossen zurückzubekommen, pulverisiert in militärischer Aktion? Wie hätten sie das geliebt und sich die Finger geleckt. Wie sie Amerika beneideten, das die wunderbare Chance zu haben schien, die Kräfte dieser Generation abtreiben zu können im schönen, gefährlichen Vietnam.

Viele der Entwicklungen nach ’68 wären sicher so oder auch so passiert; mit der *Möglichkeit* eines Krieges würden viele von ihnen allerdings eine ziemlich andere Gestalt haben, heute. Ich glaube nicht, daß »Krieg« in diesem Sinne hilft, Freiheiten zu entwickeln. Im Gegenteil: wie der Sieg im »Kalten Krieg« zeigt. Was immer abgebaut und behindert werden kann von den Nach-68er-Errungenschaften, wird behindert und abgebaut. Der »Kalte Krieg« funktioniert genauso wie ein gewonnener »heißer« in dieser Hinsicht.

Früher (und von sich *selber* eingeholt) erledigte sich aber der Aufbruch der Sprachen und die »Liebe zur Institution Universität« bei den Studenten. Im Lauf der Siebziger ging ein Teil der Aufgebrochenen der tausend Pole daran, die Sprachenvielfalt wieder auf dogmatische Sprachregelungen und Parteiplattformen zurückzuziehen (in der Musik auf die etwas blöde Einförmigkeit der New-Wave-Rhythmik). Die Universität wurde aufgegeben zugunsten (meist nichtexistierender) Betriebsarbeits-Basen; wer außerhalb des »Hauptwiderspruchs« sich sprachlich antreffen ließ, war »erledigt« im Umkreis der ML-Athleten (alles schwergewichtige, verantwortungsvolle Wasserträger der historischen Prozesse).

Mit dem öffentlich werdenden Sprechen der Frauen kam allerdings ein breiter Strom neuer Töne aus vorher Abgespaltenem hinzu, der es wahrscheinlich an erster Stelle ermöglicht hat, daß all die inzwischen sichtbar gewordenen Teile »Ausland«, die hier leben wollten, sichtbar geblieben sind und nicht wieder in »subkulturellen Enklaven« verschwanden. Frauen als »Hälfte« des (wenn auch verdunkelten) Himmels sind nicht exekutiv beiseiteschaffbar wie öffentlich Bekiffte, vereinzelte Linke, einsame Hedonisten, gutwillige Ökologen oder notorische Tagediebe mit Umsturzplänen, die man verfolgen kann bis zur schließlichen Unsichtbarkeit. Mit der Frauenbewegung war das nicht möglich. Sie vor allem hat Art und Richtung der staatlichen Verfolgungsweisen in der BRD nachhaltig verändert. Sie hat auch das Zivilverhalten, bis an die Abwicklungsschalter der Behörden hin, verändert, an denen das dauermufflige männliche Abfertigungspersonal durch sowohl gut angezogene wie höflich agierende Frauen zunehmend ersetzt wurde. Bis 1990 jedenfalls war das klar zu sehen. Keine Revolution, ich weiß.

Ein Vers von Bob Dylan (der so viele genaue Verse geliefert hat in den letzten fünfundzwanzig Jahren) hält vielleicht am klarsten fest, das heißt am traurigsten, was »gemacht wurde«, was »geschah«.

> We must have been mad.
> We didn't know what we had.
> Until we threw it all away.

Hat man »gemacht«? »Geschah es«? Und wenn, wer und wie: Großes Potlatsch wohl (aus unserem so wahnsinnig großen Überfluß.)

Es ist gut, in keiner Sprache ursprünglich »zu Hause« zu sein. Nur so fängt man an zu hören, was gesagt wird und wie es gesagt wird und zu wem und zu wem nicht. Wer sich heimatlich fühlt, kann nur blöd werden. Man *muß* ein Stück Afrikaner geworden sein, auf dem Weg übers Ohr, über die Augen, über *Kenntnisse,* um etwas *Wirkliches* zu haben gegen all den Kolonialismus im eigenen Körper (nicht nur aus Gründen der »politischen Solidarität«) ... ein Körperagent aus Angola, aus Namibia ... ein Stück indianischer Sandinist ... ein Stück Pole ... ein Stück Russe ... Amerikaner aus Hollywood (der ist man sowieso) ... aus New York ... ein Stück »Zigeuner« ... ein Stück Jugoslawe, wie es ihn »gab«: mit dem Stolz des Peripheren zwischen den Blöcken ... mit dem Lächeln der Ränder über den Wahn der Zentren ... man muß die Morde an den Juden nicht nur »kennen« und »verurteilen«, man muß die Position »ermordeter Jude« in seinem Körper beleben, sich selbst gesehen haben an Stelle der Getöteten, ihnen ein Stück Dasein wiedergeben aus dem eigenen, damit etwas von ihnen weiterleben kann und weiterwirken auf diesem verseuchten deutschen Boden, sonst wird man nicht *sprechen* können, sonst wird keine Wirklichkeit entstehen hier.

(Ein großes Problem mit den eigenen Kindern. Wie kann man sie »gut behandeln« und auch dies Gefühl der Fremdheit in ihnen entstehen lassen, die Brüche? – Man kann nicht und soll wohl auch nicht. Es wird andere Wege für sie geben, zu Wahrnehmungen zu kommen; vermutlich bleiben auch »nahe Eltern« fremd genug ... Eltern eben, andere Welt.)

Die Pervertierung des Politischen in Deutschland ist von nirgendwo besser beschreibbar als von diesem Punkt des Nicht-Sprechens aus: Gerade das *Medium* des Öffentlichen, das Politische, bedient sich der totesten, der formelhaftesten, der unpersönlichsten Sprache, ganz abgesehen von seinen »Inhalten«. Dies *ist* der Inhalt des politischen Sprechens.

Deutsch »werden«? Als jemand, der durch den Verlust des eigenen Sprechens zu Sprache gekommen ist, zu mehreren Sprachen, *Fremdsprachen*, entfremdet dem vorherrschenden O-Ton um einen herum, zum Wiedererlernen des Sprechens gekommen unter Einschluß des Sprechens hier Gestorbener und Getöteter, als ein solcher vielleicht kann man sich aus der Position des »Ich-gehöre-überhaupt-keiner-Nation-An« der Wahrnehmung wieder annähern: »Deutscher« bin ich allerdings auch. Meinen deutschen Körper werde ich nicht auf einfache Weise los, er läßt sich nicht abschütteln; aber ich muß ihn nicht auf »schicksalhafte Weise« mit mir herumtragen, so wenig wie meine deutsche Sprache; sie lassen sich mit anderem vermischen, sie lassen sich, heißt das, hier und da entkolonialisieren mit Hilfe anderer. Wer schon nicht im »Land, das Ausland heißt« wird leben wollen oder können, sollte wenigstens Fremde/s hereinlassen ins eigene, schlicht um der eingegrenzten Hölle zu entkommen, die der Deutsche/das Deutsche für sich allein genommen ist. Um es ganz grauenvoll zu formulieren: von der Entfleischung anderer, die lange genug deutsche Praxis war, zu einer Entdeutschung des eigenen *Fleisches* kommen. Bei dieser Entdeutschung sind wir angewiesen auf massive Fremdhilfe, *Entwicklungshilfe.*

Es kränkt natürlich speziell den Männerstolz, den »Nationalstolz«, auf Auslandshilfe (Frauenhilfe, Kinderhilfe) dabei angewiesen zu sein. Ich weiß nicht, woher der Ausdruck von den Kindern als dem »dritten Geschlecht« stammt, nur daß er ganz passend ist und daß die meisten Menschen noch viel mehr Schwierigkeiten haben, sich von Einwohnern dieses Landes, des dritten Landes, bei der eigenen Entwicklung helfen zu lassen. Aber indem der *große Mensch* selber ein Stückchen klein wird und ein Stück weit stirbt, kann er auch ein Stückchen weit auferstehen. Es *gibt* eine Auferstehung von diesen Toden, nicht »zu voller Größe«, aber vielleicht zu einer passableren Art »Mensch«.

Mann wie Frau laufen hier herum als von der eigenen Nation Kolonisierte, mit den Stempeln, Waffen und Grenzen dieser Nation, ihren sogenannten »Einheiten« und Geteiltheiten, ihren Mauern und Straßen und Fabriken und Läden im eigenen Leib (wie ihre Kinder dann bald auch). Daß die Rassismen, daß das KZ-förmige aus dem deutschen Gesellschaftskörper nicht verschwunden ist, das hatte er uns (vor den Rassismen von 1990 ff.) schon einmal (oder *noch einmal*) demonstriert in den zu Bildern von Lagerleichen hingestümmelten Körpern der Stammheim-Toten. »Wenn ihr auf *die* Ebene euch begebt, machen wir KZ aus euch«, sagte der Gesellschaftskörper zu uns (von Helmut Schmidt bis Franz Josef Strauß, unter Einschluß von Willy Brandt und Erhard Eppler). Das sah dann in den Achtzigern anders aus, gemilderter. Ich habe mir allerdings damals geraten, nicht zu vergessen, was ich gesehen habe 1977.

Bürger seines eigenen Landes wird man, wenn es ist, wie dieses Land, nur als eine Art Guerillero. Als ein pazifistischer Krieger allerdings, zu dessen notwendigsten Waffen der Gewaltverzicht gehört. Probleme mit Gewalt lösen zu wollen, mit den allerprimitivsten oder den allertechnisiertesten Formen von Gewalt, gehört derart zum Begriff des Deutschseins in diesem Jahrhundert, daß eine andere Entscheidung mir an diesem Punkt gar nicht möglich scheint. Wer mit dem Begriff der »gerechten Gewalt« antritt, den es sehr wohl gibt, mag zwar auf irgendeiner Theorieebene »im Recht« sein, aber er ist auch an einem geschichtsauslöschenden Ort, von *hier* aus gesehen. Es hängt so viel Horror an deutscher Gewalt, soviel Gemeinheiten, Dummheiten, Böser-Bube-Spiele, Banalismen, Satanismen, Völker wie Zeitungen ins Feuer geworfen, in diesem Punkt gibt es für »zivilisierte Deutsche« nur Enthaltsamkeit und Entziehungen.

Zu den geschichtlichen Aufgaben unserer Generation gehört es, glaube ich, die Fähigkeit, Gedanken wie den vom »unwerten Leben« überhaupt nicht denken zu können, gehört es, den Tötungsgedanken zu verlernen, der als eine Art Gerüst in unseren Elternkörpern vorlag ... »Deutsch bis auf die Knochen« ... dies Gerüst aus uns zu entfernen; nicht mehr denken zu können, daß jemand, »die da«, »der da«, »das da«, *weg* soll. Die körperliche Grenze des andern, *jedes* andern, ist die Grenze, an der unsere Eingriffe aufzuhören haben. Nicht zu reden von Ländergrenzen. Die Formel »Grenzen von 1937« überhaupt zu *kennen* hat schon (außer bei Geschichtslehrern vielleicht) etwas Obszönes.

Die Respektierung von Unverletzlichkeiten ... ein im Körper gewachsener Tötungswille, bis eine Tötungsunfähigkeit daraus erwachsen sein kann; ohne diese wirkliche Zuneigung zur Unverletzlichkeit anderer Körper werden die Stimmen und Gefühle derer, die hier getötet, und derer, die von hier vertrieben worden sind, nie zurückkehren. Und wenn die Stimmen der Toten, wenn das Sprechen der Toten hierher nicht zurückkehren darf, wird dies ein barbarisches Land bleiben oder wieder werden (ohne Gnade ... ohne Geschichte).

Krieg der Darstellungsweisen
Ein Gespräch über New-Wave-Nazis, Gefühlsstaus und die Frage, ob und wie man Dokumentarfilme über Rechtsradikalismus zeigen soll

taz: Gegen Wilfried Bonengels Film ›Beruf Neonazi‹ hat sich eine seltsame Koalition der »demokratischen Öffentlichkeit« gebildet. Der ›Spiegel‹ ortete einen »braunen Werbespot«, Ingrid Strobl in ›Konkret‹ gibt dem ›Spiegel‹ ausnahmsweise und widerwillig »recht«, der Vorsitzende des Zentralrats der Juden in Deutschland, Ignatz Bubis, fordert das Verbot des Films, die hessische Innenministerin Evelies Mayer fordert das Förderungsgeld für den Film zurück ...

Und die hessische CDU nutzt die Gunst der Stunde, und möchte gleich der Filmförderung ganz an den Kragen. Das muß man immer mitdenken bei den Film-Hickhacks: den Kampf um Geldtöpfe und Förderungshähne ...

taz: Ein hessischer Staatsanwalt schritt ein, der Verleih zog den Film erst mal zurück ... Berliner und sächsische Gerichte gaben ihn wieder frei ... im Raum steht die Forderung nach einer »kommentierten Fassung« ...

»Verbieten«, »Geld zurück« und »Kommentieren« sind groß im Trend. *Unkommentiert* soll kein Schnipselchen Reales ins Fernsehen oder auf eine Leinwand. Zum »Verbieten« siehe CSU/PDS. Und Geld zurück? Hätten alle gerne: wenigstens die erpreßten Steuergelder für Kohls Mauer-Dekonstruktion.

taz: Sie haben ›Beruf Neonazi‹ gesehen. Welchen Anlaß gibt der Film zu diesen Attacken?

Keine. Weder für »Verbot«, noch »Geld zurück«, noch »Kommentar«. Ignatz Bubis, dessen öffentliche Arbeit ich sonst sehr schätze, irrt sich hier. Die Ministerin Evelies Mayer ist dabei, eine Dummheit zu begehen. Ihre Forderung schadet nicht nur dem Film/der Filmförderung in der Bundesrepublik, sie kann ärgerliche Folgen haben für das politische Berichten überhaupt.

taz: Erfüllt der Film die Straftatbestände, die Ignatz Bubis ihm vorwirft?

Der Film nicht, der Nazi darin, Ewald Althans, selbstverständlich.

Er brüstet sich mit der sogenannten »Auschwitzlüge«, mit der Ankündigung, er würde gute Nationalsozialisten aus seinen Anhängern machen, mit Hitlergruß etc.; auch die Behauptung, er, Althans, trage heute »das Hakenkreuz wie einen Judenstern«, verletzt geltende Gesetze. Den Regisseur des Films zu prügeln, wenn die Gerichte einen Althans nicht schaffen oder nicht schaffen wollen, ist aber nicht nur billig, sondern falsch. Was sollte Bonengel tun als Dokumentarist: *nicht zeigen*, wie ein Althans funktioniert und tickt? Dann hätte er seine Arbeit schlecht gemacht.

taz: Genau das wird ihm vorgeworfen, nämlich »Distanzlosigkeit« zu seinem Protagonisten, dem Jungnazi Ewald Althans aus München, und damit »Komplizenschaft«.

Ich habe den Eindruck, sein Film (wie auch Thomas Heises Film ›Stau‹, der vor einem Jahr ähnlichen Angriffen ausgesetzt war), wird unter anderem deshalb angegriffen, weil sie ihre Arbeit relativ *gut* gemacht haben. Ein Dokumentarist *muß* in die Nähe seines Gegenstandes, er *muß* sich mit ihm einlassen, sonst bekommt er nichts ins Bild von dessen Wirklichkeit. Man bekommt auch nichts, wenn man einem Althans mit »kritischen Einwänden« begegnet, sobald die Kamera läuft; beziehungsweise man bekommt dann nur das, was die Tagesschau »zeigt« in ihren Werbespots für das Nachrichtenwesen.

taz: Befinden wir uns in einem untergründigen »Krieg der Darstellungsweisen« ...?

In dem befinden wir uns immer. Bonengels oder Heises »Dokumentarismus«, eine genügend geduldige Aufzeichnung von Ereignissen und Personen in Spielfilmbreite und teilweise montiert nach Spielfilmgesichtspunkten, setzt sich ästhetisch/politisch von jenen Fernsehverfahren ab, sowohl »Feature« wie Nachrichten, die einerseits jedes Ereignis bis zur Unkenntlichkeit verkürzen oder mit einem sogenannten »Kommentar« entstellen (= dem Zuschauer »verständlich machen«), andererseits aber jedem Politiker (kommentarlos) willfährig sind, wenn er nur hoch genug in einer Hierarchie siedelt. Diese tv-übliche Entleerung des öffentlichen Raums durch permanente Entsinnlichung der Wahrnehmung und die Ausstellung der politischen »Talking Heads« als Realitätsersatz kann Ignatz Bubis eigentlich nicht wollen; ich sehe ihn ansonsten auch nicht in dieser Koalition.

taz: Der Hamburger Filmemacher und Kulturpolitiker Hark

Bohm hat Bonengels Film als »objektiv faschistisch« bezeichnet...

... so ähnlich Thomas Mitscherlich in Frankfurt. Es heißt zwar, eine Krähe hackt der andern kein Auge aus, aber Filmemacher sind keine Krähen. Schriftsteller übrigens auch nicht im »Krieg der Darstellungsweisen« ... und Krieg der Gremien, muß man ergänzen. Man findet in Hamburg sicher Filmemacher, die Bohm und die sozialdemokratische Filmförderung als »objektiv faschistisch« bezeichnen ... Achternbusch ist auch so ein Faschist (in den Augen von Edmund Stoiber oder Zimmermann). Das muß man »übersetzen« in die jeweiligen Geldverteilungsfronten im Kulturkrieg.

taz: Ignatz Bubis hat gesagt, es interessiert ihn nicht, wie ›Beruf Neonazi‹ gemacht ist. Man soll sich Neonazis überhaupt nicht filmisch nähern. Das verschafft ihnen ein Forum, von dem sie, nach »weitgehendem Konsens« der demokratischen Öffentlichkeit, fernzuhalten sind.

Ja, und er hat weiter gesagt, die Deutschen in ihrer Mehrheit sind nach wie vor so schrecklich, daß man ihnen einen Althans in Aktion nicht zeigen darf, ohne fürchten zu müssen, daß sie anfällig seien für seine Rede ... »nicht reif« für einen kritischen Umgang. Damit könnte er recht haben. Auch das mit dem »Forum« stimmt; in diesem liegt aber nicht nur die Gefahr der »Verführung«, sondern auch die Chance fundierterer Bekämpfung. Verdrängung führt jedenfalls nicht zur »Reife«; das haben wir gesehen. Was den sogenannten »Konsens« der Demokraten betrifft: Den haben längst andere gesprengt beziehungsweise sich nie unter ihn gestellt: Kohls, Stoibers, Schäubles demonstrative Untätigkeit bei den Morden von Mölln und Solingen – von vielen beschrieben und beklagt – betraf ja nicht nur die Morde selbst; sie hat, durch das Machtvakuum, das sie offenließ, der rechtsradikalen Gewalt selber eine Stellung im Zentrum der Staatsgewalt eingeräumt. Da konnte Bonengel gar nichts mehr »kündigen«, indem er unzensierte Neonazis im Film zeigt.

taz: Könnte eine kommentierte Fassung des Films ein anfälliges oder unentschiedenes Publikum sich orientieren helfen?

Ich glaube nicht. Wirkliche Anhänger von Althans sind mit »politischer Kritik« oder ähnlichem nicht zu erreichen. Ein »Kommentar« hätte eine reine Alibifunktion. Wie will man Leute »belehren«, die die Vernichtung der Juden in Auschwitz »leugnen«? Sie *leugnen* sie doch gar nicht; sie wissen bestens Bescheid; die sogenannte »Auschwitzlüge« ist deren Art zu sagen, daß sie so etwas auch gerne (und nochmal) machen würden. Es geht nicht um wirkliches »Unwissen« dabei, das mit »Aufklärung« abzustellen wäre. Das läßt Althans im Film auch erkennen, wenn er seinen versammelten Jungnazis in einer Versammlung Dias vorführt von Auschwitz mit Kommentaren wie: »... der Dümmste erkennt, was man hier sieht, nämlich ein Schwimmbad. Da mußten die Häftlinge also mit Sicherheit nicht, wie man vermutet, Wasserball gegen Krokodile spielen, dort konnten die Leute eben baden, wenn es im Sommer schön heiß war...« (Har har). Deutsche Nazis, David Irving oder sonstwer, die Auschwitz »leugnen«, *wissen* von Auschwitz, und zwar sehr genau. Ich denke, das weiß auch Ignatz Bubis.

taz: Für wen ist der Film gut? Wem »zeigt« er etwas Zeigenswertes?

Allen, die vom Neonazismus als Tatsache wissen, sich aber nicht recht vorstellen können (oder wollen), was das denn »für Leute« sind. Man kann die Nazis nicht dadurch bekämpfen, daß man die Nichtnazis daran hindert, sich ein Bild zu machen. Bonengels Film *liefert* ein Bild. Ich finde es (für mich) dringend notwendig zu *sehen*, was für ein Typ das ist, der sich offen als Hitlernachfolger darstellt. *Gerade* von Althans möglicher Attraktivität muß ich Kenntnis haben. Ich will dazu aber nicht Althans durchs Land nachreisen und in seine Versammlungen gehen. Das tat der Film, und das war nötig.

taz: Ingrid Strobl schreibt dazu in ›Konkret‹, wer dieses Wissen über die Neonazis haben *wolle*, habe es auch ohne solche Filme.

Sie sagt aber nicht, woher denn. Und ich wüßte auch nicht, woher; außer man rennt da ständig hin, oder man ist ein sowieso immer schon bestens informierter »Kader«. Mir kommt es so vor, als ob manche Profi-Informierte nicht *möchten*, daß da jemand anders hinschaut als sie. Die Leute sollen, auch von links her, abhängig bleiben von politischen Berufskommentatoren.

taz: Vielleicht ist das nicht so sehr Absicht als Selbsttäuschung: sich einzureden, man wisse ja Bescheid ...

Das ist sehr gut möglich. Ich habe aber den Eindruck, daß insgesamt, weder bei Eltern noch bei Lehrern, ein fundiertes Bild von denen da ist, die momentan als »Jugend« herumlaufen. Es ist, wider alles Erwarten, ähnlich wie in den vorhergegangenen Generationen: Wir jetzige Erwachsene verdrängen die eigene Jugend, als hätte es sie nie gegeben, die Notwendigkeiten des Ausbruchs, der Übertretung, den Kampf mit dem eigenen Kaputtsein und dem Wunsch, irgendwo *angenommen* zu werden und zwar umfassend. Mit einem Mal sind wir alle Oberpriester, die so tun, als stünde das jetzigen Jugendlichen nicht zu ... zumal rechtsradikalen nicht, woher denn?

taz: Die Qualitäten des Films zur Klärung der Lage werden aber bestritten. Er sei potentielle Propaganda: Althans behauptet zum Beispiel, in der Gaskammer von Birkenau sei nicht vergast worden. Die Kritik sagt, er komme damit im Film unwidersprochen davon.

Das wird gesagt, es stimmt aber nicht. Ein junger Amerikaner im Film widerspricht, und zwar heftig. *Zählt er nicht?* ... Weil er vielleicht jüdische Eltern hat und die Haare zu einem Zopf gebunden? Man tut grad so, als wäre er nicht da. Er spricht sehr gut für meine Begriffe; allerdings ist er Ausländer und »sieht auch so aus« ... wer einen »guten Deutschen« an der Stelle gern hätte, ist sicher enttäuscht von ihm.

taz: Althans antwortet ihm mit einer Redefigur, die Ernst Bloch bei den Nazis der dreißiger Jahre als »Haltet-den-Dieb«-Geschrei beschrieben hat. Selber stehlen und dann schreien: »Haltet ...«

Genau. »You are rude« hält Althans nach dieser Methode dem Amerikaner vor, »*Sie* sind grob«, als jener den Nazi auffordert, er solle mit *seinem* groben Geschwätz von diesem Ort verschwinden. Althans, das Stichwort »verschwinden« aufgreifend: »*Sie* verbrennen andere Menschen, wenn sie nicht Ihrer Meinung sind.« Es bleibt einem die Spucke weg, wie immer, wenn jemand die Tatsachen einfach derart umkehrt. Aber die Umkehrung ist im Film als diese *kenntlich*. Sie kommt als Verfahren mehrfach vor, zum Beispiel auch, wenn der in Toronto lebende Naziverleger Ernst Zündel sich die Kleidung eines KZ-Häftlings anzieht, als er für faschistische Gewaltpropaganda in den Knast muß ... »Märtyrer«. Für wie blöd hält man die Zuschauer, daß man ihnen nicht zutraut, das zu sehen?

taz: Es heißt, Althans mache in der Gaskammer die »bessere Figur«, verlasse »als Sieger« den Platz.

Auch Mariam Niroumand mit ihrem guten Auge hat sich so geäußert in der ›taz‹. Aber wieso denn? Der junge Amerikaner zeigt nur genau die Hilflosigkeit, in der jeder von uns sich befinden würde angesichts eines großgewachsenen, frechen, deutschen Grinsers, der »die Stirn« hat, am Vernichtungsort selber die Vernichtung zu leugnen. Man gerät ins Stottern vor Unfaßlichkeit und Wut, da der »strafende Blitz« ja nicht herniederfährt. Althans' O-Ton über die jüdischen Häftlinge: »... alle haben überlebt ... und jetzt kommen die nach Deutschland unser Geld holen«. Wen das »verführt«, der *war* schon so, vor dem Film. Und was will man von Bonengel? Daß er uns einen siegenden blonden Helden hier zeige, der es dem Neonazi in der Gaskammer kräftig gibt?

taz: Auch »uninformierte Leute« könnten angetan sein von Althans' scheinbarer Überlegenheit ...

Da muß man schon Althans-Fan sein. Für andere ist der Auftritt eher beschämend. Beschämend auch zu sehen, wie die anwesenden Deutschen *kaum* widersprechen. Vielleicht möchte man von offizieller Seite (»insgeheim«) den Film auch deswegen verboten sehen: Die Regierungen der etablierten Parteien sehen nicht gerne das Ergebnis *ihrer* Aufklärung im Lande in puncto Faschismus. Ein schrecklicheres Urteil über die politische Bildung der Deutschen als das, daß sie von der öffentlich ausgesprochenen »Auschwitzlüge« ansteckbar wären, ist doch gar nicht fällbar.

taz: Mir schien dabei, daß die anwesenden Deutschen in der Gaskammer zum Teil deshalb nicht widersprechen beziehungsweise sich mit ein paar hingeworfenen »Hören Sie doch auf« und »Unverschämtheit« begnügen, weil der angeberische Agitator ihnen peinlich ist, »tabu«; sie gehen lieber schnell aus dem Bild, um vielleicht hinterher, »unter sich«, das zu »korrigieren« ... Lehrer etwa, bei den von ihnen geführten Schulklassen.

Das wäre möglich. Ein Ausdruck derselben Berührungsangst, die sich jetzt öffentlich vor dem Film einstellt ... der Faschismus weiterhin als das »heimliche«, »zu Verheimlichende« ... der »verbotene Körper«, der aber unentwegt überall wirkt ...

taz: Dem Film wird vorgeworfen, er sei von Althans und seinen Leuten »mißbrauchbar«. Althans selbst hat derartiges angedeutet.

Das sehe ich eher als Finte von Althans, damit der Film verboten bleibt und *derart* für ihn wirbt. Würde er ihn für sich einsetzen wollen, als Propagandafilm, hätte er etliches zu schneiden. Alles, was *ihm* wirklich wichtig sei, sei nicht drin in Bonengels Film. Er finde ihn *nicht* gut, hörte man Althans später in einem Fernsehinterview.

taz: Thomas Heise hat sich in einem Interview zu seinem Film ›Stau‹, der fünf junge ostdeutsche Rechtsradikale porträtiert, auf Ihre ›Männerphantasien‹ bezogen; sind jetzige Rechtsradikale, ist ein knapp dreißigjähriger Mann wie Ewald Althans vom »soldatischen Körper« her, wie er in den ›Männerphantasien‹ dargestellt ist, beschreibbar? Vom »fragmentierenden Körper« her, dessen Psychophysis auf »Explosion« angelegt ist? Und zeigen Bonengels oder Heises Filme etwas davon?

Durchaus und nicht zu knapp. Die Gaskammerszene, wie sie bei Bonengel weitergeht, hält zum Beispiel einen der raren Momente im Bild fest, wo man einen Körper vor der Kamera »fragmentieren«, auseinanderfallen sieht: Althans, wieder im Sonnenlicht und bestückt mit dieser obligaten Junta-Sonnenbrille, verunsichert von der Forderung des jungen Amerikaners, er möge doch seine Brille mal abnehmen und ihm in die Augen sehen mit seinem unhaltbaren Gerede, registriert kurz darauf störende Fliegen an seinem Gesicht. Er fühlt sich angegriffen von diesem summenden *Gewimmel* ... er wischt mit der Hand in der Luft herum ... sein Mund verzieht sich ... »Mir fliegen hier zu viele Tiere rum ... eklig« sagt er, und dann, mit schiefem, halb grinsendem Blick zur Kamera und der Gaskammer hin: »die ganzen Läuse ... muß man vergasen ... Flugläuse ... müssen ausgerottet werden« (grinst) ...

taz: ... das heißt, er spricht *positiv* von Vergasungen, die erst stattzufinden haben ...

... das *ist* die ganz klare Unterstreichung, daß er die Vergasung erstens *kennt*, und zweitens die offene Formulierung eines Vergasungs*wunsches:* Vergasung ominöser »Läuse« (= Typen, wie dieses Amerikaners da). Er ist noch viel *fieser,* als man gedacht hat. Und das *sieht* man im Film, wenn man hinsieht. Bonengel ist es gelungen, zwei, drei solcher Momente in seinem Film einzufangen; sie rechtfertigen sein Unternehmen und die »Nähe«, die er zu Althans hergestellt hat, vollkommen. Diese Momente bekommt man nicht »so im Vorbeigehen« mit der Fernsehkamera oder im

Talkshowgesäusel mit Brandstiftern und Knüpplern. Mit deren leichtfertiger Dummheit haben Bonengels und Heises Filme nichts zu tun.

taz: Der Amerikaner ist nicht mehr im Bild, als Althans von den »Flugläusen« anfängt. Da ist ein Schnitt; das Licht ist auch anders als vorher. Und das Fliegengesumm ist so laut, als hätte Bonengel jede Fliege einzeln interviewt ...

Das ist richtig. Die Szene ist am Schneidetisch dramaturgisch hochgezogen worden und durch den Schnitt zeitlich an den »Disput« herangerückt. Aufgenommen ist sie vermutlich ein bißchen später, aber es ist genau der Ort, von dem aus Althans mit dem Amerikaner diskutierte, und sinngemäß setzt sie den Disput fort. Ein Fliegengesumm nachverstärken darf man auch. Gerade hier *unterstreicht* Bonengel seine Distanz zu Althans.

taz: Sehen die Kritiker nicht richtig hin?

Mir scheint, sie sehen nicht richtig hin. *Vor Entsetzen* vielleicht. Und gehen dann zum Staatsanwalt, einen Film verbieten zu lassen, der etwas zeigt: nämlich diesen Althans als ungeheures Ekel, als bedrohlich fragmentierendes Ungeheuer, das sich mit offenen Tötungsphantasien hinausrettet, wo jemand ihn argumentatorisch in »Bedrängnis« bringt. Man sieht auch, genau daran anschließend im Film, das typische »Umschalten« des »soldatischen Typs« von einem Körperzustand zum anderen: Althans rafft sich zusammen und schreitet davon, wie ein angeschlagener Westernheld, der sich aufrappelt und in seine Alltagsform zurückbringt. Das Monster schien kurz auf ... dann wieder die grinsende Glätte des gestylten New-Wave-Twens, schicke Jeansjacke oder wehender langer Mantel.

taz: Was meinen Sie mit »vor Entsetzen« nicht richtig hinsehen? Was wirkt hier so stark, daß man glaubt, die Erscheinung »Althans« im Film müsse mit Verbot und Zensur aus dem Weg geschafft werden?

Mehreres: einmal das Entsetzen, daß der Typ, wider alles Erwarten, *gefährlich* ist; ein möglicher Parteienkern; er beherrscht die zugehörigen Inszenierungen. Hier beginnt das für die sogenannten demokratischen Politiker Entsetzliche: Althans ist, in seiner Redegewandtheit und in seiner beweglichen Demagogie, kaum anders als ein großer Teil der Politiker in Bonn. Er ist ihnen ebenbürtig; mich erinnert er etwa an den jungen Stoltenberg, auch stark an Stoiber.

taz: ... er ist jünger, ist deutlich eine »andere Generation«. Seine rhetorische Versiertheit, seine modischen Popper-Klamotten, gelbe Jeans-Jacke, weißes T-Shirt, sind werbegestählten Schüleraugen womöglich nicht unangenehm ...

Studenten, mit denen ich den Film angesehen habe, fühlten sich, vom Typ her, teils an Karl Heinz Rummenigge erinnert, teils an Michael Groß; ein anderer mehr an den salbadernden Johannes Rau. Und, ein weiteres »Entsetzliches«: Der Typ rennt so oder ähnlich in jeder deutschen Disco ein paar mal rum, steht an jeder zweiten Theke ...

taz: ... ohne daß wir ihn auf einen »Fascho« beziehen. Geht von diesem ausgestellten Mainstream-Modischen das befürchtete »Ansteckende« aus?

Es macht unsicher. Man zögert: Sieht so ein kloppender Neonazi aus? Eigentlich nicht. Aber wen das wirklich *ansteckt,* der *war* schon so, vor dem Film. Es *gibt* Faschisten und darunter auch eine Reihe, die wissen, daß sie es sind und sein wollen. Die werden sich in jedem Falle weiter daran delektieren, daß einer ihrer Anführer in modischen Klamotten (und mit großzügigem Taxi-Trinkgeld) die »Auschwitzlüge« so ausspricht, daß man den Wunsch nach Fortsetzung der Verbrechen durchhört. Es ist sichtbares *Vergnügen* für Althans, dies vor der Kamera im Film zu tun. Seine Anhänger wird dies in der Tat *erheben.* So wie sie *andauernd* an der Selbsterhebung arbeiten; auch dies zeigt der Film, etwa in Althans' Rede vor politischen Anhängern am Schluß: Er hat Hitlers Methode, den eigenen Leuten das Gefühl von Schönheit und Ganzheit zu geben, gut verstanden und kopiert diesen Gestus nicht ohne Talent.

Sehen Sie bitte noch einmal hin, lieber Ignatz Bubis, kühler, genauer. Das *ist* zu sehen. Und wir haben allen Grund, das zu registrieren.

taz: Müssen wir uns den »Selbsterhebungsreden« solcher Jungfaschisten wirklich aussetzen?

Einer der größten politischen Fehler Hitler gegenüber war es, Hitler für lächerlich, dämlich, debil zu erklären und, selbst noch als er Reichskanzler wurde, für im Prinzip »nicht existent«. Das hat sich, ganz unlustig, gerächt. »Wegsehen« ist doch gerade *das* Mainstreamzaubermittel im Moment, »Wegsehen durch Fernsehen«, soll man das unterstützen?

taz: Was können wir »lernen«, wenn wir hinsehen?

Wir können zumindest die Bedürfnisse rechter Jugendlicher nach Ausbruch aus den verschiedenen »Staus«, in denen sie stecken, wahrnehmen, und ihre Dynamik erkennen; und, da wir in der Regel keinen direkten »Zugriff« auf ihre Lebensverhältnisse haben, so gut wir können weiter an der Herstellung politischer Zustände arbeiten, in denen sich die Kaputten und Depravierten, die von faschistischen Parolen »Verführbaren«, ihre Ganzheits- und Schönheitsgefühle, die sie *brauchen*, nicht bei neofaschistischen Neo-Poppern holen müssen.

taz: Die These von den Jungnazis als den »Kaputten und Depravierten« wird von Claus Leggewie und anderen bestritten; sie seien Mittelständler, Kinder von Gutsituierten, Kinder von »Laissez-faire«-Eltern, die keine Autorität achten gelernt haben. Sind es »verwahrloste Mittelständler«? Althans soll, wie man hört, mal Waldorfschüler gewesen sein. Seine Eltern erscheinen im Film als Liberale, jedenfalls vom Inhalt ihrer Reden her.

Diese Beschreibungen sind zum Heulen. Wofür waren denn solche »Klassenanalysen« in der (näheren oder weiteren) Vergangenheit gut, außer für permanente Fehldiagnosen? Es wird einfach »weitergemacht« in der linken Fließbandproduktion, nach Mauerfall und Vorhangsbeseitigung, als wär nix gewesen. Zu Althans' Eltern: Die Mutter überzieht ihn in seiner Anwesenheit mit einer durchgehend psychiatrisierenden Rede: »... schon mit zwei Jahren war er ...«, und dann folgt allerlei Symptomatik. Der Vater ist der Typ, der sich gern reden hört; Sätze wie »Nein, halt, ich wollt aber ganz was anderes sagen« (um in der momentanen Macht des »Am-Wort-Seins« zu bleiben). Nichts von »Laissez-faire«, schon gar nichts von »antiautoritär«. Man ahnt hier einiges von unausgetragenen Konflikten, bekommt allerdings zu wenig im Film, um wirklich Aussagen über das Eltern/Kind-Verhältnis bei Althans machen zu können. Gegen den »Mittelstand« als »Analyse« aber ist was zu sagen: Das »Kaputte«, das sich (politische) Heilungen sucht, ist prinzipiell nicht klassenanalytisch zu fassen. Das könnte man gelernt haben.

taz: Was vermissen Sie in der aktuellen »Rechtsextremismus-Diskussion«?

Weder der Begriff der »Psychoklasse« hat eine Wurzel geschlagen im »linken Spektrum« noch wird vom Körper und seinen Zerrissenheitszuständen gesprochen als Agens der politischen Bewegungen; mit wenigen Ausnahmen, Tilman Moser würde ich nennen – der sich nicht unbedingt als Linker versteht –, oder Michael Rutschky, bei dem ich gerade den Begriff der »halluzinatorischen Wunscherfüllung« finde; immerhin …

taz: … halluzinatorische Wunscherfüllung?

Die halluzinatorische Herstellung von Körperganzheitsgefühlen, meist in Verbindung mit Gewaltaktionen, ist der hauptsächliche psychische Mechanismus, mit dem alte wie neue »Faschisten«-Körper sich ihre Übereinstimmungszustände mit sich selber und mit Teilen »der Realität« hinbiegen. Ganzheitsgefühle, die sie vorm »Verschlungenwerden« durch bedrohliche Realität ökonomischer, politischer, familiärer Art rettet. Althans' versierter Umgang mit diesen halluzinatorischen Wunscherfüllungsbedürfnissen ist ganz gut zu sehen in Bonengels Film.

taz: Es sind überwiegend Männer dort in den Versammlungen und in der Umgebung von Althans …

… außer den zwei steinalten Sekretärinnen in seinem Büro, die man als beinah parodistische Darstellungen der »Eisenmütter« des Ersten wie Zweiten Weltkriegs nehmen kann. Die aufrechte Baltin »von der Recke«, deren Mutter Hitler die Hand geküßt hat … ein Kuß, von dem die Tochter immer noch ganz weg ist.

taz: Sind die jetzigen Jungnazis Ohne-Frauen-Männer oder Anti-Frauen-Männer im Sinne der ›Männerphantasien‹?

Überwiegend ja. Mit Beschreibungen, die von ihrem Mannkörper ausgehen würden, dem gesellschaftlich als überflüssig erfahrenen, familial nur halb-geborenen, halbsymbiotischen Mannkörper auf der Suche nach Ganzheit (religiös: auf *Erlösungssuche*), käme man ihnen und ihren Bedürfnissen, Gewaltbedürfnissen wie Heilungsverlangen, erheblich näher als mit dem »klassenanalytischen« Quatsch der »Schichtenzugehörigkeiten«. Zu Fragen des Körpers und der »Geschlechterdifferenz« herrscht im Moment allerdings theoretische Funkstille im (groß-)deutschen Raum. Die (Theorie- wie Praxis-)Männer genießen, auch hier noch überwiegend narkotisiert, ihren publizistischen Sieg über den »doofen Feminismus«. Dies werden sie am bittersten von allem bezahlen. Es gibt längerfristig keinen anderen Weg aus faschistischen Bedrohungen als den über gestärkte Frauenpositionen in der Gesellschaft und im Privaten. Das zweite wäre, auf dieser Basis, ein militanter Pazifismus, der »das Soldatische« sowohl bekämpft wie ihm politische Auswegfelder anbietet. Das ist ein klares Pendel: Wo die Frauenbewegung und ökologische Militanz in die Wüste geschickt werden, kommen sofort »soldatischer Mann« und Bundeswehr. Aber Fritz Haug und Oskar Negt, um nur diese beiden zu nennen, bemühen sich im ›Argument‹ um Weizsäcker als Bündnispartner, um die entschwindende politische Mitte fiktiv mit ihm zu füllen ... mit »halluzinatorischer Wunscherfüllung«.

taz: Im ›Kursbuch‹ 113 mit dem Titel ›Deutsche Jugend‹ entdekke ich eine ähnliche Amnesie: Mit simpelsten Soziologismen wird die »rechte Szene« angegangen, werden »Erfahrungsberichte« versammelt, die vom Ochs vorm Berg stammen könnten, aber den Anspruch erheben, von Theoretikern zu sein, die die deutsche Lage blicken ...

Ein lehrreiches Buch. Ein komisches auch. Der beste Satz darin, er stammt von Ernst Uhrlau, lautet: »Das Skin-Sein wird vornehmlich in der wärmeren Jahreszeit und besonders an den Wochenenden ausgelebt.« Das ist wirklich großartig ... Und dann weiter nichts dahinter als ein Ruf nach den Gerichten. Papa Staat soll auf einmal der *Gute* sein und den Rechten den Arsch versohlen.

taz: Soll er nicht?

Sicher soll er. Er scheint ja auch gerade Anstalten zu machen. Aber juristische »Prügel« anstelle eigener Wahrnehmung, eigenen Denkens und eines Minimums an offenen Augen? Der »rechte Rand«, der sich mausig macht, soll zurück unter seinen Deckel, ins Unsichtbare, und nicht im Fernsehn sich zeigen dürfen. Dann wären sie schon zufrieden und könnten wieder tagesordnen, am Computer Wörter pflücken, pflaumenreif.

taz: Peter Schneider im ›Kursbuch‹ entdeckt das biologische Aggressionspotential »männlicher Pubertierender« am Grunde der jungen Faschisten jetzt ...

Echt toll. Der Film von Thomas Heise ist sehr aufschlußreich in diesem Punkt. Die jungen Männer, die er zeigt, *verstehen* sich als Lebensform »Mann«; Lebensform, der aber keine Chance gegeben wird, wirklich »Mann«, »großer Mann«, »richtiger Mann« zu werden. Also suchen sie »Kameradschaft«, »Männergemeinschaft«, gemeinsame Gewaltaktionen als »Kitt« für ihren Männerverein. Einer von ihnen spricht von der Skin-*Jugendbewegung* als eben diesem Kameradschaftsclub, bei dem »das Politische« erst mal im

Hintergrund bleibt; entscheidend ist *der Bund.* Sie sind in geradezu haarsträubender Weise den jungen Männern ähnlich, die Anfang der zwanziger Jahre aus ihrer gesellschaftlichen Aussichtslosigkeit heraus in die Freikorps hineinliefen, dann in die SA; in Riefenstahls Parteitagsfilm ›Triumph des Willens‹ sieht man sie im morgendlichen Männerlager ... dasselbe Lächeln, dieselben Frisuren ... Depravierte, Kaputte, aber aufbruchsbereit. Heises Film endet genau mit dieser Selbstbeschwörung: »Wir sind schön ... und wir können nichts dafür« – so einer der Kurzgeschorenen aus dem Off.

taz: Fehlt, bei Heise, nur jemand, der ihnen das bestätigt, die »politische Führung«?

... die Althans gern liefern würde, wie Bonengel zeigt. Althans beschließt seine Reden ebenso: »Ihr seid die Besten ... ihr müßt euch *zeigen!*« Das ist der zentrale faschistische Organisationsgestus. Er ist nur zu bekämpfen, indem die dafür Anfälligen die Schönheits- und Ganzheitsgefühle anderswo geboten bekommen und finden. Die SPD würde sich die Finger lecken, hätte sie solche Jugendliche in ihren Gruppen: begierig sich anzuschließen, sich organisieren zu lassen in einer kämpferischen Richtung. Denn, was wir deutlich von ihnen hören: »Jetzt geht's loo-ooos!« Weil: »Hier vergammeln und versauern und uns einmachen lassen, wollen wir nicht!« Organisatorisch kommt höchstens Anti-Fa im Moment an diesen »Impuls« heran.

taz: Peter Schneider nennt auch den Umgang von Talkshowmoderatoren mit rechten Schlägern und darüber hinaus die tägliche Gewaltladung der elektronischen Medien als gesteigerten Antrieb und Anfeuerung der Gewaltaktionen ...

Moderatoren haben mitgezündelt, ohne Frage. So wie auch Gewaltbilder bei gewaltbereiten Typen mit niedriger Hemmschwelle mit Sicherheit ihre Rolle spielen (ähnlich wie die Ansteckung durch Althans bei fast voll entflammten jugendlichen Vor-Nazis). Aber: »männliche Pubertierende + Gewalt im Fernsehen + antiautoritäre Eltern = brennende Türkinnen in Solingen und Mölln«, das ist mehr als nur amnestisch, das ist dummfrech. Genauer: ein gegen das Fernsehbild gerichteter Sündenbock-Rassismus, der, nicht viel anders als beim Biertischler, vom Druck des Ungelösten, das »der Mensch im Kopf nicht aushält«, erlösen soll.

taz: Sehen Sie, wie Bubis, die Deutschen als so etwas wie »demokratisch übertünchte« Wesensfaschisten? Die jetzigen Radikalen als Kinder ganz »normaler Eltern« demnach, wie Leggewie es faßt ...

Über das »Normale« könnte man reden, wenn man es nicht automatisch als Synonym für »das Gute« und »Behütete« und im Prinzip »Gewaltlose« versteht. Was ist »das Normale« in Deutschland? Was sind die 60 Prozent Strauß-Wähler in Bayern gewesen und an die 50 Prozent Kohlisten die ganze schöne republikanische BRD-Zeit hindurch? Süßmuth-Rechte? Wir leben ständig an diesem Abgrund einer Republik, deren Wähler wie Spitzenpolitiker zu einem großen Teil aus Zwangsdemokraten bestehen. Nur: Als »Normalität« war das unter demokratisch verordneter Kontrolle, stammtischreguliert oder paramilitärisch versteckt im Wald; durch die Mauerbeseitigung und den offenen Sieg des Westens im »Volkskrieg« ist das Potential nun offen und zeigt sich auch so. *Neu* daran ist die Erscheinungsweise, nicht die Substanz.

taz: »Jahrelang hat sich die demokratische Öffentlichkeit mit der Wiederholung von Arendts These zur ›Banalität des Bösen‹ eingerichtet – wird aber ein Gemütsmensch wie Ernst Zündel gezeigt, der in aller Behaglichkeit die Shoah leugnet, kommt die Zensur« – schrieb Micha Brumlik zu der Diskussion um ›Beruf Neonazi‹ in der ›taz‹. Ist das »Böse« »banal« oder gar »behaglich«?

Keineswegs. Es ist auch nicht die »demokratische Öffentlichkeit« (was immer das sei), die sich mit diesem Satz eingerichtet hat, sondern eine Reihe flotter Feuilletonisten, die zur Schnellerfassung der Lage in Deutschland (und zur Schnellverdrängung) immer Formeln finden, die irgendwie nach »Banane« klingen ... Banale, Banane ... an der Ecke steht ein Mann ...

taz: ... eine Frau in diesem Fall?

Leider. Ich hatte immer Hemmungen, Arendts Satz anzugreifen, eben weil er von ihr stammt. Und so blöd, wie er dann angewandt wurde, hat sie ihn auch nicht gemeint. Raul Hilberg, Autor von ›Die Judenvernichtung in Europa‹, amerikanischer jüdischer Professor wie Hannah Arendt, hat diese Hemmungen nicht. Er kritisiert sowohl die Formel von der »Banalität« wie ihr Zustandekommen: Arendt habe Eichmann weder gesprochen in Jerusalem beim Prozeß noch das Prozeßende abgewartet, noch Eichmanns Handlungen während der »Endlösung« studiert für die Formulierung ihrer Formel ... so Hilberg in einem Vortrag zu seinem neuen Buch ›Täter, Opfer, Zuschauer‹ im Dezember 1993 in Freiburg.

taz: Hilbergs Schlußfolgerung in seinem neuen Buch ›Täter, Opfer, Zuschauer‹ lautet eher: »Das Böse ist das *Normale.*«

Ja. Der entscheidende Unterschied dabei zum »Normalen«, wie es bei Claus Leggewie als völlig nichtssagende »Kategorie« auftaucht, ist: Das Normale in Hilbergs Beschreibung klammert weder das »Dämonische« aus noch die wissende, »bösartige« Planung; es *enthält* diese. Täter wie Opfer wie Zuschauer des Holocaust taten, was sie immer tun, sagt Hilberg: Die Töter töteten oder halfen dabei; die Opfer waren Opfer – das heißt sie *liefen nicht weg:* denn »mich trifft es ja nicht« ... »mich braucht man ja«, und die Zuschauer schauten zu, denn sie »trifft« es ja auch nicht. Alle zusammen sind die »Normalität«, besonders die deutsche. Der »Täter« dabei ist keineswegs der kleine graue Herr (Eichmann) am Schreibtisch, der unbeteiligt seinen Namen unter Akten kritzelt, sondern der Herr, der weiß, was er tut: töten. Das ist seine Normalarbeit als Eisenbahner, Oberförster, Reisebüroangestellter, SS-Mann oder »Neonazi«. Bei Bonengel blitzt dies alltäglich »Dämonische« in Althans sehr klar auf, es erscheint seine »tötende Seite« als einer der Dauerzustände seiner Normalität. Die »demokratische Öffentlichkeit«, wenn man das so nennen will, reagiert darauf »geschockt«. Sie will nicht gestört werden in ihrer Talkshow-Anästhesie und selbstauferlegten Amnesie.

taz: Sie sehen, ähnlich wie Ignatz Bubis, eine krampfhafte Verdrängung des faschistischen »Potentials« der allgemeinen Deutschen?

Vieles, was ich die letzten Wochen in die Hand genommen habe, ist jedenfalls geschrieben, als hätte es Hitler nicht gegeben und sein Nazideutschland mit seiner Naziindustrie auch nicht; auch Wilhelm Reich nicht, keine alternativen Subkulturen und nicht die Autorinnen des Feminismus, die ganzen Anläufe auf friedliche Lösungen der oberflächlich so genannten »sozialen Frage« ... ab und zu streut das Langzeitgedächtnis jetziger Theoretiker ein Adorno-Zitat unter die banalen Bananen (zur Parkinson-Selbstberuhigung) ... und in fast jeden Artikel die Mitscherlichs mit ihrer Un-»Trauerei«. Genau da hat es Halt gemacht, das linke sogenannte Gedächtnis. Peter Schneider hat sein Fischer-Bändchen mit

Freuds ›Unbehagen in der Kultur‹ aus dem Regal gezogen und schreibt nochmal die dick angestrichene Stelle ab, in der Freud darüber klagt, daß »der Mensch an sich« allzeit bereit sei, zu martern und zu töten. Großartig.

taz: Lesevorschläge ...?! Nachhilfeunterricht?

Gerne. Kate Millet, ›Entmenschlicht‹, ein Buch über Folter und Männerkörper; Christopher Browning, ›Ganz normale Männer‹ (über die Hamburger Polizeibrigade, die die Chance hatte, sich an Judenerschießungen nicht zu beteiligen und mehrheitlich ausschlug); Hans Safrian, ›Die Eichmann-Männer‹; Raul Hilberg nannte ich bereits. Johanna W. Stahlmann, ›Hitler. Der Erste Neue Mann‹, im Sammelband ›Rosemaries Babies‹; ein kleiner Aufsatz nur, aber interessant: Gibt es »den Körper« noch als »Basis« aller Politik ... es steht was *drin* in den Texten. Es beschreibt sogar die Lage ... auch Annette Streeck-Fischer, ›Adoleszenz und Rechtsradikalismus‹, in ›Psyche‹ Nr. 8, 1992 (leider in der für deutsche psychoanalytische Texte typischen Begriffsbeschränktheit ... Suche nach dem nicht vorhandenen »Ich«).

taz: In den ›Männerphantasien‹ sprechen Sie beim »soldatischen Mann« vom »fragmentierenden« und »explodierenden« Körper, der vom Drang getrieben ist, einerseits Tabula rasa um sich zu machen, andererseits sich in »Ganzheitsgebilde« zu fügen. Wo ist das politisch zu sehen? Welche jetzigen Vorgänge beschreibt das Ihrer Meinung nach?

Die Wahrnehmungszustände »blutiger Brei«, »leerer Platz« und »Blackout«, die ich als die drei zentralen Formen faschistischer halluzinatorischer Körpererhaltungspraxis beschrieben habe, sehe ich an mehreren »Fronten« an der Arbeit. Der »leere Platz«, die »mehrheitsfähigste« Form der Körpererhaltung des rechten Mannes, ist so etwas wie die Zentralphantasie der sogenannten Asylpolitik und Asylgesetzgebung der letzten Jahre gewesen. Mit nach außen verlagerter Mauer in der Gestalt »Festung Europa«. Bei den jugendlichen Skins in der Form: »jetzt kommen wir« ... »Straße frei« ... »Ausländer/Asylanten raus« ... »Linke weg« ... usw. Auch bei den Kursbuch-Männern beherrscht der »leere Platz« die amnestische Phantasie ...

taz: ... der »blutige Brei« ...

... ist politisch-praktisch auferstanden in den Baseballknüppeln, die anstelle der früheren Gewehrkolben zum Schädeleinschlagen getreten sind ... dann in Wortbildungen wie dem »Aufklatschen« ... »in den Rinnstein beißen« und ähnliches. »Ausländer« werden zwar genannt an erster Stelle, aber für die »Aufklatscher« ist alles, was »unten« ist beziehungsweise sein soll, Ausland: Obdachlose, Ausländer, bedrohliche Weiblichkeit, Kinder.

taz: ... der »Blackout«, die kriegerische Form der Mann-Mann-Verbindung ...?

... der »Blackout« plus Vermischung mit anderem Männerkörper beschränkt sich im Moment vorwiegend auf den Alkohol und die Stampfmusikräusche; die rechte Landdisco dient für viele im Moment als eine Art Schützengrabenvorlauf; für andere, wie Althans in Bonengels Film es ausspricht, ist es der Krieg in Bosnien. Althans serviert ihn als eine Art »Spanischer Bürgerkrieg« für Rechte im Moment: »Zwanzigtausend Westeuropäer sind da unter Waffen.« Er »neigt sich« vor ihnen wie vor den »ersten Soldaten« des kommenden »Reichs«. Wir sehen ein paar von ihnen im Film ihre Tötungsakte beschreiben. Sie könnten, so wie sie da stehen, aus der Ehrhardt-Brigade sein.

taz: Die Brandsätze in den Häusern ausländischer Deutscher...?

Das *Feuer* spielt seine alte häßliche Rolle als faschistisches Ausbruchsignal für das Körpereingesperrte. An psychischer Signalwirkung sollen die brennenden Häuser dem brennenden Reichstag und der Bücherverbrennung gleichkommen.

taz: Ein Verbot von Filmen wie ›Beruf Neonazi‹ beseitigt in der Tat nicht die Existenz der im Film Gezeigten, und es ersetzt auch keine antifaschistische Politik. Ist dies schon ein Rückzugsgefecht?

Unverständlicherweise oder vielleicht aus Verzweiflung scheint Ignatz Bubis damit zufrieden zu sein, einen Erfolg auf Medienebene erringen zu können. Das ist deprimierend: Verbot – und der Film wäre weg (aus den Nachrichten). Und der Zentralrat hat etwas Vorzeigbares errungen – aber keinen Sieg. Nazi Althans und insbesondere die jugendlichen Arbeitslosen, die Heise uns zeigt in ›Stau‹, die tagsüber herumhängen in einer kaputten Stadt an Orten, die nichts weiter hergeben als ein paar Dosen Bier zum Träumen und Hindämmern ... und abends die kaputte Disco (rechts) mit Haß- und Gewaltgesängen gegen Türken und Linke und anschließendem »Einsatz« ... die sind nicht weg dadurch, daß wir wegschalten. Wegschalten, weil wir ihnen nichts zu bieten haben.

taz: Ist das Zeigen von Bonengel und Heise eine Alternative, schon ein »Angebot«?

Nein, allein kaum. Man soll ihre Filme zeigen und anderes, wichtigeres, dazu. Ich denke oft an die Hoffnung von Claude Lanzmann, sein großer Film ›Shoah‹ könnte in Deutschland eine neue Diskussion eröffnen, eine wirkliche, eingehende und auch bleibende Beschäftigung mit der Judenvernichtung und ihren Bedingungen. Die hat nicht stattgefunden; ›Shoah‹ ist, ein kurzes Aufrauschen nur, wieder verschwunden. Selbst im näheren Bekanntenkreis treffe ich kaum jemanden, der Lanzmanns Film ganz kennt; viele nicht einmal in Teilen.

taz: *Mehr* Filme über den deutschen Nazismus, statt Verbote ...

... ja, auch Marcel Ophuls' Film ›Hotel Terminus‹ über Klaus Barbie, seine Protektion durch den amerikanischen Geheimdienst, dann die Allianz von internationalem Waffenhandel und faschistischen Organisationen in Südamerika ... wer kennt das? (Auch Marcel Ophuls hat – ein paar Tage nach diesem Interview – gegen die Aufführung von ›Beruf Neonazi‹ protestiert; mit Grund: Bonengels Film war ausgesucht worden, als *Eröffnungsfilm* des jährlichen Max Ophüls Festivals der Stadt Saarbrücken zu laufen. Abgesehen davon, daß es momentan wahrscheinlich *keinen* deutschen Film gibt, der es verdient, unterm Namen Max Ophüls' aufgeführt zu werden, war dies ein besonders krasser Fehlgriff. Die Stadt gab dem Einspruch von Marcel Ophuls nach.) Lutz Dammbecks Film ›Zeit der Götter‹ (über die Zusammenarbeit Hitlers mit dem Bildhauer Arno Breker und Brekers ungetrübtes bundesrepublikanisches Fortwirken; dieser Film wurde vom Duisburger Filmfestival, wo ›Beruf Neonazi‹ zuerst lief, aus nicht recht verständlichen Gründen abgewiesen.) Dann nochmal Marcel Ophuls, sein Film ›Novemberdays‹. Wir sind noch kaum dran, was es *ist*, was es *war*, dies deutsche mörderische *Gedächtnis* ... wie es lebt in der deutschen mörderischen Gegenwart, wie dieses eingesperrte (Nicht-) Gedächtnis lebt in den Körpern der einzelnen jetzt. Bonengels, Heises, Dammbecks Filme sind Arbeiten, die anständig genug sind, Bestandsaufnahmen zu versuchen und sich dabei an unsere Augen zu wenden; geschichtsbildend, indem sie auf Wahrnehmungen vertrauen, statt auf eins der leeren Gerede, mit denen öffentlich-rechtliche oder freischwebend-journalistische Pädagogen ihr »politisches Gewissen« demonstrativ beruhigen. Die Anschauung kommt in *Bildern,* immer noch, und trotz Fernseh-»Bilderflut«.

taz: Wir haben dreißig Jahre mit der Theorie gelebt, daß »der Faschismus« nicht verschwunden sei, daß er aber »so, wie er war«, in der *Naziform,* nicht »wiederkehren« könne. Etwas daran war falsch. Reine Verdrängung? ...

Sicher auch – eine verdrängende Hoffnung. Und ganz verständlich. Mir war der »kalte«, der indirekte, der System- oder Design-Faschismus des hier leichtfüßig siegenden (und *woanders* tötenden) Spätkapitalismus auch »lieber«, wenn man so sagen darf, als der trampelnde, direkt zuschlagende, jetzt offen blutig herumlaufende Keulenschwinger. Daß dieser wieder hervorgezogen, »belebt« worden ist, ist aber nun eine Tatsache. Das *meiste* Historische ist, infolge der psychischen, ethnischen und ökonomischen Ungleichheiten und Ungleichzeitigkeiten der Kulturen auf dem Erdball, wieder hervorziehbar ... ich nenne das die »technische Reproduzierbarkeit von *Geschichte*« ... wir möchten das liebend gerne vergessen, verdrängen, da die Kraft der Linken alleine, wie immer, nicht ausreichend ist, dies irgendwie »unter Kontrolle« zu bekommen.

taz: »Aufbruch« und »kämpferische Vereinigung« der rechten Jugendlichen geschehen im Heise-Film überwiegend in der abendlichen Disco. ›Böhse Onkelz‹ ... ›Störkraft‹ ... andere Musik als Anfang der dreißiger Jahre und auch nicht einfach »rechte Musik« ...

... von der Elektrifizierung her ist es eine Art Rock. Vom Tanzen her ein elektrifiziertes Stampfen. Musikalisch ziemlich dasselbe, was auch »links«, was »autonom«, was bei den »Technos« gehört wird. Nur die Texte unterscheiden sich. Was bei den einen, »neutral«, »Here we go!« heißt und ähnlich, heißt bei den Rechten »Schickt sie in die Wüste ... Schickt sie ins KZ.« Und links wird ein bißchen »schwärzer« getanzt, hip-hop-singularistischer ...

taz: Aber von der Musik her ...

... ist das strukturell nicht unähnlich der Situation Anfang der Dreißiger. Hitlerjugend und Jugendliche der Arbeiterbewegung sangen ihre verschiedenen Texte zu weitgehend gleichen Rhythmen (Marsch) und ähnlichen Melodien. ›Brüder zur Sonne‹ ist musikalisch gleich ›Horst Wessel-Lied‹. Manchmal waren die Melodien sogar identisch.

taz: Aber ›Störkraft‹ ist nicht gleich ›Culture Beat‹ oder ›2 Unlimited‹ ...?

Ich weiß nicht. Vom Rhythmus her war ich mir nie so sicher, was das ist. In vielen New Wave Musiken ab Ende der Siebziger, in etlichen Punk-Sachen, im schlechteren Hip-Hop, in vielem Technogehämmer oder diesem Holzhackerwumm, der auf Tanzböden unter dem Namen ›Memphis‹ läuft, höre ich vor allem ein aufgepepptes und im Tempo etwas angezogenes Bierzelt ... Ich höre ohne Schwierigkeit ein gebrülltes »Rosamunde« durch ... wenn's hochkommt die klappernden Kosakenhacken ... Ich kann mir nicht helfen. Meine Körperrhythmen sagen dazu: Ist das nicht doch faschistisches Zeug? Das ist jedenfalls nicht Rock, das ist nicht Jazz, schon gar nicht ist das »schwarze Musik«. Ich höre es überall. Ich höre es bei uns zu Hause aus dem Jugendlichenzimmer; das ist der Beat, der im Moment durchhaut, bei allen. So wie die Schuhe sich nur an den Farben der Bänder unterscheiden.

taz: Eine Art unbewußter »Rechtsruck« der gesamten Jugendkultur ... der »Widerstandskultur«? Es gibt in Bonengels Film zum Beispiel einen Schwarzen, der den Faschismus preist ... einen rassistischen Superarier, indoamerikanisch ...

So weit würde ich nicht gehen. Aber den »Rechtsruck« als eine Begleiterscheinung der klar sichtbaren Remaskulinisierung der offiziellen Kultur seit dem Fall der Mauer sehe ich schon. »Nationales Denken« bringt immer einen starken Zug zur Erhöhung offener gesellschaftlicher Gewalt mit sich. National werden heißt (zumal in Deutschland) immer: die Gesellschaft stärker hierarchisieren, aus »negativen Symbiosen« Hierarchien bauen (das Prinzip von Jüngers ›Arbeiter‹). Wir erleben lauter gesteigerte Gewaltvorgänge: wie Leute aus der Arbeit rausfliegen, besonders Frauen, wie mit bestimmten Lebenszusammenhängen Tabula rasa gemacht wird, mit der DDR- wie mit der BRD-Geschichte ... wie umgesprungen wird mit Behinderten ...

Die Gewalt der Feuer- und Knüppelskins ist, neben ihrer eigenen Dynamik, auch der (willkommene) Ausdruck all dieser *»zivilen«* Gewalttätigkeiten, weil er von der staatlich/polizistischen, der industriellen wie der steuerlichen Gewaltschraube ablenken kann und vom laufenden Krieg »Jeder gegen Jeden«. Aber der Begriff der »Nation« selber ist violent-männlich und braucht ein Oben und ein Unten. Wo er auftaucht in Deutschland, werden Zügel angezogen und zwar kräftig.

taz: Rezepte?

Nicht auf der Ebene »großer Politik«, von der reden wir hier nicht. Man kann tun, was man sonst auch tut. Jede/r einzelne muß sehen, wo und wie er/sie das »Faschistische« bekämpfen kann. Das ist in der Regel eine *indirekte* Angelegenheit, nicht ein Kampf an »Fronten« und in Straßenschlachten, sondern in der eigenen Umgebung, eine Lebensbemühung an den Wohn- und Arbeitsplätzen, die, wenn sie ruhig weitergeht bei vielen und nicht gleich aus den Latschen kippt über das (vorhersehbare) Ansteigen rechter Gewalt im deutschen sogenannten Einigungsprozeß, nicht gering zu veranschlagen ist. Immerhin etwas, das »wir« haben. Aktionen? Ich höre, in Schweden gibt es fünftausend privat versteckte abgewiesene Asylbewerber. Und in Südbaden gibt es vielleicht zehn. In ganz Deutschland? Nicht viele. Das ist beschämend. Ein verstärktes Sich-Rühren wird unumgänglich sein (um es mal so zu sagen). Ich bemerke eine Art Anästhesie, die sich erst langsam löst, auch bei mir selber. *So sollte* dies Zeug einfach nicht wiederauftauchen, wie es aufgetaucht ist. Aber nun ist es aufgetaucht, und nun hilft nicht der Ruf nach dem Deckel von Pandoras Büchse.

taz: Wichtiger als Aktionen gegen das offen *organisierte* Nazitum, Verbote etc. wäre das eigene Gegen-Leben und die Kontrolle der faschistischen Tendenzen weiter oben in der Staatshierarchie?

Entscheidend bleibt »die Straße«, was sich dort entwickelt, wer dort was in Gang setzt und beeinflußt; die Straße und die an ihr liegenden Spiel-, Denk-, Arbeits- und Wohnorte: ein autonomes Jugendzentrum in einer mitteldeutschen Kleinstadt oder kein autonomes Jugendzentrum; ein Kino oder kein Kino; wer es ist, der einem ein paar Bücher in die Hand drückt und *welche* Bücher das sind und welche Platten ... welche Filme. Die Tanzorte. Welche Mädchen, welche Jungen sexuell erreichbar sind, erreichbar bleiben oder werden. Auch heutige Jugendliche finden nicht zu einer lebbaren Sexualität, ohne an den Wahnsinn zu streifen. Es sterben schließlich nicht nur Skin-Opfer am hiesigen Leben. All das Leben oder Nicht-Leben in den schon vorhandenen einzelnen Enklaven, auch den rechten, wird wachsen und sich weiter »vom Ganzen« isolieren. Lauter halbautonome Kleinstaaten, hier eine Redaktion, da ein Filmerkollektiv, da ein paar Musiker, n+1 WGs, Motorradstaaten, da eine Fabrik für Ökologie, ein Zusammenschluß örtlicher Polit- oder Kulturagenten zu einem Arbeitskreis, zu einem Frauencafé, Männercafé, Kneipen, Discos, einem Infoladen, einem Teeladen. Gibt es mehreres davon in einem Stadtteil, ändert sich seine Infrastruktur; ändert sie sich erheblich, stellen die Enklavenstaaten den Bürgermeister. Zum Staatschef wird's nicht langen, so nicht oder so nicht. Aber die Enklavenstaaten strahlen aus auf die sogenannte »Mitte« und auf die einzelnen Familien wie auch auf die Schulen, und zwar nicht wenig, wie wir gesehen haben die letzten zwanzig Jahre.

taz: Und die Arbeitslosigkeit? Sie nimmt eher noch zu; staatliche wie industrielle Maßnahmen zu grundlegendem Abbau sind nicht zu sehen. Das West-Ost-Gefälle gewinnt an Tempo und negativer Radikalität ...

Arbeit ist natürlich noch wichtiger als eine funktionierende »Straße« – beziehungsweise ihre Voraussetzung. Arbeit ist, besonders in Deutschland, nicht nur eine ökonomische Kategorie, »Arbeit« ist auch der effektivste und eingefahrenste Vorgang der psychomotorischen Gewaltabfuhr in der Gesellschaft. Je »verordneter« eine nationale Arbeitslosigkeit dann ist, also ökonomisch im Prinzip »unnötig«, um so schlimmer ist es. Denn das heißt, Staat und Industrie nehmen sie in Kauf, setzen nicht unbedingt auf hiesige Investitionen, auf Umschulung, Ausbildung, andere Arbeitsverteilung und damit auf partielle Zivilisation; sie könnten entsprechend andere *Pläne* haben für die Abschöpfung der nicht in den Arbeitsprozeß integrierten Arbeitskraft: Mobilisierung des Gewaltpotentials der nichtarbeithabenden Jugendlichen etwa in Richtung »Ordnungshüter der Nation«, Mobilisierung der anderen »Freigesetzten« in Richtung Blockwartstum, und, für alle, in Richtung Bundeswehr, Richtung Osten, Richtung Süden ... zu den vielen unbehausten, rohstoffgesegneten Steppen und unbefriedigten Märkten hin ... der im Leeren torkelnde Gewaltdeutsche vor dem »Ruf des lockenden Vakuums«. Gefährlich.

taz: Gefährlicher als der organisierte Neo-Nazismus? Sollen wir ihn rechts liegen lassen und zusehen, wie man ihm den Boden entzieht, bis er wieder verschwindet in seine »angestammten« deutschen Wälder …?

»Wir« können eh nicht viel anderes tun. Die Aussichten, den *organisierten* Neo-Nazismus wirksam zu bekämpfen, sind absolut schlecht, wenn die Regierungsgewalt der Länder und des Bundes sowie die Justiz sich an der Bekämpfung nur halbherzig beteiligen: weil sie ihn dann nämlich offiziell fördern. Die Aufgabe von Ignatz Bubis mit seinem bedeutenden institutionellen Gewicht in der Öffentlichkeit sähe ich unter anderem darin, dies dem *Kanzler Kohl* klarzumachen, statt dem Filmer Winfried Bonengel auf den Pelz zu rücken. Und wenn Kohl & Co. auf Ignatz Bubis nicht hören, dann möge Bubis nicht *aufhören, dies* öffentlich zu sagen. Denn: Ohne indirekte Stützung oder Duldung durch offizielle Politik, Polizei und Gerichte ist ein Althans machtpolitisch nicht sehr bedeutend. Das gewaltausübende »rechte Spektrum« ist in seiner Ausstrahlung auf die übrige Gesellschaft meiner Meinung nach erheblich geringer, als es durch die Bonner Duldungsunterstützung der letzten Jahre erscheint. Viele Leute sind »schwankend«, auch »anfällig«, aber nicht rechts-entschieden. Belegt man ihre Anfälligkeit mit einem Diskussionstabu, wird die Rechte in diese Lücke gehen und das Schwanken für sich organisieren.

taz: Wie sehen Sie in dieser Auseinandersetzung die Aufgaben und Möglichkeiten der Anti-Fa-Gruppen?

Ich kenne die Anti-Fa nicht sehr gut, ihre mögliche Differenziertheit. In der Gewaltfrage stehe ich aber sicher woanders. Erste Eigenschaft deutschen Innen- wie Außenlebens muß in meinen Augen der Verzicht auf physische Gewalt sein, das ist so etwas wie ein politisches Erbe der Naziherrschaft, die Verpflichtung auf einen generellen Tötungsverzicht als »Konsens der Demokraten«. Gewaltverfahren wirken in den Deutschen, in jedem von uns, bis jetzt weiter auf jeder denkbaren Ebene. Die faschistische Gewalt der Elternkörper ist überwiegend unbehandelt, sozusagen unter der Hand, in die Körper der Nachgeborenen eingegangen. Das ist der Grund für Ignatz Bubis' berechtigte Befürchtungen zur anhaltenden »Verführbarkeit« der Deutschen durch Neonazi-Parolen. Gewaltverfahren sind längst nicht genügend erkannt und im »selbstverständlichen Bewußtsein« verankert, was die Alltagshandlungen angeht. Und die Nicht-Gewalt-Verfahren, besonders im Umgang der Geschlechter, sind nur ungenügend entwickelt.

taz: Die angebliche Begeisterung, mit der der deutsche »geknechtete Mann« *zurückgeschlagen* hat gegen die »Frauenbewegung« in den letzten zwei, drei Jahren wäre ein Indiz in dieser Richtung?

Unbedingt. Insbesondere die Feier dieses Siegs in den Medien. Teile des ›Spiegel‹, große Teile des Fernsehens waren ganz high vom sogenannten Männerbacklash. Der (logische) Zusammenhang zwischen der »Rache des zurückschlagenden Neo-Machos« an allen Fronten und verbrannten Türkinnen kommt dann aber niemandem in den Sinn. Ich fand es sehr bezeichnend, wie Rudolf Augstein in seinen vielen Interviews zum siebzigsten Geburtstag, die insgesamt nicht unwitzig waren, mehrfach betonen mußte, er halte die Deutschen für ein »im Kern gesundes« Volk; genau diese Beruhigungsformulierung. Erst Öl ins Feuer und dann das Pfeifen im Wald (der schon brennt). »Wir Deutschen stehen Hand in Hand/dies ist ein kerngesundes Land« ... da müßte ihm doch was läuten in den Ohren ...

taz: Läuten tut's bei der Bundeswehr. Sie ist dabei, sich kernzugesunden; ganz unabhängig von Schäuble, der nur ausgesprochen hat, was die Generalität seit einer Weile pfeift: die Bundeswehr nicht als »Friedenssicherungs«-, sondern als »Einsatzarmee«.

Wenn es nicht gelingt, die bisherige Definition der Bundeswehr als territorialer Verteidigungsarmee mit Wehrdienstpflichtigen aufrechtzuerhalten, ist wieder ein wichtiges Stück der deutschen und europäischen Nachkriegsbalance verloren; aber diesen Kampf muß *politisch* die Bundesregierung gegen die Generalität und die Waffenindustrien gewinnen ... eine andere Bundesregierung als die jetzige ... die wir aber nicht bekommen werden, wenn die SPD ihre 1993er Parole »Blauhelme statt Köpfe« so ungerührt beibehält, wie sie es offenbar vorhat. Davon reden wir heute aber nicht.

taz: Mir geht noch Ihr Wort von der »anständigen Bestandsaufnahme« im Kopf herum. »Anstand« verlangte auch Himmler von seiner mordenden SS. Geht das als politisch-moralische Kategorie für »Öffentlichkeitsarbeit«?

Nein, eigentlich nicht. Aber wie soll man es nennen? Bei den Angriffen auf die nicht-kommentierenden Dokumentaristen handelt es sich unter anderem auch um Angriffe auf eine der halbwegs

»anständigen« Arten, mit Bilder-Realitäten umzugehen (auch wenn die einzelnen Beteiligten einen solchen Angriff bewußt nicht vorhaben). Man kann, als Filmer, nicht hingehen, wochenlang mit einer Gruppe rechtsextremistischer Jugendlicher arbeiten, wie Thomas Heise, wozu ja der Erwerb eines bestimmten gegenseitigen Vertrauens gehört, oder Bonengel mit einem Althans, und dann im Schneideraum verschwinden und die Leute, deren Leben man mit deren Zustimmung gefilmt hat (so sehr man das politisch oder menschlich ablehnt), mit einer denunziatorischen Haltung, die sich »aufklärerisch« nennt oder politisch »korrekt«, in einer Art Herrschaftsarbeit nachträglich mit Ablehnung überziehen und so unter die Leute bringen. So etwas würde sowohl die Arbeit der Filmemacher vernichten wie eine gesteigerte Wut in den Abgefilmten (und dadurch »Geleimten«) erzeugen. Es gibt eine Materialsorgfalt, moralisch: Arbeitsanstand, die auch gegenüber Faschisten gelten, sonst ruiniert man das davon abweichende Eigene.

taz: Letzte Frage: Die Polarisierung der Gesellschaft in Links- und Rechtsextreme Anfang der dreißiger Jahre gilt in der Geschichtsschreibung als Vorstufe des Siegs des Faschismus in Deutschland; eine Polarisierung, deren Wiederholung hier bis vor ein paar Wochen niemand auch nur für denkbar gehalten hätte. In Italien ist aber so etwas ähnliches eingetreten ...

Die Gefahr, daß die christdemokratische sogenannte »Mitte« bei uns zusammenbricht wie in Italien, sehe ich (noch) nicht, aber bräche sie zusammen, hätten wir auch hier achtundvierzig bis zweiundfünfzig Prozent Neofaschisten gegen »Linkeres Lager«, schwankend nach Region. Die sich jetzt so nennende »Mitte« ginge überwiegend nach rechts. *Jetzt* sieht es schon so aus, als stünde ein Mann wie Heiner Geißler (der im Zweifelsfall immer ein gestandener Rechter war) im politischen Spektrum irgendwo »halblinks«; das ist gefährlich. Es wird damit gespielt, die Differenzen zu kippen, die »Mitte« als politische Kraft möglicherweise aufzulösen und »die Dämonen« loszumachen ... nicht nur bei der Bundeswehr und in Stoibers Versuchen der Europa-Entkoppelung.

Und dann solche Verbotsanträge gegen ein paar Stückchen sichtbar gemachte Neo-Rechts-Geschichte. Die *Realität* bekommt Berufsverbot ... von links ... soweit wird's kommen.

Rock for Grown-ups
Jimi Hendrix zum Fünfzigsten

> *Gut und Böse liegen Seite an Seite, während elektrische Liebe den Himmel durchbohrt ... ist dies Liebe oder bloß Konfusionen ... is it tomorrow or just the end of time ... Sind es die Sterne da am Himmel oder regnet es, weit weg von jetzt ... oh, mein Kopf dreht sich, round and round and round and round ...*

»Sterne« und »Himmel« waren früher mal etwas »da oben«. Bei Hendrix sind sie Bezeichnungen für Körperteile, Körperzustände. Die Welt ist geschrumpft, die Körper erweiterten sich unterm Bohrgeräusch der elektrischen Liebe. Die *mindestens* zwei Körper, die Hendrix in seiner Musik erzeugt auf seinem Space Ship Stratocaster (dem Körper des Hörers einen zweiten Körper im Raum hinzufügend, mit dem er sich verbinden kann), treiben sich nicht nur in seinem Sound herum, sie geistern auch durch das *Gesagte:* verbunden mit einem »und«, einem »oder« oder vorgeführt in einem Vermischungszustand, der Hendrix mehr als andere Rocktexter als den Aufzeichner von körperlichen Aggregatzuständen, ihren Wechseln, Schmelz-, Kondensations-, Sublimierungstemperaturen, erscheinen läßt.

> *Rote Schleier in meinem Hirn ... müssen da all diese Farben sein, ohne Namen, ohne Sounds ... ja, ich fließe durch flüssige Gärten und Arizonas roten Sand ... mein Regenbogen ruft mich durch den Schleierdunst meines Wasserfalls ... mein Kopf ist schwindlig, dreht sich ... sich bedröhnen und anrufen auf dem Fernsaxophon ... du bringst mich zum Fließen, immer aufwärts in Kreisen ... nie läßt du mich fallen ... die Ampeln drehn auf Blau am Morgen, sie scheinen ihre Leere auf mein Bett ... manchmal ist meine Seele so nackt und müde, fühlt sich an, als wäre die ganze öffentliche Meinung über sie weggekrochen, dazu die ganze Vergangenheit ... Fühlen, süßes Fühlen, tropft von meinen Fingern ... Musik, süße Musik, dich möchte ich streicheln, küssen, küssen ... der schreiende blaue Regen riß mir Löcher in den Leib ... Manische Depression, frustrierende Schei-*

ße ... wenn der Tag dahinschmilzt in ein schläfrig rotes Glühn, fangen meine Wünsche an sich zu zeigen ... acting funny but I don't know why, excuse me while I kiss the sky ...

Ein Körper, der den Himmel küßte, mit mehr als einem seiner Teile, dazu die Berge und das Meer, nicht nur einmal, sondern drei, vier Jahre lang (so wie andre pissen gehen ... entschuldige, ich muß mal ... den Himmel küssen).

Ein Kind, das durch keine Schule kam (als es noch »allein« war, unverbunden), liegengelassenes Kind zerstrittener, dann geschiedener Eltern, stumm und ausgelacht, tendenziell analphabetisch, erweckt vom Zusammenstoß mit zwei kräftigen Realitäten: einer halbindianischen Großmutter, Cherokee, zu der er gesteckt wurde mit acht, die ihm einiges flüsterte, und einer Gitarre mit dreizehn, die er nicht mehr aus der Hand legte bis zum Tod mit siebenundzwanzig.

Ein weiteres dieser Kinder, die die Wahrnehmung befestigen, daß zu massiven Zerstörungen massive Erweckungen/Belebungen kommen müssen, um den Funken der »Kunst« aus einem Kinderkörper zu schlagen (für die, die sich für die »Genese des Artistischen« interessieren). Die verschwundene Mutter war lustig gewesen und feierte gern; trank sich tot in zweiter Ehe; Vater Hendrix verbot seinen beiden Söhnen die Teilnahme an der Beerdigung.

Die Jahre bis zum Militär war Hendrix damit beschäftigt, in seinem Zimmer zu sitzen, am Radio zu drehen, alles anzuhören, mitzuspielen und nachzuspielen, was die Seattle Stationen zwischen 1955 und 1960 zu bieten hatten (das taten zur selben Zeit auch die englischen Jünglinge, die Hendrix später aus Amerika nach London erretteten). An Radioknöpfen drehen, Verstärkerknöpfen dann, später Frauenknöpfen ... *Ja, ich habe mit dir geschlafen, Gott weiß, du hast keinen Schmerz gespürt/denn ich bin Millionen Meilen entfernt/und zur selben Zeit grad hier, in deinem Bilderrahmen ...* sonst Gitarre ... *music, sweet music, I wish I could caress, kiss, kiss ...* schwarz/weiß/indianische Analphabetenpoesie, so dicht am eigenen Körper wie möglich (das ist dichter als »autobiographisch«).

Hört man Hendrix' Texte, wie man Rocktexte normalerweise hört, fetzenweise, bruchstückhaft, die Lücken mit eigenen Textfetzen füllend, hört man fast nur diese Körperzustandsberichte, zumal Hendrix' völlig in den Gitarrensound gebettete Stimme (die »siebte Saite«) nicht einlädt, entziffern zu wollen, *wovon* der denn *spricht*, wenn er singt. So weit ich sehe, gibt es keine deutsche Ausgabe Hendrix'scher Texte – was soll man einem Toten tun zu so einem Tag, wenn nicht ein paar seiner Gedichte vorlesen in einer anderen Sprache (auch wenn man selbst kein Poet oder Lyrics-Schreiber ist), zumal in einem Druckmedium; ein paar Texte von Hendrix' Linkshand also zu seinem Fünfzigsten (von dem nicht so klar ist, ob es sein *Geburts*tag war). Fünfzig bin auch ich geworden im selben Jahr; ich versuche, mir vorzustellen, wie es sich anfühlt, schon zweiundzwanzig Jahre tot zu sein an diesem Tag ... Purple Haze is in my brain.

Die Nacht, in der ich geboren wurde, wurde der Mond feuerrot, ich schwör's.
Und meine arme Mutter schrie los: »Gott! Der Zigeuner! Er hatte recht!«
Und ich sah sie umfallen, tot.
Berglöwen fanden mich da wartend,
setzten mich auf Adlerflügel.
Der Vogel trug mich in die Außenbezirke der Unendlichkeit,
und als er mich zurück nach hier brachte,
gab er mir Venus' Hexenring, sagte
»Nun flieg weiter, flieg ...«
denn ich bin ein Voodoo Kind, Voodoo Chile ...

Großmutterkind, Radiokind ... indianisch-elektrisch. Von der Army, sechsundzwanzig Absprünge mit dem Fallschirm, bevor er entlassen wurde (halb verletzt, halb Rausschmiß), brachte der Gitarrist immerhin die Absicht mit, so klingen zu wollen wie der Wind in den Ohren beim Sprung aus dem Flugzeug ... den Wind spielen wollen ... von Orpheus bis Wagner ... Nono, Rihm ... jemand windiger als »Jimi«?

Das Rot, das ich trage, ist reine Zuversicht, es schleudert
Kriegstrophäen und euphorische Bänder.
Das Orange jung und wagemutig,
aber zu unbeständig für das erste Ausgehn mit dir.
Mein Gelb für diesmal nicht so mild wie sonst,

in der Tat will ich sagen: es hat Angst wie ich auch,
und all diese vermischten, – meine – Gefühle, hindern mich,
mein Leben einfach einem Regenbogen zu geben, wie dir.
Aber ich bin kühn wie die Liebe,
kühn wie die Liebe.
Frag die Erdachse.
Sie weiß es.
(Bold As Love)

»Dylans Einfluß auf Hendrix war zwiefach: So wie er ihn dazu inspirierte, seine eigene Innenwelt in seinen Texten zu erforschen, so überzeugte ihn Dylan auch davon, daß er zumindest versuchen könnte, zu singen. Genau wie man von allen Neugeborenen sagt, sie sähen aus wie Churchill, so klingen auch alle Rocksänger, die ›nicht singen können‹ (wie zum Beispiel Keith Richards, wenn er solo singt), immer etwas wie Dylan.«[1]

Hendrix, der wie alle schüchternen Leute seine Stimme nicht »mochte«, klingt dann aber kein bißchen wie Dylan, als er sich Mut macht und anfängt; er ist einfach ein weiterer Nicht-Sänger mit Stimme (die einzigen, die man aushalten kann).

Die Stimme lief; mit LSD kamen auch die Wörter …

Wahnsinnig schön, so herumzutreiben,
sogar eine Qualle wird dir das erzählen.
Ich sagte, in der Strömung liegen ist groovy und leicht,
sogar eine Qualle fängt da was mit an.
Ja, die Quallen treiben lässig und schon lange,
Gott – der hat auch keine Knochenstange
in seinem Quallenrücken drin.
In den Strömen treiben, jeden Tag, jede Nacht,
auf den Wellen, high, dann wieder ruhn.
(Gut, manchmal ist der Wind nicht richtig.)

›With the Power Of Soul‹ heißt das Stück. Reimt sich auf »anything is possible« … »possi-boul« … schöner Reim.

Von zehn Musikerjahren ist Hendrix fünf Jahre Sideman berühmterer Musiker gewesen, angeheuert, rausgeschmissen, ums Geld beschissen, verdammt, *seine* Musik »im Kopf« nur zu hören und die der anderen spielen zu müssen. Die zweiten fünf Jahre singt er selbst, Stücke- und Textschreiber ist er erst wirklich ab 1967, gezwungen durch die Notwendigkeit, als Bandleader mit eigenem Material herauszukommen.

Dazu waren drei weitere Erweckungen nötig; die Verpflanzung nach London, wo *black* nicht nur *beautiful* war 1967, sondern das Größte, wenn es so bunt behängt und popgitarristisch daher kam wie Hendrix. Das schwarze Rhythm & Blues & Soul-America konnte damit nichts anfangen. Zweitens fand Hendrix in Amerika Teilchen einer schwarzen Riesenkultur, die sich auf dem Weg zu einer Mainstream-Kultur befand, in London die *eigengesetzliche* Kunstgruppe, die es braucht, zum König von Ausgefreakten werden zu können. Was vierzig Jahre vorher in Paris die Surrealisten waren, war in London 1967 der Rockclan um Jagger, Lennon, Townshend, Clapton. Und, drittens, die Frauen in der Bedeutung von »Life is Love« & »Love is Sex«, alles zusammen, »gesehen« durch die blaue Pille, die die Bilder löst und jene Teile des Gehirns, die sich trauen, auch öffentlich nichts anderes als traum- und märchenhaft zu sein.

Die Cherokee-Alte, das Radio, Geliebte, London & LSD (dahinter das harte Handwerk von fünf Jahren Knochenarbeit on the road) erzeugen das Gitarrenwunder des Summer of Love ... und einen Kleiner-Junge-Schreiber, der am liebsten Märchen erzählt, sozialkritische Märchen, Indianermärchen, Märchen aus dem Märchenland, pazifistische Unterwassermärchen, Märchen von der Vorgeburt, alle aus einem Innenraum heraus, sagen wir, aus dem Bauch der Gitarre durchs Schalloch gesehen.

Einige habe ich in diesen Text eingestreut (es gibt weitere schöne). Meine Übersetzung ist nur Annäherung, keine »Nachdichtung«; den unersetzlichen »native sound« muß man sich selber machen, beim Hören.

Castles Made of Sand

Man hörts die ganze Straße runter, »du bist ein Ekel«,
wie sie schreit. Und sie schlägt die Tür in sein betrunkenes Gesicht,
und jetzt steht er draußen, die Nachbarn tuscheln und kakeln.
Er schreit »O Frau, bist du denn verrückt.
Was ist mit der süßen Liebe geschehen, die wir hatten.«

Er stemmt sich in die Tür, er startet eine Szene,
seine Tränen verbrennen das Gartengrün.
Und so verlaufen Schlösser, die aus Sand gebaut sind, am Ende in der See.

Ein kleiner Indianer, tapfer, noch nicht zehn,
spielt den ganzen Tag Krieg mit Freunden im Wald.
Und er baut an seinem Traum,
wenn er groß ist, ein furchtloser Kriegshäuptling zu sein.
Viele Monde gingen vorbei, der Traum nahm zu und wuchs.
Morgen würde er den ersten Kriegsgesang singen,
morgen seinen ersten Kampf kämpfen. Aber etwas lief schief,
ein Überfall, während er schlief, tötete ihn diese Nacht.
Und so fallen Schlösser, die aus Sand gebaut sind, letztendlich an die See.

Ein junges Mädchen, ihr Herz war ein Stirnrunzeln,
war verkrüppelt fürs Leben und konnte keinen Ton sprechen,
und sie wünschte und betete, sie könnte aufhören damit,
so beschloß sie zu sterben.
Sie zog ihren Rollstuhl an den Rand vom Strand,
und lächelte ihre Beine an: »Ihr werdet mir nicht mehr lange wehtun.«
Aber ein Anblick, den sie noch niemals sah, ließ sie aufspringen,
»Sieh, ein goldgeflügeltes Schiff kommt vorbei«,
und es hörte überhaupt nicht auf, es fuhr, es fuhr.
Und so gleiten Schlösser, die aus Sand gebaut sind, am Ende in die See.

Eine meiner Lieblingsstrophen (für bestimmte Moments of Life) aus Hendrix ist diese:

Ja, ich hab noch mehr zu sagen.
Wie ich durch L.A. gefahren bin,
auf einer Fahrrad-Mißgeburt für Bekloppte,
und seh einen der alten Kumpels da stehn.
Sagt: »Mann, du hast auch schon besser ausgesehn.«
Und ich: »Na ja, manche sehen eben aus wie'n Münztelefon.« Und er:

»Sieht nich aus, als hättst du irgendwo 'n Groschen übrig.«
Und ich lehnte mich zurück, dachte mir was und sagte dies.
Ich nahm einfach meinen Stolz auf von hinter der
Telefonzelle,
und kämmte seinen Atem aus meinem Haar, vollkommen.
Und manchmal ist es nicht so einfach, besonders wenn dein
einziger Freund
so spricht, so kuckt, so aussieht und so fühlt wie du,
und du machst auch nichts andres als er.
(My Friend)

Den »einzigen Freund« in diesem Song sieht Hendrix, wenn er in den Spiegel sieht. Er sah (mindestens) zwei, wenn er in den Spiegel sah, und er fand das einsam (mit diesem Freund). Indianer, Halbindianer oder elektrische (inmitten ihrer Geisterschar) handhaben den »Doppelgänger« etwas anders als wir mit unserer Doppelseele. Sie sind nie alleine und immer mehr als zwei – außer zur *Mitternacht* selber, wenn der Blick auf die Freundin im Bilderrahmen fällt, die, die nicht mehr da ist, die, die nie mehr kommt, der Moment, in dem die Welt gewichen ist und die Schreibhand aufs Papier schreibt: »And I continue to burn the midnight lamp alone. Burning of the Midnight Lamp«, vielleicht Hendrix' europäischster Text; die Musik am schönsten in der Aufnahme für ›Radio One‹, ohne den Background-Chor von ›Electric Ladyland‹.

Häufiger bei Hendrix ist eine andere Frau, die, die »Catherina« heißt in ›A Merman ...‹ oder ›Gypsy Eyes‹ oder ›Angel‹, ein Wesen, das zu ihm kommt (auf Wimpernflügeln) und ihm was Gutes tut, obwohl er's nicht »verdient« hat; »ich danke dir, Baby, daß du im Dreck gegraben und mich da aufgelesen hast« ... »In From The Storm«.

Night Bird Flying

Sie ist ein Nachtvogel, fliegt durch die Nacht, fliege weiter.
Sie ist ein Nachtvogel auf ihrem Mitternachts-,
Mitternachtsflug,
segle weiter, ja.
Nun ja, sie ist auf dem Flug zu mir,
aber vor Morgen muß ich sie fliegenlassen.

Alles, was wir haben, Baby, eine kostbare Nacht.
Leg ab deinen Blues, deine Schuhe und alles,
und schieb sie runter unter das Bett.
Schlage mich ein in deine wundervollen Flügel
– so ist es nicht schlecht.
Nimm mich mit durch deinen Traum,
in deiner Welt möchte ich sein.
Bis morgen wird keine Träne vergossen,
bis die Sonne rauskommt aus ihrem Bett,
mach weiter, mach weiter, Baby.
Und flieg.
Segle weiter. Gleite weiter.
Segle weiter. Hör nicht auf.

Nicht ganz das blues- und rockübliche Machogerede (das es bei ihm auch gibt); aber kaum die »Ruby Tuesdays«, die kommen und gehen, wie Mann sie braucht, eher selbständige, auch überlegene Geliebte.

1983 – A Merman I should turn to be

Ich erwache aus der Vergangenheit, ja,
lebendig – nur der Krieg ist immer noch da.
Komm, Catherina, meine Liebe, und geh
mit mir durch den Lärm hinunter zur See – ein letztes Mal.
Nicht zu sterben, sondern neu geboren zu werden,
weg von Gebieten so zerschmettert und zerfetzt, weg für immer.

Ah, sag, siehst du's nicht, es ist wirklich solch ein Scheiß,
jeder Zoll der Erde ein kämpfendes Nest.
Riesendinger in Bleistift- und Lippenstiftform
regnen unaufhörlich runter, bringen kreischende Schmerzen –
und die Arktis verfärbt sich, silberblau zu blutigrot,
als unsere Füße den Sand finden, das Meer direkt vor uns, geradeaus.

Na, zu schade, unsre Freunde können nicht mitfeiern, heute,
wirklich zu schade.

Die Maschine, die wir uns gebaut haben, wird uns niemals retten (sagten sie).
(Darum sind sie nicht mitgekommen heute)
Sie sagten auch noch, »es ist unmöglich für einen Mann,
unter Wasser zu leben und zu atmen, für immer.«
Das war ihr Haupteinwand,
und sie schleuderten mir noch dies ins Gesicht, sie sagten:
»Du weißt genausogut wie wir, es wäre nicht nach Gottes Willen
und in der Gnade des Königs.«

So lieben meine Liebe und ich uns im Sand,
als Gruß an den letzten Moment auf Land.
Unsere Maschine funktionierte, sie tat ihr Teil,
keine Schramme auf unseren Körpern, wir sagen ihr Goodbye.
Seestern und Korallen grüßen uns mit einem Lächeln,
noch ein letzter Blick – bevor wir untertauchen – auf das lärmende Töten,
so völlig bescheuert, dämlich und unmöglich.

Todesarten: einer, den man nicht arbeiten ließ, nachdem er »sein Ding« einmal entwickelt hatte; es mußte erst ausgeschlachtet werden. »Wie viele Konzerte habt ihr damals im Jahr gemacht?« »365«, antwortet in einem Interview 1992 Bassist Noel Redding.

Hendrix: »Wir waren im Studio, und wir hatten uns gerade an ein paar verrückten Sachen versucht. Ein paar wirklich freakige Sachen. Und nach ein paar Tagen zerrte man uns aus dem Studio, ohne uns zu sagen, warum. Plötzlich waren wir in Paris, mitten in der Szene, im Pariser Olympia Theater, und dann waren wir plötzlich auf dem Flughafen in London und hatten zwei Stunden Aufenthalt, und noch'n Weilchen später waren wir in New York, irgendwo ausgesetzt in irgendwelchen Straßen. Das geschah alles innerhalb von Stunden. Dann gab's noch eine Pressekonferenz, und du bist eigentlich immer noch dabei, über die Songs nachzudenken. Du hörst sie durch deinen Kopf geistern, und du willst dich beeilen, daß du wieder ins Studio kommst, um an deiner Arbeit weiterzumachen. Schließlich hattest du dich ja darauf eingestellt. Und plötzlich stecken sie dich ins Filmore. Klar, wir wollten da spielen, doch du denkst immer noch an diese neuen Tracks, die total anders sind als die, die du jetzt spielen mußt.«

Der durchgearbeitete Studiosound war für Hendrix das Zentrale seiner Produktion, das, was ihn wirklich interessiert hat. Er klang nie so, wie er »wollte«, die Platten selten, wie sie hätten sollen, obwohl erhebliche Studioarbeit bei den ersten dreien in den Sound investiert worden ist; er hörte »mehr« im Kopf, als aus der Gitarre rauskam, aus der Stimme und aus den Geräten.

Bei ›Electric Ladyland‹ hat er besonders den falschen Sound beklagt: »Wir wollten einen sehr speziellen Sound haben. Das ist dann beim Zusammenmischen verlorengegangen, weil wir kurz vor der Fertigstellung auf Tour gingen. Als ich es gehört habe, fand ich den Sound ziemlich verschwommen. Die Platte hätte so viel besser sein können, aber wir waren die ganze Zeit auf Tournee und konnten nicht die Zeit, die wir benötigt hätten, im Studio verbringen. Das ist das Schlechte an diesem Business. Du hast eine durchgeplante LP, und plötzlich bringen sie zum Beispiel ›Crosstown Traffic‹ als Single heraus. Hinter der LP steckte eine bestimmte Art zu denken – wir haben die Seiten aus bestimmten Gründen so eingespielt. Und es ist fast eine Sünde, wenn sie dann etwas aus der Mitte auskoppeln und als Single rausbringen (...) nur damit sie mehr Geld verdienen können. Sie koppeln immer die falschen Tracks aus.«

Studioingenieure mischen den Endsound ab, Marktstrategen koppeln Singles aus. Hendrix baut sich ein Studio in New York, um endlich arbeiten zu können, wie er möchte: Ein Wasserschaden macht es zunichte, nicht mal ein bestochener Klempner, sondern eine angestochene Hauptwasserleitung.

Die vielen Konzertaufnahmen der Experience, immer neue »kommen hervor«, zeigen zwar eindrucksvoll, daß Hendrix den Sound, den er im Studio erzeugte, im Prinzip auch auf der Bühne schaffte, aber die Kicks des Studiosounds fehlen, und die Aufnahmen sind technisch schlechter. In der Performance oft sehr stark, sind die Konzertaufnahmen in ihrer *Körperverwandlungskraft* daher durchweg geringer. Die Studio-LPs ›Are You Experienced‹, ›Axis: Bold As Love‹, ›Electric Ladyland‹ (mit Einschränkungen) werden auch durch zweitausend bevorstehende Neuherausgaben und Archivfunde in dieser Hinsicht nicht übertroffen. Ebenso nicht die von Hendrix unfertig im Studio zurückgelassenen (und nachträglich zur Herausgabe bearbeiteten) ›Cry of Love‹, ›Crash Landing‹, ›Midnight Lightning‹, die, obwohl bei letzteren beiden ein zusätzlicher Gitarrist nach Hendrix' Tod hinzugefügt worden ist, vom Sound her zum Teil mehr Hendrix bieten als die meisten Konzertaufnahmen der Experience oder der Band of Gypsies, mit Billy Cox statt Noel Redding am Baß.

Belly Button Window (Bauchnabelfenster)

Hier bin ich, in der Gebärmutter drin, und seh mich um:
heraus aus meinem Bauchnabelfenster, und was seh ich, saure Gesichter.
Ich frage mich, ob sie mich wirklich wollen da draußen.

Was geht da vor, alles hängt schief, sagt's gleich,
wenn ihr mich nicht haben wollt, grad jetzt,
ich geh gern zurück zu den Ungeborenen.

Ich weiß noch gut, das letzte Mal,
sie feilschten noch herum wegen mir.
Also wenn ihr mich wieder nicht wollt, entschließt euch, wo und wann,
wenn ihr mich jetzt nicht wollt, geben oder nehmen,
ihr habt noch zweihundert Tage,
allzu oft komm ich hier nicht mehr die Rutsche runter.

Bekanntlich haben sie Pillen, für ihre Krankheiten, für ihre Grillen,
ihre Thrills und ihre Fehltritte sogar.
Aber ich glaube, diesmal seid ihr ein bißchen zu spät.
Ich komme jetzt also runter in diese Welt, Daddy,
egal ob Liebe oder Haß. Ich setz mich in deinem Bett auf, Mama,
und werd grad in dein Gesicht reingrinsen.
Und dann eß ich all deine Schokolade auf und sage:
Ich bin doch wohl nicht zu spät dran damit.
Also entschließt euch, geben oder nehmen, das wär's,
überlegt's euch gut, geben oder nehmen, zweihundert Tage, mehr sind es nicht.

Aus ihrem Schoß heraus seh ich mich um.
Sie stößt ihn herum. Und ich seh aus meinem
Bauchnabelfenster
und frage in ihre zergrübelten Gesichter,
ob sie mich wirklich haben wollen, da draußen.

›Belly Button Window‹: »Bauchnabelfenster«, das dürfte ein Wort für »Gitarre« sein; da schaut all sein »Ungeborenes« raus, gewendet in entkommenen Sound.

»In Hendrix' Umgang mit Verstärkern und Verzerrern hört man ihn sagen, das sei der Umgang, wie er ihn sich gewünscht hätte mit seinem Körper«, hab ich anderswo geschrieben, und: »Was alles in mir steckt, wenn man mich berührt, aufdreht, mich in Schwingungen setzt an den richtigen Stellen und mit ruhigen Händen. (...) Es ist die völlige Abwesenheit von Vergewaltigung der Apparatur, die aus seinem Spiel als eine Art Liebe hervorkommt.« Sätze, an denen ich nichts ändern würde und möchte: »Hendrix spielt oft wie auf zwei Instrumenten in der gleichen Zeit; er konstruiert mehrere musikalische Körper, die sich ineinander verschlingen, antreiben, sich reiben, explodieren, sich wieder zusammensetzen. Am Schluß der Stücke ziehen sie sich zurück, langsam, nie abrupt, alles zittert etwas nach.«

Zum Musiker ist einiges geschrieben worden anläßlich des Fünfzigsten ... Tendenz: Hendrix zum größten Gitarristen der Rockgeschichte heruntergemacht. (Er wird's überleben.)

»Wo ist der zweite Gitarrist«, fragen Musiker bis heute, wenn sie versuchen, mit dem Ohr Hendrix' Soundverschlingungen zu folgen, dem Wal, der überall zugleich ist, unnennbar, von welcher Farbe.

»Ich dachte, ich wäre der heißeste Gitarrist der Szene. Ich ging die Straße rüber und sah ihn mir an. Hendrix wußte, wer ich war, und er verbrannte mich an jenem Tag bei lebendigem Leibe. Ich holte danach nicht mal mehr meine Gitarre raus. Wasserstoffbomben explodierten, Raketen flogen durch die Luft – ich kann den Sound gar nicht beschreiben, den er aus seinem Instrument holte. Er fabrizierte jeden Sound, den ich je von ihm gehört habe – nur mit einer Stratocaster, einem Fender Twin-Verstärker und einem Maestro Fuzz-Gerät. Wie er es machte, ist mir immer ein Geheimnis geblieben.«

Mike Bloomfield von der Butterfield Blues Band zum ›Guitar Player‹ – Magazin über die Unmöglichkeit, Hendrix als Gitarrist zu belauschen. Ein Geheimnis bis jetzt, nicht zu erfassen, mit einer Beschreibung gitarristischer Techniken. Obwohl J. H. diesen oder jenen Hinweis gegeben hat: »Ich spiele eine Fender Stratocaster. Man kann da die Rückwand abnehmen, so eine kleine Platte, und dann kann man auf den Federn rumklopfen ...« Diese Tricks der Klangerzeugung stehen aber jedem Gitarristen offen, nur – *niemand* sonst klingt so.

Musiker wie Musikphysiologen weisen immer wieder auf die materielle Realität der Schallwellen hin, die verändernd in menschliche Körperzellen (die ja auch »Schwingung« sind) einwirken; keiner »glaubt« es so recht, aber alle praktizieren es beziehungsweise sind Objekt des Vorgangs.

Bei Hendrix hängt der Eintritt der Körperverwandlung entscheidender als bei anderen von der akustischen Dosis ab. Erst oberhalb einer bestimmten Schwelle »faßt er dich an«. Das gilt zum Beispiel nicht für die Beatles, deren Art Schwingungen man bei mittlerer Zimmertemperatur aufnehmen kann. Die Dinge ins Schwingen zu bringen, den eigenen Körper, den Raum, das Schiff, dafür sind bei Hendrix ein hoher Pegel, viel Höhen, viel Bässe notwendig; sonst kommt nicht, was da kommen kann. Wenn es kommt, ist es unabweisbar; eine Kraft, die berührt, den Körper hochhebt, schwindeln läßt; was so viele am Anfang des Hendrix-Hörens als »Brutalität« empfanden, entpuppt sich als Wärme, als Umschmelzkraft, ich behaupte, Hendrix ist eine der Kräfte, die in der Lage sind, das, was ich als dynamisierten »Tötungsunwillen« bezeichne, bei Leuten, die sich auf ihn einlassen, zu erzeugen oder zu verstärken; eine riesenhafte Anti-Zerstörungskraft, die an Körperumbauten bastelt und webt und diese Kraft leichterhand, wirklich leichter Hand, unter die Leute wirft. Etwas, das Mütter können, Liebende, manche Geräte und »Kunst«. Ich ärgere mich, wenn solche Wahrnehmungen jeweiligen Popmoden und Lagerkriegen geopfert werden. Man kann zwar, man muß die Welt aber nicht nach Hippie- versus Punk-Barrikaden einteilen. (Nicht nur wegen der Skins, bewahre. Nicht nur wegen all der jetzigen Rap/Soundmixer, die sich auf »Jimi« »berufen«.)

Steve Lacy, Jazzer, Sopransaxophonist: »Für mich war Hendrix einer der Götter, und das ist die einzig passende Bezeichnung, denn er spielte wie niemand sonst. Hendrix war jenseits aller Kategorien, und das ist das, was ich mag. Sachen, die die irdischen Kategorien übersteigen. Mag alles übrige zum Teufel gehen, das Interessante in der Musik ist die Magie. Da sind wir alle drauf aus – die pure Magie!«[2]

Das mit dem Übersteigen der irdischen Kategorien, natürlich kann man meckern, nur, was soll man sonst sagen zu einer wirklichen Einzigartigkeit, wahrgenommen von Leuten, die in diesem Medium leben. Er nennt es Magie, ich nenne es Körperpolitik, meinetwegen auch Wachstumsunterricht. Ein Wachsen von Phasen ausgehend übrigens, die ein bestimmtes Alter voraussetzen. Ich habe bei Jugendlichen, die bestimmte Körper-Misch-Erfahrungen nicht haben, gesehen, daß Hendrix' Berührungen leicht an ihnen vorbeigehen. Rock for Grown-ups scheint mir ein haltbarer Titel. Man muß was mitbringen an den Ort Hendrix, wenn man was mitnehmen will von dort.

Room Full of Mirrors

Kennst du den Raum voll mit Spiegeln – den thrill?
»Alles was man sah, war ich.«
Ich nehme meinen Geist und zerschlage meine Spiegel.
Nun sehe ich die ganze Welt,
ich sage, die ganze Welt ist jetzt für mich zu sehn.
Jetzt suche ich nach einer Liebe.

Zerbrochenes Glas drang in mein Hirn,
Schnitte und Schreie überall in meinem Kopf.
Zerbrochenes Glas schrie laut in meinem Hirn,
es fiel auf meine Träume, es schnitt in mein Bett.
Ich sage, Liebe machen war schon sehr seltsam hier,
in meinem Bett.

Es ist immer das Material, Musik wie Texte, aus dem die Emotionen sind; eine Art gitarristisch-galileischer Existenznachweis dessen, worum manche Menschenkörper kreisen, die in oder nach dem Zweiten Weltkrieg geboren sind: die Körperaggregatzustände, das Kosmische, Kopf im Himmel, Füße im Erdmittelpunkt. »Aus-dem-Raum«-Sein, einen Engel an der Hand, Liebeslyriker, Minnesänger, Melancholiker, Märchenmann, dessen Rollstuhlköniginnen gen Himmel schweben, plus der indianer-schwarze Gypsy (weniger Afro bei ihm, wenn ich recht sehe). Ein Medizinmann, gefährlich, gefolgt vom Federgeschmückten mit der Pfeife, dem Straßenkind mit dem Anti-Violence-Körper, das aufruft, nicht Häuser anzustecken, sondern den Blitz der Liebe, auch den im Kopf. Keine Mischung »menschlicher« Sexualitäten macht Hendrix zu dem Mehr- oder Übergeschlechtlichen, der er ist. Es ist die sexuelle Elektrizität der Gitarre, die das Liebesfeuer schafft, das Friedensfeuer und das Androgyne.

Selten (meist wenn Rassenfragen berührt sind) ist er offen »politisch«:

Look Over Yonder

Sieh da rüber, da kommt der Blues,
die good guys, die Blauen, von Idioten ermächtigt.
Da kommen sie, Blaumäntel, bewaffnet
mit ihrer Gewalt, und schlagen ihre falschen Noten.

Sieh da rüber, der kommt auf mich zu,
der Tag ist im Arsch, wenn ich ihn nur sehe.
Sogar die Gitarrensaiten hast du mir zerfetzt.
Ahh, sieh da rüber.

Da – er spricht meine Freundin an,
meine Friedenspfeife haben sie an ihr gefunden,
sie schleppen sie ab.
Wer braucht einen Satan wie den,
uns in der Gegend rumzuprügeln.
Ah, er klopft an meine Tür,
mein Haus bricht zusammen.

Komm nicht näher, Mann, die Straßen werden eisig hier.
Bleib weg von meiner Tür, Kerl,
oder du hast einen Krieg mehr am Hals.
Sieh da rüber, hey, sieh dir das an …

Er verbrannte nicht nur sein Instrument, er brannte selber und wurde verbrannt, auf einem Scheiterhaufen 1970, den er selbst mit anzünden half und unter dem Jubel der Fans, »Selbstopfer-Ritual«.

»Es war keine Überraschung, daß Jimi sich davonmachte«. It was no surprise that Jimi split«, schrieb Germaine Greer im Oktober 1970, direkt nach Hendrix' Tod, in der feministischen Zeitschrift ›Oz‹. »Split«, das im englischen gebräuchliche Wort für die Atomkernspaltung. Sie hatte das Trio aus Hendrix, Mitch Mitchell und Billy Cox (Noel Redding hatte die Experience verlassen) gerade auf der Isle of Wight mehr gesehen als gehört: in einer vollgestopften Riesenscheune ohne Akustik mit schlechtem Equipment (»Orange«), die Musiker, die sich selbst kaum hörten, orientierungslos, sich mit den Augen auf der Bühne suchend, das Publikum offenbar auf Feuer aus.

Hendrix war auf dem Sprung in ein »neues Leben«, als er starb, Musiker-Arbeitsleben an Platten im Studio. Er wollte nicht nur aus dem Pop-Business raus, sondern aus der Rockmusik. »In fact the best music of Hendrix was still to come«, traute sich Germaine Greer zu schreiben nach einer nächtlichen Session ohne zahlendes Publikum, ohne Beifall, nur Hörer da.[3] Hendrix, in dessen Spiel es mehr zu hören gab als bei jedem anderen Lebenden sonst, war verdammt worden zu einem Publikum, das kam, um zu sehen: den *Akt,* den er erfunden hatte als Zutat, als Zugabe, als übermütige Opferung des Heiligsten, wenn das Ritual geglückt war; der Durchbruch in die physisch-elektrische Erlösung auf der Bühne, an dem sie *alle* arbeiteten und den kaum sonst jemand *materiell* hinbekam mit der Gitarre als Cross Over Medium ins *Jenseits* des eigenen Körpers.

»Solange die Leute kommen, um uns zu hören, und nicht, um uns zu sehen, wird alles okay sein. Aber wenn sie kommen und erwarten, daß du bestimmte Dinge auf der Bühne machst, für die man dich hängen könnte (...). Was mich am meisten nervte, war, daß alle Leute zu viele visuelle Dinge von mir wollten. Ich habe es nie gewollt, diese Visualisierung meiner Musik.«

Wenn die Gitarre nicht brannte, war »nix gewesen« ... Hendrix wußte das 1970, haßte es und hatte begonnen, sich »normal« anzuziehen. Gefährlich all so was, und besser, man sagt nicht zu laut, daß man »sein Leben ändern« will als Popstar, als Kuh im Stall mit den berühmten großen Titten (weiblich/männliche, egal in dem Fall, egal für das Geld, das rauskommt).

An Hendrix molken 1970 drei Manager herum, ein gewesener, ein aktueller und ein kommender, einen vierten, der nicht molk,

Chas Chandler, der sich hatte auszahlen lassen, weil er kein Melker war, wollte Hendrix gern wiederhaben; der kommende, der zuletzt aufgetaucht war, ein Anwalt mit Namen Alan Douglas, besitzt heute alles, Hendrix' ganze Hinterlassenschaft.

Noel Redding, 1992: »... ich bekomme keinen Pfennig aus den Tantiemen. Überhaupt nichts. Jimi hatte kein Testament gemacht. Ein ganzer Haufen von Anwälten kamen und gingen oder wurden gegangen. Und dann gab's auf einmal diese Hendrix-Hinterlassenschaftsfirma. Und die brachten einen Anwalt, Alan Douglas, mit, der das Ganze übernahm; und sie nahmen wirklich einfach alles. Als Mitch und ich versuchten, Gewinnanteile zu bekommen, wurde uns eine miese Abfindung ausbezahlt, die wir aus finanziellen Gründen damals annehmen mußten. Und die haben seither ungefähr achtzig Millionen Dollar verdient. – Und du hast nichts davon abbekommen? – Keinen Cent. – Es muß doch einen Weg geben ... – Nein, das ist gut abgesichert. Ich hab's überprüfen lassen. (...) Ich werde so sauer, wenn ich daran denke. – Und sie können aus dem alten Material so viele neue Zusammenstellungen machen, wie sie wollen, und du siehst keine Mark? – Exakt.«

»Alan Douglas Productions« steht auf den CDs, die jetzt rumliegen in den Läden. (Bei WOM sah ich eine 3er-Packung mit seltenem Hendrix aus Radio Shows, Preis 270.– Mark. Elektronisch gegen Diebstahl gesichert.)

Schlußwort, von Noel Redding: »Wenn du also sechsundvierzig bist und schon seit siebenundzwanzig Jahren im Geschäft und komponieren und Instrumente spielen kannst, kriegst du keinen Vertrag, weil du zu alt bist. Ich habe in Irland gelebt. Und ich habe mit meiner Frau wieder akustische Musik gemacht. Meine Frau ist kürzlich gestorben. – Gestorben? – Ja, wir waren neunzehn Jahre zusammen. Carol Appleby. Sie kam aus Akron, Ohio. Bei einem Autounfall auf dem Heimweg von einem Gig. Zwei Jahre ist das her. (...) Ich war ziemlich glücklich in Irland. Wir hatten Gigs in Hotels, bei Hochzeiten und so. Wir bekamen zwischen drei- und vierhundert pro Konzert, Essen und Bier frei. Ich war ziemlich glücklich, spielen zu können. Nur wir zwei. (...) Wir hatten ein Auto, ein wunderschönes Haus und die Gigs waren immer in der näheren Umgebung.«[4]

Noel Redding hat zweimal großes Glück gehabt in seinem Leben und zweimal großes Unglück. Das nächste Mal nur das erstere, wünsche ich ihm.

Jetzt, wo alle Buben im Karton sind,
und alle Clowns vergraben im Bett,
kannst du das Glück auf der Straße stolpern hören,
Fußspuren in violett.
Und der Wind flüstert Mary.

Quellennachweis und Anmerkungen

Von Mauer, Schild, Schirm und Spalt (Seite 11–39)
Erstdruck. Erweiterte Fassung eines Vortrags im Rahmen des 6. Internationalen Canetti-Symposiums, Wien, 9. Mai. 1993.
1 Elias Canetti: Masse und Macht. Frankfurt 1980, S. 190f.
2 Ebenda, S. 92f.

Männliche Geburtsweisen (Seite 40–70)
Erstdruck. Veränderte Fassung eines Vortrags, zuerst gehalten auf dem Symposium ›Die Macht der Männerbünde einst und jetzt‹, Graz, 13. Juni 1992
1 Mary Douglas: Wie Institutionen denken. Frankfurt 1991, S. 31.
2 Ebenda, S. 179.
3 Carol Cohn: Sex and Death in the Rational World of Defense Intellectuals. In: Signs. Journal of Women in Culture and Society, Jg. 12, Nr. 4, 1987, S. 687–718.
4 Antje Vollmer: Lange nichts mehr von Bärbel Bohley gehört. In: Constructiv, Berlin, März 1990.
5 Tim O'Brien: The Things They Carried. A Work of Fiction. Boston 1990.
6 Elisabeth Burgos: Rigoberta Menchú. Leben in Guatemala. Göttingen 1989.
7 Kate Millett: Entmenschlicht. Versuch über die Folter. Hamburg 1993.
8 Ebenda, S. 255.
9 Ebenda, S. 290.
10 Elaine Scarry: Der Körper im Schmerz. Die Chiffren der Verletzlichkeit und die Erfindung der Kultur. Frankfurt 1992.
11 Kate Millett (Anm. 7), S. 29.
12 Sara Ruddick: Mütterliches Denken. Frankfurt 1993.
13 Mika Haritos-Fatouros: Die Ausbildung des Folterers. Trainingsprogramme der Obristendiktatur in Griechenland. In: Folter. Zur Analyse eines Herrschaftsmittels. Hrsg. von Jan Philipp Reemtsma. Hamburg 1991, S. 81.
14 Donald W. Winnicott: Der Beitrag der Mutter zur Gesellschaft. In: D. W. Winnicott: Der Anfang ist unsere Heimat. Stuttgart 1990.
15 Walter Hollstein: Der Kampf der Geschlechter. Frauen und Männer im Streit um Liebe und Macht. München 1993.
16 Elisabeth Burgos (Anm. 6), S. 195.
17 Ebenda, S. 196.
18 Mika Haritos-Fatouros (Anm. 13), S. 87.
19 Susan Jeffords: The Remasculinization of America. Gender and the Vietnam War. Bloomington 1989.
20 D. W. Winnicott (Anm. 14), S. 136.

Neues und Altes vom Brennenden Busch (Seite 71–86)
Erstdruck in ›Lettre International‹, Nr. 12, 1991.

1992 (Seite 87–97)
Erstdruck in ›tageszeitung‹, 4. Januar 1993.

Memory Pictures (Seite 98–142)
Erstdruck. Teilabdruck (›Eine Kirche in Chelmno‹) in
›Lettre International‹, Nr. 1, 1988

1 Claude Lanzmann: Shoah. Düsseldorf 1986. Unveränderte Taschenbuchausgabe München 1988.
2 Lynn Higgins: Vertragspapier im Seminar ›Gender and War‹, Dartmouth College, Hanover, New Hampshire, 1990. Teile von ›Memory Pictures‹ sind eingegangen in den Sammelband ›Gendering War Talk‹. Edited by Miriam Cooke and Angela Wollacott, Princeton 1993, der aus diesem Seminar hervorging. Darin Klaus Theweleit: The Bomb's Womb and the Genders of War (War Goes on Preventing Women from Becoming the Mothers of Invention), S. 283–315.

Bonbonglas (Seite 143–157)
Erstdruck. Teil eines Vortrags zum Thema ›Deutsch sein – geht das‹, Akademie Sankelmarck bei Flensburg, 26. September 1989.

Krieg der Darstellungsweisen (Seite 158–182)
Vollständige Fassung eines Interviews in ›tageszeitung‹, 22. Januar 1994.

Rock for Grown-ups (Seite 183–200)
Erstdruck in ›tageszeitung‹, 29. November 1992.

1 Charles Shaar Murray: Purple Haze. Wien 1989, S. 84. Dieses gute Buch über Jimmi Hendrix habe ich hier fürs »Faktische« hauptsächlich benutzt.
2 Ebenda, S. 246.
3 Germaine Greer: The Madwoman's Underclothes. London 1986, S. 44.
4 Interview mit Noel Redding von Jesse Nash, deutsch in: Zounds 9/92; die Hendrix-Äußerungen ebenfalls dort.

klaus theweleit

buch der könige

2 orpheus am machtpol
recording angels´ mysteries

Klaus Theweleit schreibt Künstler-Geschichten, Liebes-Geschichten, Macht-Geschichten – und er schreibt sie wie kein anderer im deutschen Sprachraum. Spannenderes, Eigentümlicheres, Großartigeres, Unterhaltenderes – und Angreifbareres – wird kaum zu finden sein in diesem Bücherherbst als dieses unendliche »Buch der Könige«.

Sigrid Löffler

Klaus Theweleit
Buch der Könige 2
Band X Orpheus am Machtpol
Band Y Recording Angels´ Mysteries
ISBN 3-87877-306-4

Weitere Werke von Klaus Theweleit bei Stroemfeld/Roter Stern:

Buch der Könige 1
Orpheus und Eurydike
ISBN 3-87877-265-3

Objektwahl. All You Need Is Love
Über Paarbildungsstrategien &
Bruchstück einer Freudbiographie
ISBN 3-87877-321-2

Männerphantasien 1 & 2
Frauen Fluten Körper Geschichte Männerkörper
Zur Psychoanalyse des Weißen Terrors
ISBN 3-87877-111-8

Stroemfeld Verlag

CH-4007 Basel, Oetlingerstr. 19
D-60322 Frankfurt am Main, Holzhausenstr 4,
Fax 069-95 52 26-24

Die Geheimnisse der Genies

Kurt R. Eissler:
Goethe
Eine psychoanalytische Studie
1775-1786
2 Bände / dtv 4457

»Die psychoanalytische Studie liest sich weithin wie eine ›normale‹ Biographie, nur daß ihr Scharfsinn, ihr Einfühlungsvermögen, ihre Genauigkeit und Materialfülle das normale Maß weit überschreiten.«
Thomas Anz

»Das wichtigste, klügste und resultatreichste psychologische Werk über Goethe.«
Peter von Matt

Kurt R. Eissler:
Leonardo da Vinci
Psychoanalytische Notizen zu einem Rätsel
2 Bände im Schuber
dtv 59026
Für dieses Buch erhielt der renommierte Psychoanalytiker den Sachbuchpreis der Süddeutschen Zeitung 1993.

»Anregend und profund zugleich, dazu in Abschnitten leicht zu lesen, geht diese Analyse Leonardos, eines der begabtesten und undurchdringlichsten Menschen überhaupt, weit über das Fachbuch hinaus.«
Günter Metken

Gesellschaft
Politik
Wirtschaft

Christoph Buchheim:
Industrielle Revolutionen
dtv 4622

Ralf Dahrendorf:
Der moderne soziale Konflikt
dtv 4628

Gilberto Freyre:
Das Land in der Stadt
Die Entwicklung Brasiliens
dtv/Klett-Cotta 4537

Erich Fromm:
Arbeiter und Angestellte am Vorabend des Dritten Reiches
dtv 4409

Ernest Gellner:
Der Islam als Gesellschaftsordnung
dtv 4588

Bronislaw Geremek:
Geschichte der Armut
dtv 4558

Gerd Hardach:
Der Marshall-Plan
Auslandshilfe und Wiederaufbau in Westdeutschland 1948-1952
dtv 4636

Indianische Realität
Nordamerikanische Indianer in der Gegenwart
Herausgegeben von Wolfgang Lindig
dtv 4614

Klassische Texte der Staatsphilosophie
Herausgegeben von Norbert Hoerster
dtv 4455

Hans van der Loo/
Willem van Reijen:
Modernisierung
Projekt und Paradox
dtv 4573

Herbert Marcuse:
Der eindimensionale Mensch
Studien zur Ideologie der fortgeschrittenen Industriegesellschaft
dtv 4623

Peter Cornelius Mayer-Tasch:
Politische Theorie des Verfassungsstaates
dtv 4557

Jörg P. Müller:
Demokratische Gerechtigkeit
dtv 4610

Oskar Weggel:
Die Asiaten
dtv 4629

Gesellschaft
Politik
Wirtschaft

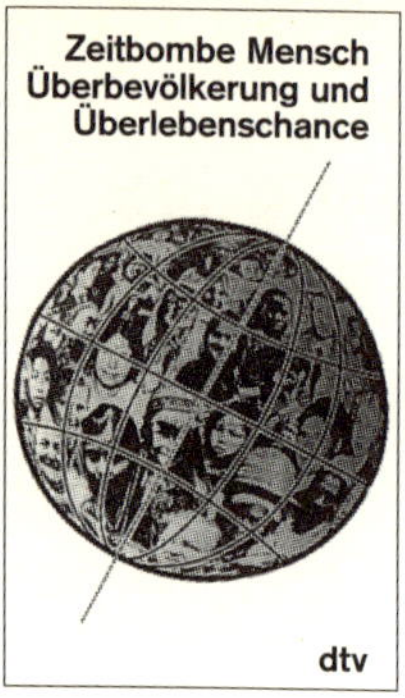

Jewgenia Albaz:
Das Geheimimperium KGB
Totengräber der Sowjetunion
dtv 30326

Timothy Garton Ash:
Ein Jahrhundert wird abgewählt
Aus den Zentren Mitteleuropas 1980-1990
dtv 30328

Fritjof Capra:
Wendezeit
Bausteine für ein neues Weltbild
dtv 30029

Das neue Denken
Ein ganzheitliches Weltbild im Spannungsfeld zwischen Naturwissenschaft und Mystik, Begegnungen und Reflexionen
dtv 30301

Graf Christian von Krockow:
Politik und menschliche Natur
Dämme gegen die Selbstzerstörung
dtv 11151

Heimat
Erfahrungen mit einem deutschen Thema
dtv 30321

Dagobert Lindlau:
Der Mob
Recherchen zum organisierten Verbrechen
dtv 30070

John R. MacArthur:
Die Schlacht der Lügen
Wie die USA den Golfkrieg verkauften
dtv 30352

Gérard Mermet:
Die Europäer
Länder, Leute, Leidenschaften
dtv 30340

Der Deutsche an sich
Einem Phantom auf der Spur
dtv 30406

Hans Jürgen Schultz:
Trennung
Eine Grunderfahrung des menschlichen Lebens
dtv 30001

Dorothee Sölle:
Gott im Müll
Eine andere Entdeckung Lateinamerikas
dtv 30040

Roger Willemsen:
Kopf oder Adler
Ermittlungen gegen Deutschland
dtv 30405